U0109392

# 古典詩歌研究彙刊

## 第三二輯

龔鵬程 主編

### 第 1 冊

## 謝靈運山水詩研究（上）

黃 素 卿 著

國家圖書館出版品預行編目資料

謝靈運山水詩研究（上）／黃素卿 著 -- 初版 -- 新北市：花
木蘭文化事業有限公司，2022〔民 111〕
目 4+174 面；17×24 公分
（古典詩歌研究彙刊 第三二輯；第 1 冊）
ISBN 978-986-518-908-2（精裝）
1.CST：（南北朝）謝靈運 2.CST：山水詩 3.CST：詩評
820.91 111009761

ISBN-978-986-518-908-2

9 789865 189082

**古典詩歌研究彙刊**
**第三二輯 第 一 冊** ISBN：978-986-518-908-2

───────────────────────────────────

謝靈運山水詩研究（上）

| | | |
|---|---|---|
| 作　　者 | 黃素卿 | |
| 主　　編 | 龔鵬程 | |
| 總 編 輯 | 杜潔祥 | |
| 副總編輯 | 楊嘉樂 | |
| 編輯主任 | 許郁翎 | |
| 編　　輯 | 張雅淋、潘玟靜、劉子瑄 | 美術編輯 陳逸婷 |
| 出　　版 | 花木蘭文化事業有限公司 | |
| 發 行 人 | 高小娟 | |
| 聯絡地址 | 235 新北市中和區中安街七二號十三樓 | |
| | 電話：02-2923-1455／傳真：02-2923-1452 | |
| 網　　址 | http://www.huamulan.tw 信箱 service@huamulans.com | |
| 印　　刷 | 普羅文化出版廣告事業 | |
| 初　　版 | 2022 年 9 月 | |
| 定　　價 | 第三二輯共 11 冊（精裝）新台幣 22,000 元 | 版權所有・請勿翻印 |

# 謝靈運山水詩研究(上)

黃素卿 著

## 作者簡介

　　黃素卿，國立政治大學、玄奘大學碩士班、淡江大學博士班畢業，曾任中學國文教師、淡大兼任助理教授。

　　愛好書法，多次與同道書友聯展，目前為中國標準草書學會、十秀雅集會員。

　　喜好探討自然與文學的關係，在沈謙教授指導下，完成《《文心雕龍‧物色》研究》碩士論文；又在顏崑陽教授指導下，完成《謝靈運山水詩研究》博士論文。

## 提　　要

　　謝靈運山水詩在中國文學史上具有確立不搖的地位，其山水書寫不同於此前的情志比興，詩人視野從社會擴大到自然宇宙，對自然的新鮮發現，情酣忘我，喜覺歷史、社會外的宇宙存在，藉山水詩臻於開通美好。本論文旨在探討在六朝「自然」思潮下，詩人面對自然景物的種種生發。山水詩的「遊觀」模態以謝靈運詩為典範，所展開的是一連串的時間、空間與引觸心靈的變化。晚明王船山謂其「一意回旋往復，以盡思理」，「思理」的「自囟至心，如絲相貫不絕也」正是這一連串變化過程，而以「自然」為相貫的主脈，其中不能忽視的關鍵是，詩人於自然場域的實存情境中，耳目官能聞見的「現量」；「思理」有其「野性」。「興」義在六朝山水詩是作者面對宇宙自然的感發，而於讀者更有體味不盡的效果，唐詩聚焦「興會」結果的「境象」擷取，其中謝靈運山水詩沾溉甚多。本論文在「自然」的多重意涵下，共分七章論述，除了最後一章「結論」，分別為：

　　第一章「緒論」，包括「問題導出」與「史料運用與研究方法」，其中亦對關鍵詞「山水詩」、「自然」意涵進行探討，一來做為取材依據，二來做為探討脈絡。

　　從第二章起，探討「自然」脈絡下，謝靈運山水詩「自囟至心」所形成的「思理」與「遊觀」模態的樣貌，包括「創作的實存情境」、「主體意識的前經驗」、「主、客體的交融」、「精神境界」。

　　在以上有關創作實在層、心理層、語言層的完整探討後，針對自然景物的描寫，提出「『景語』的美感特質」再做深層探討，揭示六朝自然思潮下，山水詩於社會和諧的儒緩之功。

# 目次

# 第一章　緒　論

## 第一節　問題導出

### 一、關鍵詞「山水詩」界定

　　黃侃稱：「康樂以奇才博學，大變詩體」，以謝靈運山水詩為「模山範水」典型，也因此奠定中國文學史的地位。謝靈運專意刻畫山水，其好為山澤之遊，於山水景物的用力描寫，開創文學新面貌，因此，研究謝靈運詩歌創作，山水詩無疑是重心。

　　「山水」用指自然景物，始自西晉左思〈招隱二首〉之一：「非必絲與竹，山水有清音」；〔註1〕梁朝劉勰《文心雕龍・明詩篇》云：「莊、老告退，而山水方滋」，〔註2〕首先提舉其具時代性創新題材；中唐白居易〈讀謝靈運詩〉云：「壯志鬱不用，須有所洩處。洩為山水詩，逸韻諧奇趣」，〔註3〕則正式以「山水詩」為名。

　　「山水詩」如何界定？

鍾優民說：

> 謝詩裡很多篇章都程度不同地涉及山水景物，但不能因而都
> 列入山水詩。那些直接而又重點地描寫山水景物和反映遊覽

---

〔註1〕丁仲祜編纂：《全漢三國晉南北朝詩・全晉詩》（臺北：藝文印書館，1983.6），卷四，冊一，頁514。

〔註2〕〔南朝梁〕劉勰著、周振甫注：《文心雕龍注釋》（臺北：里仁書局，1998.9），頁85。

〔註3〕朱金城箋校：《白居易集箋校》（上海：上海古籍出版社，1988.12），卷七，冊一，頁369。

> 生活的作品，可以列入山水詩；那些雖有山水景物，但只是
> 作為環境背景或比興象徵而存在，重點是借題發揮、書寫情
> 志的作品，就宜列入詠懷詩。〔註4〕

李雁說：

> 並不是所有包含了山水景物描寫的詩歌就是山水詩。……我
> 所說的山水詩特指晉宋間興起的以描摹客觀山水景物為主
> 要內容，以觀賞自然美為目的，以寫實手法和五言句式為表
> 現形式，風格清新亮麗的詩歌。〔註5〕

「山水詩」應以山水景物為主要書寫對象，山水景物，提供給詩歌有利
養分，詩歌裡除了山水以外，種種的情意、哲思、趣味都由此得到滋
養。

山水詩史學者丁成泉說：

> 山水詩，顧名思義，是歌詠山川景物的詩，是以山河湖海，
> 風露花草，鳥獸蟲魚等大自然的事物為題材，描繪出牠們的
> 生動形象，藝術再現大自然的美，表現作者審美情趣的詩歌。
> 而那些僅僅以自然景物為比興的材料，作為言志抒情的媒介
> 的，不能列入山水詩的範圍。〔註6〕

王國瓔則以為：

> 所謂「山水詩」，是指描寫山水風景的詩。雖然詩中不一定純
> 寫山水，亦可有其他的輔助母題，但是呈現耳目所及的山水
> 之美，則必須為詩人創作的主要目的。〔註7〕

「山水詩」以山川景物為題材，以歌詠其生動形象之美為重心，藉此表
現作者審美情趣。這樣的意涵特別是要與「僅僅以自然景物為比興的
材料，作為言志抒情的媒介的」相對照，關鍵在「自然景物」的獨立生

---

〔註4〕鍾優民：《謝靈運論稿》（濟南：齊魯書社，1985.10），頁121。
〔註5〕李雁：《謝靈運研究》（北京：人民文學出版社，2005.9），頁199。
〔註6〕丁成泉：《中國山水詩史》（臺北：文津出版社，1995.8），頁7。
〔註7〕王國瓔：《中國山水詩研究》（臺北：聯經出版社，1996.7），頁1。

命與美感是否為詩人把捉，其關鍵則是親臨現場的「耳目所及」。

　　劉明昌綜合各家說法，認為山水詩定義當不離以下四點：

　　　　（一）是否以自然景觀為創作之主體？（二）山水景物之描
　　　　寫，是否保持其本來面目？（三）描繪山水之詩句，於整首
　　　　詩是否佔有一定數量？（四）其引發之情感，是否因自然山
　　　　水而生？〔註8〕

認為以上每一點均可為山水詩定義，因此，只要具備其中一項，即可視
為山水詩之作。

　　蘇怡如探討中國山水詩從謝靈運到王維表現模式的嬗變，在剖析
前人的界定後，認為中國山水詩難以立定一固定不變的內涵定義，必
須保持一定程度的開放性，然為行文方便，仍須下　界定：

　　　　一般而言，只要詩中的山水描寫是作為不可或缺的美感主體
　　　　而存在，是詩人美感觀照的主位對象，且在詩歌結構中佔有
　　　　舉足輕重之地位，而非僅只為情感興發之過渡性描寫者，皆
　　　　在本文所謂山水詩之列。〔註9〕

　　施又文《謝靈運山水旅遊詩及其開創性研究》亦綜合各家說法，
認為山水詩需要具備下列兩項要件：

　　1. 從「外師造化」而言，山水景物之描寫是詩人美感觀照的
　　　　主位對象，保有其客觀的本來面目。一言以蔽之，山水詩
　　　　係以自然山水為鑑賞或創作之主體。

　　2. 詩歌所引發之情志是因為自然山水而起，經由詩人的理解
　　　　分析，組成藝術形象，而產生內在經驗，也就是「中得心
　　　　源」。〔註10〕

---

〔註 8〕劉明昌：《謝靈運山水詩藝術美探微》（臺北：文津出版社，2007.4），
　　　　頁 21～22。
〔註 9〕蘇怡如：《中國山水詩表現模式之嬗變：從謝靈運到王維》（臺北：臺
　　　　灣大學中文研究所博士論文，2008.1），頁 14。
〔註10〕施又文：《謝靈運山水旅遊詩及其開創性研究》（新北市：花木蘭文化
　　　　出版社，2012.3），頁 25。

如上所述,「山水詩」的界定,其關鍵有二:一來要以山水景物為主要書寫對象,二來詩中情意、哲思的引發源自眼前的山水景物。

## 二、以「自然」為核心

然而,謝靈運山水詩果真只是「模山範水」?

蔡英俊析論「自然」的「自然界」意涵,始自晚清王國維,關鍵在其新舊學交替的理路。〔註11〕雖然「自然」指稱自然界、自然景物的時間甚晚,然此一意涵正同於「山水詩」的「山水」意涵,作為詩人所處的客觀環境。就山水詩而言,「自然」的確是詩人所處的真確場域,即是山水天地,因此,仍得為謝靈運山水詩作為「自然」思潮下產物的重要探討,其目的在掌握自然山水與詩人生活的密切關係。

「山水」為謝靈運山水詩觀賞對象,「山水」指自然景物,於詩中有時直接稱以「山水」,然多以「物」稱之:

含情易為盈,遇物難可歇。(〈鄰里相送方山〉)

景夕群物清,對玩咸可喜。(〈初往新安至桐廬口〉)

遭物悼遷斥,存期得要妙。(〈七里瀨〉)

非徒不弭忘,覽物情彌遒。(〈東山望海〉)

昏旦變氣候,山水含清暉。(〈石壁精舍還湖中作〉)

撫化心無厭,覽物眷彌重。(〈於南山往北山經湖中瞻眺〉)

〔註12〕

「山水」是詩人所在的實際場域,「遇物」、「對玩」、「遭物」、「覽物」、「撫化」,自然景物與詩人身心密切連結,引發種種情意與思索。「遇物難可歇」、「對玩咸可喜」、「遭物悼遷斥」的情意,若再加上「滿目皆古

---

〔註11〕 蔡英俊:《游觀、想像與走向山水之路——自然審美感受史的考察》(臺北:政大出版社,2018.5),頁29。

〔註12〕 顧紹柏:《謝靈運集校注》(臺北:里仁書局,2009.9),以上分別見頁61、72、78、99、166、175。本論文有關謝靈運作品均以此版本為依據。

事，心賞貴所高」〔註13〕、「遊遠心能通」〔註14〕、「心跡雙寂漠」〔註
15〕，「自然景物」給予詩人的，是全身心的複雜感受。「白雲抱幽石，
綠篠媚清漣」〔註16〕，「抱」與「媚」的親近誘人，山水詩中自見詩人
與「自然」的融合，因此眷戀而看不厭。此為詩人的個殊感受，抑或是
當時普遍的人情共感？

　　《文心雕龍‧時序》云：「文變染乎世情，興廢繫乎時序」，文體
的變革，離不開時代、社會因素，日本學者小尾郊一研究「中國文學
中所表現的自然與自然觀」，認為「自然」問題，是在魏晉受到培養，
在南朝開出山水詩之花的，〔註17〕「自然」觀在山水詩已是綻放美麗
色彩。「自然景物」的書寫成為詩歌的主流，能否抽繹出一條主脈加
以統攝？以自然景物入詩，始自《詩經》，然多作為政教比德言志。
山水詩大量書寫自然景物，「情必極貌以寫物，辭必窮力而追新，此
近世之所競也」（〈明詩〉篇），〔註18〕情、辭上都極力表現，且形成
風氣。社會風氣也好，文學創作也罷，要能形成多數的逐尚，其本身
必定有誘人的力量，或者說，應該有鼓舞人心之處，謝靈運山水詩應
該也是如此。

　　既然以「自然」為詩人創作場域及書寫對象，那麼，就嘗試從詩人
所在、所感的「自然」出發。這也是漢末以來，世積亂離後，士人或獨
行或集體出走的方向，享受田園與山水的自然風光，是魏晉文人有別於
此前的生活態度。尤其到了東晉，偏安江南使文人投入山水成為普遍風
氣，學者因此以「自然主義」或「自然思潮」稱之，並以之為六朝文化

---

〔註13〕 〈入東道路〉，顧紹柏：《謝靈運集校注》，頁238。
〔註14〕 〈行田登海口盤嶼山〉，顧紹柏：《謝靈運集校注》，頁130。
〔註15〕 〈齋中讀書〉，雖非山水詩，然此語乃承「矧迺歸山川」而來，亦見投
　　　　身山水的精神價值。（顧紹柏：《謝靈運集校注》，頁91。）
〔註16〕 〈過始寧墅〉，顧紹柏：《謝靈運集校注》，頁63。
〔註17〕 〔日〕小尾郊一著、邵毅平譯：《中國文學中所表現的自然與自然觀：
　　　　以魏晉南北朝文學為中心》（上海：古籍出版社，2014.11），頁22。
〔註18〕 〔南朝梁〕劉勰著、周振甫注：《文心雕龍注釋》，頁85。

運動新潮流。〔註19〕謝靈運山水詩的創作恰恰在此文化潮流上,「自然」顯然不只是詩人創作的初始感發,也是詩人從觀覽到心靈作用的主脈。

　　然而,詩人帶著怎樣的眼光觀看與思索眼前所處的自然場域?顏崑陽教授說:

　　　　觀看事物必定繫屬於某一「主體」,即「誰」在觀看?而主體既定,則觀看就必然預設了「立場」,也就是「誰」站在什麼「立場」、從什麼「視角」而以什麼「觀點」在看一個特定的對象。〔註20〕

顏崑陽教授稱此為「視域」。謝靈運是站在什麼「立場」、從什麼「視角」而以什麼「觀點」觀看自然景物?從其山水詩使用典故以《莊子》為最多來看,《莊子》無疑是其觀看自然景物時普遍常用的視角,也會是常形成的觀點。這樣的立場下,形成了詩人觀看自然景物常引發的範圍與內容,謝靈運山水詩、《莊子》、「自然」應該有其極為密切的關係,詩歌本身的價值也應不僅僅在語言或文學史上。楊儒賓從思想史的角度,認為從〈蘭亭詩〉到謝靈運山水詩,形成晉宋時期的山水觀,稱之為山水與莊老通而為一的「新自然觀」。〔註21〕此種「新自然觀」是一種「玄化山水」,強調山水本性的「質有」,也強調主體神氣的體現,〔註22〕然而,問題是,主體的神氣是如何與山水的本性展開發現、交融?也就是說,「有」是如何發現的?謝靈運山水詩以怎樣的心理看到山水自然?顏崑陽教授探討中國古典詩歌中「人與自然關係」

〔註19〕如:容肇祖:《魏晉的自然主義》(臺北:臺灣商務印書館,1999.10);李玲珠:《魏晉新文化運動——自然思潮》(台北:文津出版社,2004.4);楊儒賓:〈「山水」是怎麼發現的——「玄化山水」析論〉(《臺大中文學報》第三十期,頁209～254,2009.6)。

〔註20〕顏崑陽、蔡英俊:《中國古典文學研究的現代視域與方法——顏崑陽與蔡英俊對談錄》,收在《反思批判與轉向——中國古典文學研究之路》(臺北:允晨文化公司,2016.4),頁521～522。

〔註21〕楊儒賓:〈「山水」是怎麼發現的——「玄化山水」析論〉(《臺大中文學報》第三十期,頁209～254,2009.6),頁225。

〔註22〕楊儒賓:〈「山水」是怎麼發現的——「玄化山水」析論〉,頁251。

的歷程及其模態時，將謝靈運山水詩歸為「遊觀模態」，〔註23〕是以「耳目」感官為攝受山水景物的主體，應是更真切地發現了「有」？

　　首先，探究「自然」所能涵蓋的意涵是什麼？

　　《說文解字》「自」：「鼻也，象鼻形。」段玉裁注云：「凡從自之字，如尸部眉，臥息也，言部詣，膽氣滿聲，在人上也，亦皆於鼻息會意，今義從也。己也，自然也，皆引申之義。」〔註24〕「自」，許慎從「象鼻形」釋之「鼻也」，段玉裁從「从自之字」，認為是「於鼻息會意」。《說文解字》「然」：「燒也。」段玉裁注云：「通叚為語詞，訓為如此，爾之轉語也。」〔註25〕「然」與「自」結合，應是「如此」之義，「自然」，自己如此，「自己的樣子」，或「自己使其如此」。即使與外界「氣息相通」，仍然保有「自己的樣子」，或仍然是因「自己使其如此」。由此可知：（1）「自然」並非指先天，而是與外界氣息相通之後的結果，是經過學習且處於動態的變化，表現自己的樣子，好似自己本來如此，且是自己使之如此。（2）「自然」一詞中的「主體性」甚強。

　　顏教授探討中國古典詩歌「人與自然關係」的關係時表示，此處「自然」有兩層義：

　　　　第一層義指尚未與「人」產生「關係」之先的「自然」，即非
　　　　人為而且是還未做為「人」之主體所感覺、認知、想像、希
　　　　求的「對象」之前的「客體」；……第二層義，即指已成為某
　　　　一主體之「對象」的「自然」。〔註26〕

〔註23〕　顏崑陽：〈從應感、喻志、緣情、玄思、遊觀到興會——論中國古典詩歌所開顯「人與自然關係」的歷程及其模態〉，收在《詩比興系論》（臺北：聯經出版社，2017.3），頁374。

〔註24〕　〔東漢〕許慎著、〔清〕段玉裁注：《說文解字注》（臺北：漢京文化事業，1980.3），頁138。

〔註25〕　〔東漢〕許慎著、〔清〕段玉裁注：《說文解字注》，頁485。

〔註26〕　顏崑陽：〈從應感、喻志、緣情、玄思、遊觀到興會——論中國古典詩歌所開顯「人與自然關係」的歷程及其模態〉，收在《詩比興系論》，頁328～329。

此第一層義為山水景物實體（雖無法還原，亦不可避免主體意識作用），第二層義為「意」中山水景物。顏教授以為「自然」的概念所指涉有：一、天性、特徵；二、非人為操控的歷程與秩序，即「自然律」；三、自然界。此外，還有第四層義，指人的精神能力：

> 人擁有「精神」（spirit）能力，可自覺地依其意志以擇定自己，
> 因此他又不完全受自然律的支配，得以主動地規劃、創造，
> 而形成「文化」。……「文化」不違「自然」……。〔註27〕

這「精神能力」顯然有一種超越的本領，道家最明白箇中道理。道家明白地以「自然」為宗，以虛靜心靈解消人為主觀的情識造作，直觀萬物而朗現「物物各在其自己」的存在「境界」，也就是牟宗三「境界形態之自然」。〔註28〕「自然」，在道家是一種「境界」，心靈虛靜，朗現質樸的萬物本質，包括「人」自己。

顏教授又曾疏解中國古典文學批評術語，其中對於「自然」，謂：

> 「自然」一詞的意義指涉，主要有三種：（一）非人為之客觀
> 物質世界，即一般所謂「自然界」；（二）物物各自己如此之
> 生化或存在；（三）無造作之心靈境界。〔註29〕
> 「自然」一詞用在文學理論上，其涵義大致有四：（一）用以
> 描述文學之實現原理；（二）用以描述文學對象「自己如此」
> 之真實相；（三）用以描述文學主體心靈情性之不假造作；
> （四）用以描述文學語言形式之不假雕飾或雕飾而復歸自
> 然。〔註30〕

---

〔註27〕顏崑陽：〈從應感、喻志、緣情、玄思、遊觀到興會——論中國古典詩歌所開顯「人與自然關係」的歷程及其模態〉，收在《詩比興系論》，頁327～328。

〔註28〕顏崑陽：〈從應感、喻志、緣情、玄思、遊觀到興會——論中國古典詩歌所開顯「人與自然關係」的歷程及其模態〉，收在《詩比興系論》，頁328。

〔註29〕顏崑陽：《六朝文學觀念叢論》（臺北：正中書局，1993.2），「附錄」，頁335。

〔註30〕顏崑陽：《六朝文學觀念叢論》，「附錄」，頁337。

其分析說，《文心雕龍·原道》云：「心生而言立，言立而文明，自然之道也。」文學的實現，乃根源於「自然之道」，這是第一義。〈原道篇〉述及龍鳳藻繪、虎豹炳蔚、雲霞雕色、草木賁華，「夫豈外飾，蓋自然耳」，這是第二義。〈明詩篇〉云：「人稟七情，應物斯感，感物吟志，莫非自然。」這是第三義。〈麗辭篇〉云：「夫心生文辭，運裁百慮，高下相須，自然成對」，這是第四義。〔註31〕

又認為魏晉「自然」觀念，在不同論述語境有其不同意義：

> 從形上本體論述中做為「道自己如此」之義的「自然」，到宇宙現象論述中做為「萬物生發變化」之義的「自然」，到文化或道德論述中做為「與名教對抗而純任性情」之義的「自然」，到形神或養生論述中做為「和理日濟，同乎大順」（嵇康〈養生論〉語）或「與陰陽化而不易，從天地變而不移」（阮籍〈達莊論〉語）之義的「自然」。〔註32〕

而以上幾種「自然」之義，從正始延續到東晉，由抽象性的哲學語言轉入意象性的詩歌語言，是由「體」以及「用」的時代思潮，甚至成為魏晉士人的「文化意識形態」。顏教授稱晉代山水詩歌的「人與自然關係」為「遊觀」模態，以謝靈運詩為典型性代表。

李玲珠探討魏晉自然思潮時分析說，「然」和「自然」構詞，其相關意義包括：第一，作為代詞，解釋為如此、這樣，「自然」意為「自己如此」，「如此」可為靜態，亦可為動態的呈現：「當作靜態時，是宇宙萬物真實面貌的本然呈顯，個個圓滿具足，人可由大化流行中感悟道的存在，在靜觀的過程中，泯除相對，進入絕對的存在狀態；因此也極易引發美感經驗，這或許也是「自然」一詞衍生出許多美學問題探討的主因。當作動態時，說明求道的工夫過程亦不假外力，完全是內在的

---

〔註31〕 顏崑陽：《六朝文學觀念叢論》，「附錄」，頁337～338。
〔註32〕 顏崑陽：〈從應感、喻志、緣情、玄思、遊觀到興會——論中國古典詩歌所開顯「人與自然關係」的歷程及其模態〉，錄自《詩比興系論》，頁372。

自我超越；所以在體察萬有存在的過程中，『自生自化』便成為自然的內涵」。第二，或作為助詞，為形容詞或副詞詞尾，表示狀態，「自然」意為「自己的樣子」，指涉的也是自己本然的狀態，工夫修養目的即是歸返原本赤子之心的天然，「這種不假外力，渾然天成的自然，也最能展現道家求真的精神。魏晉知識分子特殊的個性表現，其實也可視作自然的本然狀態的實際落實。」〔註33〕「自然」具「大化流行」中感悟的「道」、「內在的自生自化與自我超越」、「赤子之心的天然」等義，是處在大化中的「真」。

根據以上論述，統整「自然」意涵如下：

（1）非人為之客觀物質世界，即一般所謂「自然界」。

（2）物物各自己如此之生化或存在，亦即自然規則，或稱天道。

（3）情感的真誠流露與質樸的赤子天性。

（4）無造作之心靈境界，強調精神上的自在自適，超越有限而達無限。

（5）文學語言形式之不假雕飾或雕飾而復歸自然。

此意涵下的「自然」既顯與外界氣息相通的動態變化，又能掌握其對「主體性」的強調。於是，「自然」思潮下的審美觀，應是以「自然」為核心，從「自然」場域出發，延伸出「情感的真誠自然流露」、「物各生化的自然規則」與「精神的自在自適」，創作「自然」的語言。而這也正是「自己的樣子」、「自己使其如此」的主體性表現。透過山水詩，可以了解詩人在遊山歷水過程中，如何彌縫因現實環境而一步步偏離的本性。

蕭馳以為：「山水詩發生的歷史脈絡是在魏晉對漢代思想文化持續解構的過程裡出現的」，思想的視野自「求其端於天」回轉向了「人」。王弼以無形無名為天地自然之心，端賴人「隨其事義而取象」，〔註34〕山水詩登覽路線，若具主體創作意義，必也是由詩人心意中生出，登

〔註33〕李玲珠：《魏晉新文化運動——自然思潮》，頁 16～18。
〔註34〕蕭馳：《玄智與詩典》（臺北：聯經出版社，2011.8），頁 238～240。

覽路線實則循著心意路線，循著「自然的情感與心靈」脈絡發展。因此，山水詩以一種「即目即景」的姿態出現，回歸到「有」的思想語境而達「目擊道存」，這便以倡導「惟有論」的郭象玄學為代表，認為：「郭氏比任何人都更無所保留地將一個本然無主的天地萬物還給了世人。」〔註35〕若說漢代大一統帝國揉合思想求其端於「天」，王弼把思想視野回轉向「人」，則郭象真確地將人的存在定晴於「當下」，蕭馳以郭象所重為「當下活生生在場的原發精神」，〔註36〕認為：「郭象竭力強調人與變化日新的天地萬物不可界分」，〔註37〕「真正的自然之道，只在原發的當下之我與變化日新的天地萬物之相互構成」。〔註38〕郭象注《莊子》，謝靈運時代相近於郭象，其山水詩以《莊子》為最大多數的「前」經驗，郭象所重的「當下」，必然深刻影響詩人的創作。所謂：「低徊軒轅氏，跨龍何處巔？仙蹤不可即，活活自鳴泉」（〈舟向仙巖尋三皇井仙跡〉）〔註39〕、「莫辯百世後，安知千載前。且中獨往意，乘月弄潺湲。恒充俄頃用，豈為古今然」（〈入華子崗是麻源第三谷〉）〔註40〕，遊仙也好、百世也罷，皆不如此刻「俄頃」的獨往弄月、活活鳴泉，其最能體現「當下活生生在場的原發精神」意涵，直承王羲之〈蘭亭詩〉「群籟雖參差，適我無非親」〔註41〕樂在活潑潑當下的實誠情懷。

　　晚明王船山極力讚賞謝詩，其詩觀強調「現量」，稱：「禪家有三量，唯『現量』發光」，〔註42〕所重在當下主、客的交融，也因此奠定詩歌最高境界「情景交融」之說。船山極力讚賞謝詩，以其「現量」觀

〔註35〕蕭馳：《玄智與詩興》，頁241。
〔註36〕蕭馳：《玄智與詩興》，頁246。
〔註37〕蕭馳：《玄智與詩興》，頁247。
〔註38〕蕭馳：《玄智與詩興》，頁246。
〔註39〕顧紹柏：《謝靈運集校注》，頁119。
〔註40〕顧紹柏：《謝靈運集校注》，頁288。
〔註41〕丁仲祜編纂：《全漢三國晉南北朝詩‧全晉詩》，冊一，卷五，頁571。
〔註42〕〔明〕王夫之著、戴鴻森箋注：《薑齋詩話箋注》（上海：上海古籍出版社，2012.3），頁157。

實證郭象「當下活生生在場的原發精神」，〔註43〕強調「身之所歷，目之所見，是鐵門限」〔註44〕，因此謝詩章法千變萬化，「一章有一章之法」。然而，在這千變萬化的章法中，仍可歸整出「敘事、寫景、抒情、悟理」的大概結構。船山又云：「謝靈運一意回旋往復，以盡思理」，〔註45〕認為「思理」為謝靈運詩所專注竭力表現的詩意。「理」是紋理脈絡，怎樣的紋理脈絡是「思理」？「思」，《說文解字》謂：「容也。从心，从囟。」段玉裁注曰：「自囟至心，如絲相貫不絕也。」〔註46〕因此，「思理」涵蓋者自腦至心相貫不絕的創作脈絡，其中不能排除的是耳目官能的施用，因此包括創作時腦中所想、耳目所聞見、心裡所引觸。筆者首先要探究的是，詩人所面對的實存情境是什麼？關於「腦中所想」，嘗試爬梳謝靈運投身自然場域、觀看山水景物的「前」經驗為何？關於「耳目所聞見」與「心裡所引觸」，實難切分，從其章法探究主客如何交融，其過程為何？所達到的精神境界為何？最後，在作品語言層──尤以「寫景」之語言所呈顯的美感為何？此審美能否使其個殊的山水詩創作達到社會和諧的祈響？

　　「自然場域」作為謝靈運山水詩的出發，「自然之道」的開通美好做為謝靈運山水詩的精神境界，「自然」意涵的探討將能掌握謝靈運山水詩的多元層面。

　　〈物色〉篇云：「情往似贈，興來如答。」〔註47〕詩人以一「歷史性」的存在，走入「自然」場域，「自然」回饋給予什麼？以上是「自然」意涵下，謝靈運山水詩所能推廓的多元層面，也是本論文所要探究的內涵。

---

〔註43〕 王船山云：「『池塘生春草』、『胡蝶飛南園』、『明月照積雪』，皆心中目中與相融浹，一出語時，即得珠圓玉潤，要亦各視其所懷來而與景相迎者也。」（〔明〕王夫之著、戴鴻森箋注：《薑齋詩話箋注》，頁50～51。）

〔註44〕 〔明〕王夫之著、戴鴻森箋注：《薑齋詩話箋注》，頁56。

〔註45〕 〔明〕王夫之著、戴鴻森箋注：《薑齋詩話箋注》，頁31。

〔註46〕 〔東漢〕許慎著、〔清〕段玉裁注：《說文解字注》，頁506。

〔註47〕 〔南朝梁〕劉勰著、周振甫：《文心雕龍注釋》，頁847。

## 三、文獻探討與反思

　　山水詩發展於玄言詩之後，山水接替《莊》、《老》而為書寫重心，「耳目所及的山水之美」既為詩人創作主要目的，探究謝靈運山水詩應以其詩中「山水」為核心。然而，即使是山水詩，仍應有作者之「意」，王國瓔認為：「不論水光或山色，必定都是未曾經過詩人知性介入或情緒干擾的山水，也就是山水必須保持其本來面目」，〔註48〕山水一旦進入詩人心靈，便著詩人之「意」，詩人因山水而得「意」。在此前，山水未經干擾，但此後，山水已難純然。探究山水詩，應以山水為主，卻必須進一步探究山水與「意」的關係，如此方是詩情。「山水詩」做為「詩」的文體，詩人之「意」仍應為主要的表達，客觀「山水」與主觀「詩意」的結合，應是山水詩所要探討的核心，謝靈運山水詩的探討亦應如是。

　　前人探究謝靈運詩中的山水景物，往往列句分析其聲色之美，林文月以「有聲有色」稱之，〔註49〕又以為謝詩「每見兼容雄偉之美與優柔之美」，〔註50〕分析其於名詞上冠以鮮麗華貴的形容詞，而使原本平凡事物轉為富麗精美；其次為雙聲、疊韻之善用，形成聽覺上整齊鏗鏘之韻律感；另外，「又特重動詞或副詞之選擇，於五言詩之中間位置——第三字，匠心獨運，即所謂句中眼，故能使詩句常因一字而更形活躍生動」；再者便是善用對仗，「其山水詩每每上句寫山，下句則寫水，而山水景物往往於嚴密組織中一一呈現，層層推出。」〔註51〕葉笑雪雖以為謝詩刻意在羅列偶句的結果，阻滯詩中氣韻的流行，然因「寫繁複的山水景色，要做到『貌其形而得其似』的境地，自然需要很多的說明樣子的形容詞、描寫動態的疏狀詞和藉以表達形態的比喻，才能『巧言切狀』」，因此肯定謝詩形成一種簇新的寫景形式。〔註52〕劉明昌以

---

〔註48〕王國瓔：《中國山水詩研究》，頁1。
〔註49〕林文月：《謝靈運及其詩》（臺北：國立臺灣大學文學院，1966.5），頁59。
〔註50〕林文月：《山水與古典》（臺北：三民書局，1996.6），頁128。
〔註51〕林文月：《山水與古典》，頁104～111。
〔註52〕葉笑雪：《謝靈運詩選‧前言》（九龍：漢文出版社，1956），頁15～17。

為謝靈運山水詩之所以能開創新局面，主要在其語言藝術，其山水語言仍著重模山範水。〔註53〕

　　然而，謝靈運山水詩的文學價值，當不會只是寫景一事，黃節謂：「其所寄懷，每寓本事，說山水則苞名理，康樂詩不易識也，徒賞其富豔，……以妙辭目為累句，世士惑焉。」〔註54〕康樂詩不只能賞其富豔妙辭，其「說山水則苞名理」，實有寄懷，學者亦多所探究，然其結果往往圍繞「孤獨淒涼」之感，並以其一生的仕隱矛盾、進退兩難，歸結在「悲劇性人物」。林文月以為：「假如我們細心去觀察體會，便覺得他的詩中所流露出來的聲音多數是淒涼幽靜的……。這些淒涼的、幽靜的、傷感的聲音影響到謝詩中華麗的顏色，這就是為什麼他的山水詩，表面上絢爛華麗而骨子裏有一股寂寞悲涼的理由所在。」〔註55〕又以為：「大抵，謝詩首多敘事，繼言景物，而結之以情理，故末語每多感傷」，「謝靈運四十九年的生命，表面上雖然多采多姿，極富傳奇性，其人言行亦多乖迕不可諒，實則衷情落寞，靡有寄託，可憐可哀！故其詩章悲響縈迴，良有以也。」〔註56〕劉明昌認為其詩作，「在華麗絢爛詞語背後，呈現憂獨畏寂之心」，悲寂之情是其意境表現之主軸；〔註57〕認為康樂所以有此悠遊山水之心，或許正受此悲寂之情所導引，欲藉山水表面之美，掩飾其充斥心頭之煩憂，或反襯其內心無法排遣的孤獨感；〔註58〕認為謝靈運是一悲劇性人物，不只在其遭遇，在其矛盾不定，連其詩都因其人、其行而蒙受不公平對待。〔註59〕施又文探討謝靈運山水旅遊詩及其開創性時則謂：「謝靈運個性高傲而又倔強新朝，一次次錯誤的選擇使謝靈運一生和政治風浪糾纏不已，

〔註53〕劉明昌：《謝靈運山水詩藝術美探微》，頁7。
〔註54〕黃節：《謝康樂詩注・序》（臺北：藝文印書館，1987.10），頁2。
〔註55〕林文月：《謝靈運及其詩》，頁59～60。
〔註56〕林文月：《山水與古典》，頁121、123。
〔註57〕劉明昌：《謝靈運山水詩藝術美探微》，頁197～199。
〔註58〕劉明昌：《謝靈運山水詩藝術美探微》，頁200～201。
〔註59〕劉明昌：《謝靈運山水詩藝術美探微》，頁23。

最後釀成了他幾度被罷官、病免、外放及被殺的悲劇命運。仕途蹭蹬，宦海浮沉的遭際使『自謂才能宜參權要』的謝靈運彷徨憤懣，遂投向山水訴說自己的失意與孤寂。」〔註60〕王國瓔探討謝靈運山水詩中的「憂」和「遊」時認為，謝靈運的山水詩，「不僅摹寫遨遊觀賞的山水狀貌，亦抒發憂戚悒譽的個人情懷」，「企圖藉山水之遊以化解其失志不遇的鬱結」，繼承《楚辭》中「憂」和「遊」的傳統，成為他山水詩中反覆吟詠的兩大中心題旨，輪替消長。〔註61〕學者如此的歸結，其實是有所承傳的，中唐白居易〈讀謝靈運詩〉：「謝公才廓落，與世不相遇。壯志鬱不用，須有所洩處。洩為山水詩，逸韻諧奇趣。」金人元好問《論詩三十首》之二十亦云：「謝客風容映古今，發源誰似柳州深。朱絃拂遺音在，卻是當年寂寞心。」〔註62〕強調的都是不遇與寂寞，書寫自然山水成為逃避現實的消極目的。山水詩的「意」在此解讀下，見不到主體精神境界與足以引領當代或後世的山水書寫，孤獨、淒涼、感傷的山水之行如何被接受而蔚為風氣、形成思潮？山水詩又如何能在善性循環中蔚為書寫風氣、開創文體新貌？

　　觀謝靈運詩歌，「遊」字經常出現，謝詩中的「遊」多為實在層的出遊，帶有「逍遙」意的「遊」往往在觀覽山水後體悟，物我對立，成為期盼。〔註63〕此時，面對山水，心境應是提升於憂愁、孤寂、憤

〔註60〕　施又文：《謝靈運山水旅遊詩及其開創性研究》，頁33。
〔註61〕　王國瓔：〈謝靈運山水詩中的《「憂」和「遊」》〉，《漢學研究》第五卷第一期，1987.6，頁161～163。
〔註62〕　〔金〕元好問：《遺山先生文集》（臺北：臺灣商務印書館，1968.12），冊二，卷十一，頁155。
〔註63〕　前者如：〈遊嶺門山〉、〈遊南亭〉、〈遊赤石進帆海〉、〈從遊京口北固應詔〉等詩題，以及詩句：「遊當羅浮行，息必廬霍期。越海凌三山，遊湘歷九嶷」（〈出發石首城〉）、「昔聞汾水遊，今見塵外鑣」（〈從遊京口北固應詔〉）、「遨遊碧沙渚，遊衍丹山峰」（〈登臨海嶠初發彊中作，與從弟惠連，見羊何共和之〉）、「暮春雖未交，仲春善遊遨」（〈酬從弟惠連〉之五）等。後者如：「久露干祿請，使果遠遊諾」（〈富春渚〉）、「年迫願豈申，遊遠心能通。……欲抑一生歡，並奔千里遊」（〈登臨海嶠初發彊中作，與從弟惠連，見羊何共和之〉）等。

懿之上的。從康樂一生及其生命結局看待山水詩，悲懷傷情難免，然而，若只就每一首詩創作當下的主體心靈而言，詩人置身山水，見到什麼？山水寓目的結果又是什麼？山水詩如何寄懷而使康樂或六朝文人不斷投入山水？從身體所處的「自然」場域出發，探究其所引發的種種「自然」涵義，藉以深切了解山水詩的價值，以及山水遊何以能成為風氣，蔚為思潮。

　　有關謝靈運詩的研究相當可觀，李雁、施又文都羅列詳細。然真正出版的專書，除了注釋本，事實上相當有限，如：林文月《謝靈運及其詩》、鍾優民《謝靈運論稿》、李雁《謝靈運研究》，劉明昌《謝靈運山水詩藝術美探微》。凡此作品，提供謝靈運山水詩研究的諸多角度。施又文〈六十年來謝靈運研究專書的回顧與討論（1958～2018）〉，〔註64〕排除關於謝靈運的論文集、學位論文、敘述性傳記與文學家合集，研究發現，1958 到 2018 的六十年間，兩岸三地對謝靈運個別的研究與出版，僅有七本研究專注問世。〔註65〕其中特別肯定李雁的《謝靈運研究》，於第三章「創作與著述考索」，認為是二十一世紀以後第一本以專章考訂大謝所有作品的書，「其綜合前人文獻相當下功夫，因此能夠細緻的、具體的提出謝靈運出仕、覆亡的時間，並且善於引線穿針的將資料之間的線索加以組織。」〔註66〕觀之李雁《謝靈運研究》，其綜合前人研究，肯定成果豐富；對於謝靈運山水詩之研究，認為前人「最缺乏的是自己的發現和體認」，而於具體詩作的實際批評，「一般多集中

---

〔註64〕施又文：〈六十年來謝靈運研究專書的回顧與討論（1958～2018）〉，載於《東海大學圖書館館刊》第 34 期，頁 23～37，2018.10。
〔註65〕包括：林文月《謝靈運及其詩》（1958）、船津富彥《謝靈運：山水詩人謝靈運傳記》（1983）、鍾優民《謝靈運論稿》（1985）、李森南《山水詩人謝靈運》（1989）、譚元明《謝靈運山水詩新探》（1992）、李雁《謝靈運研究》（2005）、劉明昌《謝靈運山水詩藝術美探微》（2007）。其中，船津富彥、李森南之作偏向傳記。〔施又文：〈六十年來謝靈運研究專書的回顧與討論（1958～2018）〉，頁 27。〕
〔註66〕施又文：〈六十年來謝靈運研究專書的回顧與討論（1958～2018）〉，頁 37。

在〈登池上樓〉等少數名篇嘉構上」。〔註67〕因此意欲在已有基礎上對謝靈運進行全面觀照，解讀詩文以其人其世為出發點。施又文認為：「李雁在解讀大謝山水詩一章更提出他一己的創見」，揭舉「獨遊」使謝靈運專注於探索山水及表現山水的獨特意象，從而能夠使山水詩的寫景文字粲然可觀。〔註68〕認為：「謝靈運的山水詩都是在獨遊的情況下創作的，因此不受其他社會活動的干擾，所以容易把注意力集中到個人與自然山水的交流過程中，才得以進行對山水客觀的審美活動，進而在游賞或創作中尋覓屬於自己個性化體驗的獨特意象，山水詩的寫景這才走上了獨立發展的道路，這是李雁另一項獨見。」〔註69〕以「獨遊」為謝靈運山水詩的創見，斷然判定「不受其他社會活動的干擾」，是抽離了詩人的社會性與歷史性，缺乏時代風潮的觀照。李雁《謝靈運研究》，於「山水詩的創作背景」一節，論述山水詩產生與社會時代氛圍的關係，包括：社會劇變，士人以山林為依託；老莊哲學支持崇尚自然的人生理想，指引士人一條保持獨立人格尊嚴的道路；政治迫害氾濫，士人少有全者，山野湖澤成為躲避災難的去處；門閥制度形成貴族莊園經濟，觀覽田園、山水成為生活重要部分，也成為審美對象。〔註70〕欣賞山水景物之美自然而然成為士人生活中不可或缺的內容，山水景物起了一種自然化的人格力量，李雁認為山水詩人要給讀者體會的正是這種力量。〔註71〕李雁的研究已兼顧語言、風格，強調了自然山水對人生價值觀的影響，但，「自然化的人格力量」是什麼？一種取法自然的澎湃思潮於謝詩中究竟如何展開？對謝靈運山水詩的解讀，李雁並未能清楚展開其層次，其系統化亦不甚明晰。正如施又文認

〔註67〕　李雁：《謝靈運研究》，頁 8。
〔註68〕　施又文：〈六十年來謝靈運研究專書的回顧與討論（1958～2018）〉，頁 37。
〔註69〕　施又文：〈六十年來謝靈運研究專書的回顧與討論（1958～2018）〉，頁 33。
〔註70〕　李雁：《謝靈運研究》，頁 205。
〔註71〕　李雁：《謝靈運研究》，頁 202～203。

為：「劉明昌《謝靈運山水詩藝術美探微》前半講謝靈運山水詩之所以產生的個人因素與文化環境因素，後半講謝靈運山水詩藝術美之特徵，可是這兩個領域各自獨立、並未發生有機的連結」。〔註72〕

沈約〈謝靈運傳論〉曰：「靈運之興會標舉」，「興會」，李善注：「情興所會」，〔註73〕強調主體與自然景物的交會為謝詩的勝場。本文試圖探究魏晉「自然思潮」下，謝靈運山水詩對「莊老告退，而山水方滋」的印證，以「自然」為核心，以「思理」為主脈，進行系統論述，展開唐代田園詩「興會模態」前，謝靈運山水詩如何「興會」而達「標舉」的歷程，期使論述間成為有機的連結。

## 第二節　史料運用與研究方法

### 一、史料運用

顧紹柏《謝靈運集校注》為目前謝靈運詩文蒐集最完整、考證最清楚、注解最詳細者，提供互文注釋最有力的依據。本研究所探討文本，以此為主。

《增補六臣註文選》，〔註74〕收錄謝靈運詩三十九首，包括「述德」類二首（〈述祖德詩〉二首），「公讌」類一首，「祖餞」類一首，「遊覽」類九首，「哀傷」類一首，「贈答」類三首，「行旅」類九首，「樂府」一首，「雜詩」四首，「雜擬」八首（〈擬鄴中詠八首並序〉），多所徵引以為注。

黃節《謝康樂詩註》，為全面為謝靈運詩做注之始作者，錄李善注，有未盡者，為之補注，補注中間採五臣注；此外亦有自己的創注。

葉笑雪《謝靈運詩選》，選集以山水詩為主，但為使讀者有更全面

---

〔註72〕施又文：〈六十年來謝靈運研究專書的回顧與討論（1958～2018）〉，頁35。

〔註73〕〔南朝梁〕蕭統：《增補六臣註文選》（臺北：華正書局，1979.5），卷五十，頁943。

〔註74〕《增補六臣註文選》（臺北：華正書局，1979.5）。

的了解，亦不局限於山水詩的範圍；注解以《昭明文選》李善注、黃節《謝康樂詩註》為藍本，除將詩裡不常見的生僻字注出、隱晦不明的語詞淺解、典故口語譯注與原文徵引，第二步便是將全詩略加詮釋及評述。

張兆勇《謝靈運集箋釋》，〔註75〕是較新的版本，是在顧紹柏《謝靈運集校注》、李運富《謝靈運集》〔註76〕闡釋的基礎上，鎖定謝靈運言行玄學意蘊箋解，以還原其時代性。

以上皆提供本論文對謝靈運詩注解與詮釋珍貴的參考。

## 二、「謝靈運山水詩」選定

林文月據黃節《謝康樂詩注》以為：

謝靈運現存詩：八十七首

山水詩：三十三首（佔全集二分之一弱）〔註77〕

林氏並未指明其所認定的山水詩篇名。

劉明昌依其判準，歸納謝靈運詩中足以稱山水詩者，約四十首。施又文所取謝靈運山水詩則有四十七首。也許如陶玉璞所說：「『山水詩』或許只能找到類型，無法找到共同認定的義界。」〔註78〕然為了研究方便，仍須盡可能地有一個較為清晰的認定，茲取李雁《謝靈運研究》、劉明昌《謝靈運山水詩藝術美探微》、施又文《謝靈運山水旅遊詩及其開創性研究》三家的選錄，依前面關鍵詞的界定，又為免遺珠，採最寬泛的認定。然，李雁所收〈白石巖下徑行田〉為見荒蕪而提出水力興修計畫，不列入；施又文所收〈題落峭石〉、〈嶺表〉、〈登狐山〉、〈入竦溪〉，顧紹柏以為有闕文，細讀下亦難以掌握其意，故捨之。如此共計四十四首。

---

〔註75〕張兆勇：《謝靈運集箋釋》（北京：中國社會科學出版社，2017.9）。

〔註76〕李運富：《謝靈運集》（長沙：岳麓書社，1999）。

〔註77〕林文月《山水與古典》，頁64。

〔註78〕陶玉璞：《謝靈運山水詩與其三教安頓思考研究》（新竹：清華大學中文所博士論文，2006.7），頁54。

謝靈運山水詩各家（李雁、劉明昌、施又文）選錄狀況：

| 序號及詩題 | 李雁《謝靈運研究》（四十四首） | 劉明昌《謝靈運山水詩藝術美探微》（四十首） | 施又文《謝靈運山水旅遊詩及其開創性研究》（四十七首） | 備　註 |
|---|---|---|---|---|
| 1.〈永初三年七月十六日之郡初發都〉 |  | ∨ |  | 出守永嘉時期 |
| 2.〈鄰里相送方山〉 |  | ∨ | ∨ |  |
| 3.〈過始寧墅〉 | ∨ | ∨ | ∨ |  |
| 4.〈富春渚〉 | ∨ | ∨ | ∨ |  |
| 5.〈初往新安至桐廬口〉 | ∨ | ∨ | ∨ |  |
| 6.〈夜發石關亭〉 | ∨ | ∨ | ∨ |  |
| 7.〈七里瀨〉 | ∨ | ∨ | ∨ |  |
| 8.〈晚出西射堂〉 | ∨ | ∨ | ∨ |  |
| 9.〈登永嘉綠嶂山〉 | ∨ | ∨ | ∨ |  |
| 10.〈遊嶺門山〉 | ∨ | ∨ | ∨ |  |
| 11.〈登池上樓〉 | ∨ | ∨ | ∨ |  |
| 12.〈東山望海〉 | ∨ | ∨ | ∨ |  |
| 13.〈登上戍石鼓山〉 | ∨ | ∨ | ∨ |  |
| 14.〈石室山〉 | ∨ | ∨ | ∨ |  |
| 15.〈過白岸亭〉 | ∨ | ∨ | ∨ |  |
| 16.〈讀書齋〉 | ∨ | ∨ | ∨ |  |
| 17.〈遊赤石進帆海〉 | ∨ | ∨ | ∨ |  |
| 18.〈舟向仙巖尋三皇井仙跡〉 | ∨ | ∨ | ∨ |  |
| 19.〈遊南亭〉 | ∨ | ∨ | ∨ |  |
| 20.〈登江中孤嶼〉 | ∨ |  | ∨ |  |
| 21.〈行田登海口盤嶼山〉 | ∨ | ∨ | ∨ |  |

| | | | | |
|---|---|---|---|---|
| 22. 過瞿溪山〔飯〕僧 | v | v | v | |
| 23.〈初去郡〉 | v | v | v | |
| 24.〈石壁立招提精舍〉 | v | v | v | 第一次隱居始寧時期 |
| 25.〈石壁精舍還湖中作〉 | v | v | v | |
| 26.〈田南樹園激流植援〉 | v | v | v | |
| 27.〈於南山往北山經湖中瞻眺〉 | v | v | v | |
| 28.〈從斤竹澗越嶺溪行〉 | v | v | v | |
| 29.〈初至都〉 | | | v | 在京仟秘書監、侍中時期 |
| 30.〈從遊京口北固應詔〉 | v | v | v | |
| 31.〈入東道路〉 | v | v | v | 第二次隱居始寧時期 |
| 32.〈七夕詠牛女〉 | v | | v | |
| 33.〈登臨海嶠初發疆中作,與從弟惠連,見羊何共和之〉 | v | v | v | |
| 34.〈石門新營所住四面高山,迴溪石瀨,修竹茂林〉 | v | v | v | |
| 35.〈登石門最高頂〉 | v | v | v | |
| 36.〈發歸瀨三瀑布望兩溪〉 | v | | v | |
| 37.〈石門岩上宿〉 | v | v | v | |

| 詩題 | | | | 時期 |
|---|---|---|---|---|
| 38.〈初發石首城〉 | | ✓ | ✓ | 出守臨川與流放廣州時期 |
| 39.〈道路憶山中〉 | | ✓ | ✓ | |
| 40.〈入彭蠡湖口〉 | ✓ | ✓ | ✓ | |
| 41.〈登廬山絕頂望諸嶠〉 | ✓ | ✓ | ✓ | |
| 42.〈初發入南城〉 | ✓ | | ✓ | |
| 43.〈入華子崗是麻源第三谷〉 | ✓ | ✓ | ✓ | |
| 44.〈題落峭石〉 | ✓ | | ✓ | |
| 45.〈嶺表〉 | ✓ | | ✓ | |
| 46.〈登狐山〉 | ✓ | | ✓ | |
| 47.〈入竦溪〉 | ✓ | | ✓ | |
| 48.〈往松陽始發至三洲〉 | ✓ | | ✓ | 出守永嘉時期 |
| 49.〈白石巖下徑行田〉 | ✓ | | | 出守永嘉時期 |

## 三、研究方法與大綱

　　「山水詩」以自然景物之美為主要書寫對象，終結於其對主體生命存在感的興發，乃至精神境界的提昇。自然景物一旦入詩，即非純客觀，謝靈運山水詩表現了詩人怎樣的生命存在感，又達到了怎樣的精神境界，前人有種種動機和結果的論述。然，人做為「歷史性」的存在，〔註79〕其心靈與自然景物的交互作用結果，當出於「自覺」的精

────────────

〔註79〕顏崑陽教授說：「『歷史性』不等同於『歷史事件』，他指的是使得所發生的事件能成為『歷史』的存在基礎。……現實世界中所發生的事件要能成為『歷史』，則必須是這些事件乃出於行為者精神能力對其價值意義所作自覺的理解、選擇與實踐。這樣的精神能力，惟人有之，故只有人類才是『歷史性』的存有者。其所行所為，都是對其生命存在價值意義的理解、選擇與實踐。」〔顏崑陽〈從應感、喻志、緣情、玄思、遊觀到興會——論中國古典詩歌所開顯「人與自然關係」的歷程及其模態〉，收在《詩比興系論》，頁329～330。〕

神能力；歷史無法如實還原，透過詩人的所見所聞及其感受與表出，仍可以盡可能真實地拼湊其所面對的存在環境與對應。《文心雕龍‧物色篇》云：

> 自近代以來，文貴形似，窺情風景之上，鑽貌草木之中。吟詠所發，志惟深遠；體物為妙，功在密附。故巧言切狀，如印之印泥，不加雕削，而曲寫毫芥；故能瞻言而見貌，〔印〕即字而知時也。〔註80〕

「物色」指天地自然景物，劉勰體悟其與文學創作關係密切，六朝以來，更成為詩人直接歌詠的對象，「山水詩」因此而為開創的文類。此段文字涵蓋「山水詩」創作所涉及的實在層、心理層、語言層：

> 「實在層」——能瞻言而「見貌」，即字而「知時」；窺情「風景之上」，鑽貌「草木之中」。
>
> 「心理層」——「吟詠所發，志惟深遠」。
>
> 「語言層」——「文貴形似」、「吟詠所發，志惟深遠，體物為妙，功在密附」、「巧言切狀，如印之印泥，不加雕削，而曲寫毫芥」。

「體物」能為功，須「窺情風景之上，鑽貌草木之中」，專注凝神地在風景草木等自然物色上，在作者而言，能有「不加雕削，而曲寫毫芥」之功；在讀者而言，能收「瞻言而見貌，〔印〕即字而知時」之效，透過文字而能「見貌」、「知時」，想像拼湊其所處的實在層。自然物色成為密附的詩歌題材，然而要發為歌詠，須在「志惟深遠」的主體心靈下，因此是自然物色與主體深遠志惟的會聚下，而形成開創新局面的山水詩。主體既在現場，又超越現場。不論詩人所面對的客觀實在環境、主觀心理狀態，「自覺」的「歷史性」存在，方能更接近事實地見到詩人生命存在價值意義的理解、選擇與實踐。

　　提及謝靈運創作山水詩是時代風氣，山水詩的興起，與魏晉時期

---

〔註80〕〔南朝梁〕劉勰著、周振甫注：《文心雕龍注釋》，頁517。

「社會動盪、政治不安定」有關，自然山水因此「成為他們最理想的藏身之所」。〔註81〕謂其遨遊山水是為「性分所好」，「欲藉山水以釋懷娛情」；〔註82〕謂其本身性格「喜新、恃才傲物」，思想「多元及矛盾」，於心靈上難以保持絕對之自然和諧〔註83〕……。或許《莊子‧知北遊》所云：「山林與！皋壤與！使我欣欣然而樂與！」，〔註84〕可提供山水娛人之依據；《世說新語‧言語篇》所記：「過江諸人，每至美日，輒相邀新亭，藉卉飲宴。周侯中坐而歎曰：『風景不殊，正自有山河之異！』皆相視流淚」，〔註85〕可證東晉士族面對山水的悲愁；《宋書‧謝靈運傳》更提供許多較為可信的記載，如謂其「尋山陟嶺，必造幽峻」。種種詩人與自然山水的互動、因緣，看似事實的記載，皆不如直接從詩人所創作的文本更真切感受作者心目中的世界。因此，「文本互釋」是本論文對詩人實存情境所採用的研究方法，嘗試從所作詩、文作品爬梳，「瞻言而見貌，即字而知時」，蒐羅「自然思潮」下，其對自然山水的嚮往與行動力，還原其歷史性。

「山水詩」的定義，離不開「自然界」。觀謝靈運一生「實存情境」，充滿對自然山水的嚮往，而更多的是親臨自然山水。王國瓔認為，山水詩能在中國文學史上形成一大宗派，創立文學類型，要歸功於謝靈運，此與文學史所載符合。然又認為，其原因是他所處的劉宋的文學環境，給予山水詩有利的生長機會，帝王的有力提倡，藉政治力量抬高文學地位，文學成為顯學之一而具獨立機會。加以君主王侯的雅好文學，文風蔚然，更促成元嘉時代，唯美文學風靡江表。因此：「由於文學的獨立，必須朝著形式美化的方向發展，以別於其他的經、史等學。於是修辭造句日趨精妍新巧，乃是必然的趨勢，而大自然的千態萬狀，聲色之

〔註81〕鍾優民：《謝靈運論稿》，頁 124。
〔註82〕林文月：《山水與古典》，頁 123。
〔註83〕劉明昌：《謝靈運山水詩藝術美探微》，頁 185。
〔註84〕郭慶藩：《莊子集解》（臺北：華正書局，1979.5），頁 765。
〔註85〕〔南朝宋〕劉義慶著、〔南朝梁〕劉孝標注、余嘉錫箋疏：《世說新語箋疏》（上海：上海古籍出版社，1995.5），頁 92。

美，正是耕耘辭藻、培育美文的最佳園地。」〔註 86〕文風何以朝向自然取經？是唯美詩風所以走向自然，抑或是走向自然所以唯美？這又是一難與蛋孰為先後的問題。既然謝靈運為主體，從「自然界」意涵的「自然場域」出發，以「文本互釋」爬梳其「實存情境」，又「推源溯流」得其「前」經驗後，採用傳統「以意逆志」方式，「以謝解謝」，充分掌握自然思潮下的「主體性」發揮。

　　詩人創作時的腦裡並非空白，必須「推源溯流」，從用典狀況了解其登臨山水前的內在經驗。王國瓔認為喜用典故是劉宋文壇時尚，謝靈運「博覽群書」，典故頻現亦屬自然，〔註 87〕並且肯定「用典」而為「前」經驗。以〈登上戍石鼓山〉詩為例，認為詩中引用《楚辭·招魂》句，「詩人登山前，顯然懷著有若屈原放逐江南的悲哀」。又云：「春景的確是明麗的，可是在『楚辭·招魂』的悲調迴響中，詩人緣景而引起的放逐之悲，乃是極其自然的。」〔註 88〕然孤例不足以為證，實際蒐羅爬梳謝靈運山水詩用典情況，《楚辭》的確僅次於《莊子》，其中尤以屈原作品為主。因此，可以肯定，詩人登山前，心靈負載的是《莊子》的哲理與屈原的憂思。其次為《老子》、《周易》、《詩經》。

　　謝靈運的一生或許能以「矛盾」概括，然卻可能因此忽略長期投入山水所帶給的種種情感變化，而這是詩人生命當下的真情實感，觀其山水觸動引發的情感，無寧是露骨、直接而自然的。詩人由《莊子》所形塑的自然無偽情感，在第二「前」經驗——《楚辭》——的作用下，愁緒滿端，「遇物難可歇」，呈現在其章法上，總不離真情的流露與書寫。然，總在難以歇止的憂思中，頓悟成「理」。所謂「思理」，由「目」至「心」，目所觸，心所感，「情意」轉折出「思理」。因此，「景語」即「情語」，「景」與「情」的因依相叶成為章法結構中的重點，由「情」頓悟成「理」。「景」為「思依」，「情」、「理」為「思體」，而以

---

〔註 86〕　王國瓔：《中國山水詩研究》，頁 152。
〔註 87〕　王國瓔：《中國山水詩研究》，頁 164。
〔註 88〕　王國瓔：《中國山水詩研究》，頁 160～161。

「情」為主調，傳統的「意象批評」能幫助理解「情興」、「得理」的章法流動。

　　謝詩為人討論的「玄理尾巴」，是其至情後的轉折頓悟，精神在此超脫，自在自適。仍是作為第一「前」經驗的《莊子》所導引的深層自然意識，雖未必完全是《莊子》原意，然由其時代來看，無疑地是較接近郭象對《莊子》的注解，強調當下的生命原發意義。注〈大宗師〉云：「夫無力之力，莫大於變化者也；故乃揭天地以趨新，負山岳以舍故。故不暫停，忽已涉新，則天地萬物無時而不移也。」〔註89〕變化是天地本質，「忽然」之間的「涉新」足以觸動心靈，驚覺萬物的無時不移，心靈如何得有安定？郭象又云：「遊心變化之塗，放於日新之流」，〔註90〕以一種「遊」的心情，將自己安放於時刻變化的「日新」之感，「當所遇而安之，忘先後之所接，斯見獨者也。」〔註91〕「見獨」者，能見當下勝境，所遇即安，因此有活潑潑的生命朗現。王羲之〈蘭亭詩〉云：「寥闃無涯觀，寓目理自陳。……群籟雖參差，適我無非親。」對變化不憂不懼，抓住當下的「新」而感到適意，山水自然景物，寓目即成理。主體因當下心目遇合所得之理，而感自適、超越，此為山水詩的精神境界。從其文本收結的「光明尾巴」，掌握其「志惟深遠」的「體物」妙悟之理，從而得出詩人的精神境界。美學的直觀感悟，既顯詩人面對宇宙自然的精神境界，亦是讀者面對謝詩的體得。

　　「語言形式」上，顏崑陽教授以謝靈運為不同於陶淵明的自然，乃是一種「經營而反於自然」，是經由雕飾而復歸於自然，故不排除學識與技法。〔註92〕認為「自然」往往與「質樸」聯在一起，「質樸」是「無超過本質之外的虛飾」，不應與「華麗」相對，應如《文心雕龍・隱秀篇》所主張：「思合而自逢」，則自成秀句，〔註93〕且不與「華麗」

---

〔註89〕郭慶藩：《莊子集解》，頁244。
〔註90〕郭慶藩：《莊子集解》，頁246。
〔註91〕郭慶藩：《莊子集解》，頁254。
〔註92〕顏崑陽：《六朝文學觀念叢論》，「附錄」，頁341。
〔註93〕顏崑陽：《六朝文學觀念叢論》，「附錄」，頁341。

衝突。其「自然」符合《文心雕龍・原道篇》所說：「心生而言立，言立而文明，自然之道也」，以及〈麗辭篇〉所說：「夫心生文辭，運裁百慮，高下相須，自然成對」。「對仗」是常態，學者多所探討；其次，其寫景往往「對比」為之，「對仗」常常也是「對比」，符合「二元旋折」的自然之道，採用的是將普遍的宇宙現象研究方法，亦即「二元對立」。又，學者多以「初發芙蓉」、「麗」稱其語言形式，其在語言外的涵義可從審美心理學加以探討。

　　本論文穿插使用一般分析、歸納、列舉、文獻研究法，不落名相，期能相成互補、兼容並採。

　　訂定大綱如下：

　　第一章：「緒論」。

　　第二章：「謝靈運山水詩創作的實存情境」。

　　第三章：「謝靈運山水詩主體意識的『前』經驗」。

　　第四章：「謝靈運山水詩主、客體的交融」。

　　第五章：「謝靈運山水詩的精神境界」。

　　第六章：「謝靈運山水詩『景語』的美感特質」。

　　第七章：「結論」。

# 第二章 謝靈運山水詩創作的實存情境——眷戀山水之必然

　　謝靈運以其山水詩奠定文學史地位,「山水」原是客觀物質環境,如何一步步成為詩人從「守道順性,樂茲丘園」(〈答中書〉)的在京想望,又在祖德的「清塵竟誰嗣」(〈述祖德詩〉二首之一)、一己的「薄霄愧雲浮,棲川怍淵沉」(〈登池上樓〉)感慨中,取擇「遺情捨塵物,貞觀丘壑美」(〈述祖德詩〉二首之二)、「日盡一日娛」(〈擬魏太子鄴中集八首〉之「陳琳」)、「且申獨往意,乘月弄潺湲」(〈入華子岡是麻源第三谷〉)的俄頃愉悅,乃至成為「清旦索幽異,放舟越坰郊」(〈石室山〉)、「躋險築幽居,披雲臥石門」(〈石門新營所住四面高山,迴溪石瀨,修竹茂林〉) 〔註1〕的山林冒險家的創作實存情境。本章目的在探究「山水」與詩人生活、思想的密切關係,作為後面章節的依據。

　　「實存情境」是作者所處的「實在層」,一般研究者多從史傳或周邊資料探討謝靈運所處的時代環境,以及其山水詩創作的背景。如:林文月《謝靈運及其詩》第二章「謝靈運傳」,從「家世」談起,直到「仕宋時期」;鍾優民《謝靈運論稿》從「謝靈運的家世」與「謝靈運的經歷」兩個單元探討;李雁《謝靈運研究》第一章「生平考述」,從「家

---

〔註 1〕顧紹柏:《謝靈運集校注》,以上分別見頁 1、153、95、154、212、288、107、256。

世與童年」談起，直到「出守臨川與棄市廣州」；劉明昌《謝靈運山水詩藝術美探微》第二章「謝靈運山水詩產生之因緣」，從「外緣——文化環境因素」與「內因——謝靈運個人因素」分別探討。

　　然而，作者所處的實在層，必須是其內心有所感應者，才能化作語言呈現。所謂「實存情境」，應是主體當下對客觀環境的應感。顏崑陽教授說：

> 凡言「情境」，便非純然只是某一種事物的外在或內在屬性。它是由二種以上之事物，在實際的時空場景中，由於彼此的精神性活動關係，而醸造成一種「情境」。……所謂「實存情境」是指詩人在現實社會中，深切的「感悟」到一種「情境」……。凡「情境」皆為主體當下涉入之「感悟」，非客體化之抽象思維所能獲致。〔註2〕

「情境」是「精神性活動關係」所形成的實際時空場景；「實存情境」是主體在現實社會中當下的感悟，在此情境下，才有詩歌「興」的「起情」。因此，「實存情境」應是主體、客觀環境、當下的實誠交集，透過主體心靈的「感悟」，然後轉化為語言。顏教授又於探討中國古典詩歌所開顯「人與自然關係」的歷程及其模態時說，所謂「存在境域」，指的是：「人的生命主體所存在相對客觀而具有實際地域性及歷史性的自然處境與社會文化處境」，〔註3〕因此，謝靈運山水詩的「實存情境」應涵蓋其自然處境與社會文化處境。李清筠曾以阮籍、陸機、陶淵明為例，探討其「時空情境中的自我影像」，認為「時空情境」提供生命演出舞台，而凸顯個性化特質的「自我影像」，〔註4〕自然處境不能逃脫於人文環境，正如鄭毓瑜所說：「這樣一種交錯時間、空間與社群等多

---

〔註2〕顏崑陽：〈論詩歌文化中的「託喻」觀念〉，收在《詩比興系論》，頁182。

〔註3〕顏崑陽：〈從應感、喻志、緣情、玄思、遊觀到興會——論中國古典詩歌所開顯「人與自然關係」的歷程及其模態〉，收在《詩比興系論》，頁329。

〔註4〕李清筠：《時空情境中的自我影像——以阮籍、陸機、陶淵明為例》（臺北：文津出版社，2000.10），頁4。

重脈絡的存在關係網，既為審美主體的本然真存，復又為所有人文藝術活動的生發場域，我們稱它為『情境』」，〔註5〕因此，李清筠認為：

情境所涵涉的除時空背景外，還有和我們一同存身的人與物。若欲全盤分析在時空情境中，人是以何樣的身心狀態去臨處，就要叩問人與時間、人與空間、人與物、人與人間互動的關係。〔註6〕

李氏將「情境」理析為「人與時間、人與空間、人與物、人與人間」四個層面的互動關係，涵蓋自然與社會、歷時與並時的情境，這些既是詩歌創作的生發場域，也是主體的本然真存，作品將實誠呈顯詩心。

　　然而，自然與社會、歷時與並時的情境，在康樂詩往往混雜並存，要如何在混雜並存的各種互動關係中，提舉出詩人臨對的實存情境？我想，以時間為劃分，而時間的劃分又以詩人所處空間為依據，爬梳其中詩人與物、與人的互動關係。至於如何劃分？方韻慈《謝靈運山水詩分期研究》〔註7〕，針對謝靈運詩歌繫年進行討論，以顯示謝靈運山水詩的階段性演變。我的目的不在作分期研究，只在為了解詩人存在處境，作為時段劃分的方便。顧紹柏《謝靈運詩注》蒐羅詳盡，於研究謝靈運詩具普遍性及重要性，陶玉璞稱之為「箋注謝靈運詩歌的典範工程」，〔註8〕因此以其繫年與時期的劃分為謝靈運山水詩創作實存情境的時、空劃分依據。

　　繫年永初三年（公元四二二年）的〈永初三年七月十六日之郡初發都〉是謝靈運最早的山水詩，因此，論述其「山水詩創作實存情境」當以此年為始，此時謝靈運三十七歲，此前其處境依山水詩所詠適時

〔註5〕鄭毓瑜：《六朝情境美學》（臺北：里仁書局，1997.12），頁2。

〔註6〕李清筠：《時空情境中的自我影像——以阮籍、陸機、陶淵明為例》，頁7。

〔註7〕方韻慈：《謝靈運山水詩分期研究》，碩士論文，國立臺灣大學中文所，2009。

〔註8〕陶玉璞：《謝靈運山水詩與其三教安頓思考研究》，博士論文，國立清華大學中文所，2006。

補充，而以史傳所記為參照。又，顧紹柏亦將謝靈運文類繫年，因此也參考其文類創作，以此勾勒創作山水詩的實存情境。

## 第一節　出守永嘉時期〔永初三年（四二二）～景平元年（四二三）〕

　　永初，宋武帝劉裕年號，公元四二〇～四二二年。《宋書・謝靈運傳》載：「高祖受命，降公爵為侯，食邑五百戶。起為散騎常侍，轉太子左衛率。靈運為性褊激，多愆禮度，朝廷唯以文義處之，不以應實相許。自謂才能宜參權要，既不見知，常懷憤憤。盧陵王義真少好文籍，與靈運情款異常。少帝即位，權在大臣，靈運構扇異同，非毀執政，司徒徐羨之等患之，出為永嘉太守。」〔註9〕高祖，劉裕，滅晉即位，謝靈運由「康樂公」降為「侯」，食邑由二千戶減為五百戶。雖起用為散騎常侍、太子左衛率，卻只「以文義處之」而無實際權力。本性褊狹易怒，降爵減邑，致失臣禮；又自視甚高卻未受重用，「不遇」而憤。待劉裕死，其子劉義符十六歲，即位為少帝，徐羨之、傅亮等掌大權。謝靈運受劉裕次子劉義真禮遇，遂「構扇異同，非毀執政」，徐、傅等如芒刺在背，謝靈運因而被迫離開建康都城，出守永嘉（今浙江溫州市）。身為晉王朝貴族，於異代之際，被貶離京，自有其生命實存的困境。

### 一、出守的憂煩

　　述職期闌暑，理棹變金素。秋岸澄夕陰，火旻團朝露。辛苦誰為情？遊子值頹暮。憂似莊念昔，久敬曾存故。如何懷土心，持此謝遠度。（〈永初三年七月十六日之郡初發都〉）

　　祇役出皇邑，相期憩甌越。解纜及流潮，懷舊不能發。（〈鄰里相送方山〉）

---

〔註9〕〔梁〕沈約：《宋書》，收入《二十五史》（臺北：藝文印書館，1956，據清乾隆武英殿刊本景印），冊十，卷六十七，頁850。

羈雌戀舊侶，迷鳥懷故林。含情尚勞愛，如何離賞心。（〈晚
出西射堂〉）〔註10〕

「述職啟程」，山守永嘉，展開不同於過往的生命型態，也將開創
不同的詩歌面貌。「述職期闌暑，理棹變金素」，夏末應該啟程的，出發
時已是金秋時節，遲疑的因素，詩人沒明說，然照應題目「初發都」的
不捨可感。劉裕即帝位，建立劉宋王朝，謝靈運降爵，食邑銳減，名、
利兩失，反思不得志而感憤忿。其外顯既為「多愆禮度」，少帝即位，
謝靈運更結黨非毀時政，引起權臣徐羨之等人的不安心，出貶成為不
可避免的命運。就中有客觀環境改變的因素，亦有詩人本身主觀情性
使然的因素，「出為永嘉人守」是主、客觀因素結合而成的詩人個人命
運。謝靈運此詩作於三十七歲，與政治的最初關涉是隆安三年（公元二
九九年）十五歲時襲封康樂公，然朝廷授以員外散騎侍郎而不就，真正
進入仕途乃義熙元年（公元四〇五年）任琅邪王大司馬行參軍，時年二
十一，前後取其整數約二十年。這是生命中精華的壯盛歲月，離京而前
往永嘉「述職」，延遲啟程的不捨中應雜有相當的不樂意。

「懷舊難離」，住慣了的京師，相熟的親友，還有「宜參權要」的
理想，轉眼要放手，「解纜及流潮，懷舊不能發」，難離的情意正如滾流
的潮水；「羈雌戀舊侶，迷鳥懷故林」，含情者如何能離？「愛似莊念
昔，久敬曾存故」，表達濃厚的懷舊情意，也預示著即將漂泊的生命。
《莊子・徐无鬼》曰：「子不聞夫越之流人乎？去國數日，見其所知而
喜；去國旬月，見所嘗見於國中者喜；及期年也，見似人者而喜矣；不
亦去人滋久，思人滋深乎？」〔註11〕大抵人有所見則有所思，越國遊
子，去國越久，思念故國的憑藉就越放寬，竟自「見似人者而喜」。《論
語・公冶長》云：「晏平仲善與人交，久而敬之。」〔註12〕《韓詩外傳・

---

〔註10〕顧紹柏：《謝靈運集校注》，以上分別見於頁 54、61、82。
〔註11〕郭慶藩：《莊子集釋》，頁 823。
〔註12〕〔魏〕何晏注、〔宋〕邢昺疏：《十三經注疏・論語》（臺北：藝文印書
　　　館，嘉慶二十年重刊宋本），冊八，頁 44。

卷九》載：「子夏過曾子，曾子曰：『入食。』子夏曰：『不為公費乎？』曾子曰：『君子有三費，飲食不在其中。……』子夏曰：『敢問三費。』曾子曰：『……久交友而中絕之，此三費也。』」〔註13〕顧氏以為謝靈運後句揉合以上二典故，意謂如曾子對老朋友，越久越彼此敬重，《文選》呂向注：「言我同此二人懷舊，故愛敬之也」。〔註14〕念昔，指對親友的懷念，如莊子所言，離家越久，思念越深，隱喻自己「流人」的身分。李善曰：「言遊子多悲，觸物增戀，愛其似」，離京愈久，熟物愈少，情愈脆弱，所觸易於聯類，增懷而傷感。

「辛苦遊子」，不捨與不滿的種種情緒中啟程，「遊子」的悲懷，於金秋轉涼時刻倍感。詩人身處行舟，「秋岸澄夕陰，火旻團朝露」，夕陽落下到朝露團攢，詩人感受有二：其一，所見澄澈純淨；其二，露宿辛苦。「辛苦誰為情」，陸機〈赴洛詩〉二首之一：「豐豐孤獸騁，嚶嚶思鳥吟。感物戀堂室，離思一何深。佇立慨我歎，寤寐涕盈衿。惜無懷歸志，辛苦誰為心！」〔註15〕感物而興離廷之思，《文選》張銑注曰：「言歎息悲涕，為仕晉，故歎息不得有懷歸之志。辛苦羈旅，誰堪為此心也！」辛苦，既見「秋岸澄夕陰」，又見「火旻團朝露」，日以繼夜，夜以繼日，所見唯「秋岸」、「朝露」，餐風露宿、羈旅在外之景，實為辛苦。謝靈運此處「辛苦誰為情」下接「遊子值頹暮」，蓋亦「辛苦羈旅」之不堪，與陸機赴洛離思之深有同樣心情，充滿感傷不捨、憂憤不滿的悲懷。

## 二、過往的反思

> 束髮懷耿介，逐物遂推遷。違志似如昨，二紀及茲年。淄磷謝
> 清曠，疲薾慚貞堅。拙疾相倚薄，還得靜者便。（〈過始寧墅〉）

---

〔註13〕〔西漢〕韓嬰：《韓詩外傳》，錄自嚴一萍輯選：《百部叢書集成‧幾輔叢書》（臺北：藝文印書館，1966，原刻景印），冊三，卷九，頁12～13。

〔註14〕《增補六臣註文選》，卷二十六，頁493。

〔註15〕《增補六臣註文選》，卷二十六，頁490。

溯流觸驚急，臨圻阻參錯。亮乏伯昏分，險過呂梁壑。洊至
宜便習，兼山貴止託。平生協幽期，淪躓困微弱。久露干祿
請，始果遠遊諾。宿心漸申寫，萬事俱零落。懷抱既昭曠，
外物徒龍蠖。（〈富春渚〉）

伊余秉微尚，拙訥謝浮名。廬園當棲巖，卑位代躬耕。……
恭承古人意，促裝反柴荊。牽絲及元興，解龜在景平。負心
二十載，於今廢將迎。（〈初去郡〉）〔註16〕

「逐物違志」，是謝靈運反思自己的過往，「逐物」，追求世俗功名，
認為這是違背自己心志的。「束髮懷耿介，逐物遂推遷」，謝靈運於晉安
帝隆安二年（公元三九九年）襲封康樂公，時年十五，《宋書‧謝靈運傳》
謂：「襲封康樂公，食邑三千戶。以國公例，除員外散騎侍郎，不就」，
〔註17〕因此說：「束髮懷耿介。」〈謝靈運傳〉又云：「為琅邪王大司馬行
參軍……。撫軍將軍劉毅鎮姑孰，以為記室參軍。毅鎮江陵，又以為衛
軍從事中郎。毅伏誅，高祖版為太尉參軍，入為秘書丞」，〔註18〕此應是
再長之後，康樂輾轉擔任一連串權輕官職，特別有「逐物」之感，因此
說：「逐物遂推遷」。詩人以「違志」概括對過往追逐世俗功名的無奈，
「淄磷謝清曠」，官場的將迎，染黑、磨薄了志氣、天性，愧對原先的清
高疏曠；「疲薾慚貞堅」、「淪躓困微弱」，陷入官場，困乏不堪，出守永
嘉，正是拙與疾的結果，疲累又懊悔之情溢於言表，愧對年少即有的耿
介本性。官場的疲累，乃至任永嘉太守猶是如此，寫於離開永嘉、第一
次隱居始寧的〈初去郡〉云：「牽絲及元興，解龜在景平。負心二十載，
於今廢將迎」，從晉安帝元興年間初次受印為官，到宋少帝景平元年（西
元四二三年）解印，辭去永嘉太守之職，詩人毫不吝惜地以十個字輕快
交代，「於今廢將迎」，猛力甩開官場迎拒的費心事。「負心」、「違志」是
詩人再三強調與人、與物不相容及無奈；反之，要維持的是年少即具的

〔註16〕顧紹柏：《謝靈運集校注》，以上分別見於頁63、68、144。
〔註17〕〔南朝梁〕沈約：《宋書‧謝靈運傳》，卷六十七，頁845。
〔註18〕〔南朝梁〕沈約：《宋書‧謝靈運傳》，卷六十七，頁845。

「耿介」「貞堅」，而這正是自己所秉持著一點點的清高品格。

　　「習坎止行」，前往永嘉船行途中，驚險的水流崖岸自不可免，詩人以《周易》自勉「習坎」、「止行」。「遡流觸驚急，臨圻阻參錯」，從富陽到錢塘縣，沿浙江（錢塘江）往西南，一路逆流而上，所遇盡是驚濤急流；曲折的崖岸，參差交錯，奇險無比。想像前面道路，驚急將是不斷，聯想起官場的違志負心，度得過驚險，心志便得以申述而得自在，詩人生發泰然處之之想。

## 三、清塵的難嗣

　　　　西京誰修政？龔汲稱良吏。君子豈定所，清塵慮不嗣。早蒞建德鄉，民懷虞芮意。海岸常寥寥，空館盈清思。協以上冬月，晨遊肆所喜。……人生誰云樂？貴不屈所志。（〈遊嶺門山〉）

　　　　潛虯媚幽姿，飛鴻響遠音。薄霄愧雲浮，棲川怍淵沈。進德智所拙，退耕力不任。（〈登池上樓〉）〔註19〕

　　　　空翠難強名，漁釣易為曲。援蘿聆青崖，春心自相屬。交交止桑黃，呦呦食苹鹿。傷彼人百哀，嘉爾承筐樂。榮悴迭去來，窮通成休感。（〈過白岸亭〉）

　　「晨遊肆喜」，實有其顧慮。《宋書・謝靈運傳》謂其：「出為永嘉太守。郡有名山水，靈運素所愛好，出守既不得志，遂肆意遊遨，徧歷諸縣，動踰旬朔，民間聽訟，不復關懷。」〔註20〕「聽訟」，聽訴訟，審案件，對於「聽訟」沒有多做關心，然並不表示對百姓之事漠然。謝詩雖以山水取勝，仍不乏有表達德政之作，〈種桑〉詩曰：「浮陽騖嘉月，藝桑迨閒隙。疏欄發近郛，長行達廣場。曠流始毖泉，湎塗猶跰跡。俾此將長成，慰我海外役。」〔註21〕詩人欣喜其帶領百姓於永嘉

〔註19〕 顧紹柏：《謝靈運集校注》，以上分別見於頁88、95。
〔註20〕 〔南朝梁〕沈約：《宋書・謝靈運傳》，卷六十七，頁850。
〔註21〕 顧紹柏：《謝靈運集校注》，頁104。

城郊栽種桑樹，以促進養蠶事業。又如〈白石巖下徑行田〉詩云：「小邑居易貧，災年民無生。知淺懼不周，愛深憂在情。……饑饉不可久，甘心務經營。千頃帶遠堤，萬里瀉長汀。洲〔州〕流涓澮合，連統塍埒并。」〔註22〕詩人於永嘉郡樂成縣白石山一代巡視農田，見一片荒蕪，民不聊生，提出興修水利計畫，展現政治豪情，幫助百姓脫貧，即使隱居亦有其「仁」，所謂「懷仁山林，隱居求志」（〈廬山慧遠法師誄・序〉）。〔註23〕詩人坦誠地擔憂自己「知淺懼不周」，但其對百姓的「愛深憂在情」是不容許打折扣的，在康樂來說，並不承認到任後因登覽而不顧百姓生活。從〈遊嶺門山〉詩「海岸常寥寥，空館盈清思」，衙署無事，寂靜太平，方得以「晨遊肆所喜」，可以說，謝靈運仍掛念百姓，至少此時是有所顧慮的。顧慮的原因是「清塵慮不嗣」，擔憂不能承繼前人高尚的德行，這德行並不固定出現在哪個時代，也就是說，任何時代的知識分子都應該具備這樣的良知與使命。

「哀憂國事」，是其心情底層。「援蘿聆青崖，春心自相屬」，雖然觸動的是「傷彼人百哀，嘉爾承筐樂」，似乎有哀有樂，然「承筐樂」仍對當朝權臣受賞感到擔憂。「傷彼人百哀」，更是深沉的痛，〈黃鳥〉詩傷悼著為國人共哀的秦國三良，也是謝靈運對時人的哀悼，尤其是廬陵王劉義真，作於元嘉三年準備回京任秘書監、侍中時期的〈廬陵王誄〉曰：「命如可延，人百其贖。」〔註24〕表達如秦人對秦國三良的不捨。

「漁釣曲全」，以漁人、釣者揭顯詩人置身空翠的隱逸想望。《老子》謂：「曲則全，枉則直」，隱身於山水，是當下保身的最佳選擇；《莊子・天下》云：「人皆求福，己獨曲全，曰苟免於咎」，福不必求，知曉曲身，免於咎禍，福在其中。魏晉自然思潮的形成因素，首先便是隨儒學衰落、征戰頻繁所引起的人文社會瓦解，如前所述，人的實存情境，

〔註22〕顧紹柏：《謝靈運集校注》，頁126。
〔註23〕顧紹柏：《謝靈運集校注》，頁378。
〔註24〕顧紹柏：《謝靈運集校注》，頁494。

無法脫離人文社會環境，人文社會的瓦解必然促成詩人身心的不安定，戰爭、政爭帶來巨大的死亡陰影，不能不衝擊著詩人的心靈而覓尋保身。〈過白岸亭〉詩作於景平元年（公元四二三年）春，詩人才遭貶斥，出守永嘉的二年開春，朝廷的權力鬥爭陰影猶在，山水自然觸動一番思索，「全身」的實質需要，無以名之的「空翠」緊緊抓住詩人的目光與心靈。

　　「功成身退」，是其生命理想。當功不得成時，身也退得不俐落，「進德智所拙，退耕力不任」，進與退成為兩難的事。詩人的這個理想，源自父祖的影響，陳恬儀探究謝靈運的仕隱曲折，〔註25〕以為其為第一流高門世族子弟，因仕隱擺蕩和無法安定，對於家族有其責任與自我要求。寫於「第一次隱居始寧時期」的〈述祖德二首〉之一明白揭示這個源頭：「達人貴自我，高情屬天雲。兼抱濟物性，而不纓垢氛。」〔註26〕把自我生命發揮淋漓盡致的，便是濟物而不染垢，是一種清揚的高情。典範人物有誰？「段生蕃魏國，展季救魯人。弦高犒晉師，仲連卻秦軍。臨組乍不緤，對珪寧可分。」晉人段干木，隱居魏國，不受官祿，受魏文侯尊重，使秦王打消攻魏念頭，捍衛了魏國；魯大夫展禽被黜，齊孝公伐魯，僖公派其弟展喜前往犒勞，展禽提出計謀，救了魯國；鄭國商人弦高，詐稱鄭伯之命，犒勞入晉屬地滑之秦師，秦軍滅滑而還；齊人魯仲連，不願做官，秦兵圍趙時，魯仲連遊趙，向將軍辛垣衍陳述帝秦之害，使秦軍後撤五十里。這些人，面臨官職，堅辭不受；施恩於人，卻辭退賞賜，一心勉勵自己的心志，因此超越常人，與眾不同。這是千載以來「遙遙播清塵」的典範，詩人反問：「清塵竟誰嗣？」在一片清談風氣中，詩人務實地要「委講綴道論，改服康世屯」，以「尊主隆民」為主要條件，不空談，重實際作為，卻不戀棧祿位，而這僅僅是一個心志高尚的人對自我生命的看重，「清塵」貫串歷史長河，成為士階層接力的棒子。以「清塵」總括前賢與其祖謝玄之德，期許自己能

---

〔註25〕　陳恬儀《謝靈運仕隱曲折研究》，博士論文，輔仁大學中文所，2008.2。
〔註26〕　顧紹柏：《謝靈運集校注》，頁153。

承繼，出守永嘉、隱居始寧，濟物之抱負如何實現？詩人因此發出「竟誰嗣」的慨嘆。

　　然而，「功成身退」的理想在詩人終究破滅，〈登池上樓〉的「薄霄愧雲浮，棲川作淵沉」，正是行、藏兩虧的愧疚。早在未被貶斥之前，已然表露，〈贈從弟弘元時為中軍功曹住京〉云：「我違志槩，顯藏無成。」〔註27〕此詩繫年晉安帝義熙十二年（公元四一六年），謝靈運三十二歲，慨嘆出處違志，仕隱不順，難嗣「清塵」。同年歲末作〈歲暮〉詩：「殷憂不能寐，苦此夜難積。明月照積雪，朔風勁且哀。運往無淹物，逝年覺易催。」〔註28〕顧紹柏認為：「這首詩寫作者長夜不寐，憂思難解，傷嘆歲月如流，人生易老。此種消極情緒的產生，似與抱負不能完全實現有關。」〔註29〕寒冬歲末，星移年改，特別感到容易催老卻一事無成。詩人反省大約是性情使然，〈還舊園作，見顏范二中書〉云：「感深操不固，質弱易版〔扳〕纏」，又云：「事蹟兩如直，心愜避三賢」，〔註30〕本質脆弱，加上耿介正直，因此有志不能伸，生病是無法避免的事，〈登池上樓〉云：「臥痾對空林」，生命至此，如何獲得救贖？詩人接著說：「衾枕昧節候，褰開暫窺臨。傾耳聆波瀾，舉目眺嶇嶔。……持操豈獨古，無悶徵在今。」自然景物成為事功不成的救贖，晨昏地眷戀山水。甚至尋索幽異以超越，「迎旭凌絕嶝，映泫歸溆浦」（〈過瞿溪山〔飯〕僧〉），「裹糧杖輕策，懷遲上幽室。行源徑轉遠，距陸情未畢」（〈登永嘉綠嶂山〉），「清旦索幽異，放舟越坰郊。……微戎無遠覽，總笄羨升喬。靈域久韜隱，如與心賞交」（〈石室山〉），「江南倦歷覽，江北曠周旋。懷雜（新）道轉迴，尋異景不延。……想像崑山姿，緬邈區中緣。始信安期術，得盡養生年」（〈登江中孤嶼〉），與僧佛、仙人為伍，期盼可以盡養天年，於動盪不安的時代，這是保身之

---

〔註27〕　顧紹柏：《謝靈運集校注》，頁29。

〔註28〕　顧紹柏：《謝靈運集校注》，頁34。

〔註29〕　顧紹柏：《謝靈運集校注‧歲暮》，「注1」，頁34。

〔註30〕　顧紹柏：《謝靈運集校注》，頁183。

道，也是自然思潮所趨。此期縱遊永嘉山水，實有對生命困境濃烈的突破渴望。

## 第二節　第一次隱居始寧時期〔景平元年（四二三）～元嘉三年（四二六）〕

　　景平元年（公元四二三年）季秋，謝靈運時，康樂任職永嘉太守一年即稱病離職，返回故鄉始寧（今浙江上虞縣南、嵊縣北）。《宋書·謝靈運傳》載：「靈運父祖並葬始寧縣，并有故宅及墅。」〔註31〕黃節《謝康樂詩註》引劉坦之語云：「按：《會稽志》東山西一里始寧園，乃靈運別墅，一曰西莊，蓋其祖父故宅在焉，《宋史》所謂傍山帶江、盡幽居之美者也。」〔註32〕幽隱廣闊的世族園林，延續永嘉時期的縱遊山水，棲逸的生活自然地轉換了詩人的實存感悟。

### 一、清曠的追尋

　　昏旦變氣候，山水含清暉。清暉能娛人，遊子憺忘歸。（〈石壁精舍還湖中作〉）

　　中園屏氣雜，清曠招遠風。卜室倚北阜，啟扉面南江。激澗代汲井，插槿當列墉。……寡欲不期勞，即事罕人功。（〈田南樹園激流植援〉）〔註33〕

　　「清暉娛人」，夕照下，山水景物含蘊清柔暉光，此情此景，出外的遊子心定忘憂，感到安適愉快。「出守永嘉時期」〈初往新安至桐廬口〉詩云：「景夕群物清，對玩咸可喜。」詩人再次地感應夕陽柔光下的山水美景，「清」概括了此時的感受。「清」為魏晉名士所推崇，「清談」流行於當時，李清筠《魏晉詩歌的審美觀照》以為從嵇康便對「清」有偏好，幾乎已變為「美」的近義詞，甚至成為人倫品鑑的標準，以

〔註31〕〔南朝梁〕沈約：《宋書·謝靈運傳》，卷六十七，頁850。
〔註32〕黃節：《謝康樂詩註》（臺北：藝文印書館，1987.10），頁70。
〔註33〕顧紹柏：《謝靈運集校注》，以上分別見於頁165、168。

「清」推重超凡脫俗、神姿澄澈的風度。夕照下的清柔光輝使不遇的遊子超越現實困境，安定其身心。「清」與「濁」相對，李清筠謂：「中國古代的元氣說認為，清是陽氣所為，濁是陰氣所致。陽氣清越，形成精神；陰氣濁滯，構成肉體」，因此，「清」「具有超越形體，輕視物慾，精神自由的意義」。〔註34〕出守永嘉，身既不得回京，心亦不得參與國政，辭官返回故鄉始寧，精神的拔昇，在夕照清輝下，特別湧現。

「曠遠寡欲」，隱居始寧園林，清靜空曠，特別能招來遠風；沒有了官場的逢迎接待，欲求鮮少，不需要大興土木，不需大費周章，落實《老子》所說：「見素抱樸，少私寡欲。」又〈《維摩詰經》中十譬讚八首〉之「聚沫泡合」云：「君子識根木，安事勞與奪？」〔註35〕〈曇隆法師誄〉云：「舍華襲素，去繁就省。人苦其難，子取其靜。」〔註36〕佛家素簡取靜，激發勞與奪的棄捨，其思想顯然也滲入詩人的隱居生活，帶引詩人步入一個與京城時期迥然不同的思想與步調。特別在「季世慕榮，幽棲者寡」（〈與廬陵王義真箋〉）〔註37〕的時代，詩人自忖「性情各有所便，山居是其宜也」，因此「選自然之神麗，盡高棲之意得」，〔註38〕自我提舉辭官退隱的豪情。於詩人看來，自然山水是「神麗」之所，既美且妙，足以養神，是意在高棲者可以得其心之處。「卜室倚北阜，啟扉面南江」，居室背山面水，滿眼盡是自然美景；「激澗代汲井，插槿當列墉」，一切的生活所需，取材於大自然。魏晉自然思潮影響文人的，已不只是偶然的山林之遊，甚且滲入生活，「自然」之義，既指宇宙大自然的山山水水，亦指一種順乎宇宙自然之道的生活節奏。隱居始寧，詩人體會並落實順乎自然的節奏。於離開永嘉，前往始寧，沿途便藉舟子指引，表明未來與自然為伍的具體生活，作〈歸塗賦〉云：「於是舟人告辦，佇楫在川，觀鳥候風，觀景測圓，背海向溪，乘

〔註34〕　李清筠：《魏晉詩歌的審美觀照》（臺北：文津出版社，2000.1），頁84。
〔註35〕　顧紹柏：《謝靈運集校注》，頁444。
〔註36〕　顧紹柏：《謝靈運集校注》，頁490。
〔註37〕　顧紹柏：《謝靈運集校注》，頁435。
〔註38〕　顧紹柏：《謝靈運集校注》，頁451。

潮傍山，悽悽送歸，愍愍告旋」，〔註39〕要展開的是「觀鳥候風，觀景測圓，背海向溪，乘潮傍山」的生活，沉浸山溪海潮中，以「觀」為生活主節奏，「觀鳥」、「觀景」，觀一切自然山水景物。「觀物」成為拔昇精神、生活美感來源，「清」的超凡脫俗，因「少私寡欲」，落實於生活，這是詩人一向的念頭，也是尋求身心安適的方式，如〈歸塗賦〉所云：「襁簪帶於窮城，返巾褐於空谷。果歸期於願言，獲素念於思樂」，〔註40〕「素念」，樸實淡泊的想法，辭去所有官職，褪去無法掌握的外物，寡欲從事，一身輕淡，樂在歸回始寧的觀物生活。寫於此時的〈逸民賦〉云：「弄琴明月，酌酒和風。御清風以遠路，拂白雲而峻舉」，〔註41〕〈入道至人賦〉云：「卜居千仞，……推天地於一物，橫四海於寸心。超埃塵以貞觀，何落落此胸襟」〔註42〕，「一物」可瞭「天地」，撫琴明月下，酌酒和風中，胸懷灑落，都能感受一種超越凡塵的貞定。選擇與自然為伍的寡欲、隱逸生活，是接近《莊子》裡的「至人」，也是魏晉名士特有的清逸風範。

## 二、體物的親臨

……俛視喬木杪，仰聆大壑灇。石橫水分流，林密蹊絕蹤。解作竟何感，升長皆丰容。初篁苞綠籜，新蒲含紫茸。海鷗戲春岸，天雞弄和風。撫化心無厭，覽物眷彌重。(〈於南山往北山經湖中瞻眺〉)

猨鳴誠知曙，谷幽光未顯。……逶迤傍隈隩，迢遞陟陘峴。過澗既厲急，登棧亦陵緬。川渚屢逕復，乘流翫迴轉。……企石挹飛泉，攀林摘葉卷。(〈從斤竹澗越嶺溪行〉)〔註43〕

「登嶺臨流」，詩人親自走入山水，登高山，臨回流。走向自然、

---

〔註39〕顧紹柏：《謝靈運集校注》，頁432。
〔註40〕顧紹柏：《謝靈運集校注》，頁431。
〔註41〕顧紹柏：《謝靈運集校注》，頁484。
〔註42〕顧紹柏：《謝靈運集校注》，頁485。
〔註43〕顧紹柏：《謝靈運集校注》，以上分別見於頁175、178。

賞愛自然，是魏晉知識分子的生活常景，在東晉尤其是。謝靈運又往往尋幽探異，行步、行舟交錯，詩題「從斤竹澗越嶺溪行」，交代行程是「水→山→水」的變換著，從起首的「猿鳴誠知曙，谷幽光未顯」，由山谷出發，經過其間「逶迤傍隈隩，苔遞陟陘峴。過澗既厲急，登棧亦陵緬。川渚屢逕復，乘流翫迴轉」的蜿蜒迴繞，正呼應著「水→山→水」親力親為。因此，詩人可以伸手探觸山嶺中的飛泉和葉芽，「企石挹飛泉，攀林摘葉卷」是經過一番跋涉後，大自然所給予的報償，幽雅清淡，滋味無窮。

　　「眷戀體物」，詩人無厭地觀物、體物，觀的是什麼？「撫化心無厭」是詩人的自白。「化」是萬物因順自然而變化，「撫」是撫慰，前者是客觀環境的變化，後者是主觀的心靈滿足，觀看客觀環境中自然景物的變化，詩人從中得到心靈的慰藉與滿足，由「觀物」而「體物」，變化的外顯是自然萬物，變化的內裡是主體的心靈。自然萬物的變化是什麼？不外是生滅，生滅皆是自然，有其自然規則，滅是必然過程，然詩人當下所見盡是「生機」——「解作竟何感，升長皆丰容。初篁苞綠籜，新蒲含紫茸。海鷗戲春岸，天雞弄和風」，春雷響起後的萬物滋長，生生不已，山裡的嫩竹、天雞，水邊的蒲芽、鷗鳥，動、植皆見「丰容」，詩人得到的撫慰是「春」、「和」與「戲」、「弄」的忘機賞玩，這是詩人所以無厭地觀物、體物所得到的效應，眷戀而樂此不疲自可想像，正如郭象注《莊子·大宗師》所稱：「遊心變化之塗，放於日新之流」。這個實存情境是謝靈運山水詩創作所以全面展開創新形貌極為重要的原因。〈遊名山志·序〉云：「夫衣食，人生之所資；山水，性之所適。……君子有愛物之情，有救物之能，橫流之弊，非才不治，故時有屈己以濟彼。」〔註44〕身而為人，「山水」與「衣食」同為不可缺，且更為根本所需。「山水」為「性之所適」，「適」為「往」〔註45〕，女子找到歸宿亦曰「適」，往而合宜、安定。前往山水，使詩人感到合宜且

---

〔註44〕顧紹柏：《謝靈運集校注》，頁390。
〔註45〕〔東漢〕許慎著、〔清〕段玉裁注：《說文解字注》，頁71。

安定，皎然因此稱謝靈運詩：「但見情性，不睹文字」，〔註46〕真能了解詩人心中所想。為官展現愛物之情、救物之能，不得其機，則歛藏棲遁以適己性。隱居始寧，投入山水，正合本性之所宜。

## 三、山水的眷戀

朝旦發陽崖，景落憩陰峰。舍舟眺迴渚，停策倚茂松。側逕既窈窕，環洲亦玲瓏。（〈於南山往北山經湖中瞻眺〉）

猨鳴誠知曙，谷幽光未顯。巖下雲方合，花上露猶泫。逶迤傍隈隩，苕遞陟陘峴。過澗既厲急，登棧亦陵緬。川渚屢逕復，乘流翫迴轉。（〈從斤竹澗越嶺溪行〉）

「朝夕眷戀」，清晨即出發，日落就地休息，不捨離去。「朝旦發陽崖，景落憩陰峰」、「猨鳴誠知曙，谷幽光未顯」，啟程的地點已在山林，舟行時天光未明，詩人殷切探訪之情可感。「巖下雲方合，花上露猶泫」，以具體晨景畫面，表達動身之早，山林之遊於詩人是迫不及待之事。較之「出守永嘉時期」，行程更為複雜，往往連續地遊賞，非一日往返。《宋書·謝靈運傳》云：「靈運父祖並葬始寧縣，並有故宅及墅，遂移籍會稽，修營別業，傍山帶江，盡幽居之美。與隱士王弘之、孔淳之等縱放為娛，有終焉之志。」〔註47〕父祖故鄉始寧，依山傍水，居此可盡嘗幽靜之美；又享志同道合隱士同遊之樂，詩人興起終焉於此的打算。始寧、山水、幽靜、隱士，張築心志所向，山水詩的創作是在這樣的生活與心情下。

「隨遇悠遊」，隨山水地勢遊賞。「逶迤傍隈隩，苕遞陟陘峴。過澗既厲急，登棧亦陵緬。川渚屢逕復，乘流翫迴轉」，沿著拐彎的山路，曲折前進，或者登上遙遠高險起伏的山谷與山嶺；還要涉水走過斤竹澗湍急的水流，再登高走在陡狹的山路棧道上；彎來繞去，水中

---

〔註46〕〔唐〕皎然：《詩式·重意詩例》，錄自何文煥編訂：《歷代詩話》（臺北：藝文印書館，1991.9），頁21。

〔註47〕〔南朝梁〕沈約：《宋書·謝靈運傳》，卷六十七，頁850。

小洲屢屢經過往來，順著水流，熟習地觀賞迴轉著。「屢」、「翫」強調詩人對地勢的適應與安然，山之高，水之急，於詩人已不再驚恐，也不必如永嘉時期〈富春渚〉「洊至宜便習，兼山貴止託」的自我慰藉，山水已全然進入詩人生活，且成為生命的重要成分。〈山居賦〉自注云：「千乘燕嬉之所，非幽人憩止之鄉。且山川亦不能兼茂，隨地勢所遇耳。」〔註48〕康樂自稱「幽人」，山水為其合宜舒適的「憩止之鄉」，千乘之侯燕會嬉聚的豪華場面，非「幽人」之所宜。至於山川之遊，不過「隨地勢所遇耳」，足隨山水之勢，或舟或陸，或上或下，或回環或登陟。從其詩題「於南山往北山經湖中瞻眺」、「從斤竹澗越嶺溪行」，可見其山水之遊乃「隨地勢所遇」而盡興。魏晉自然思潮在謝靈運的存在經驗裡，必也現出一條自然法則，形成不勉強的身心節奏，〈山居賦〉云：「六月採蜜，八月樸〔撲〕栗。」〔註49〕自注云：「採蜜撲栗，各隨其月也。」循著宇宙自然節奏，詩人於其實存情境，感受到的是「欣見素以抱樸，果甘露於道場」，自然中體現「見素抱樸」之「道」，這是詩人所感到欣喜的，隱居始寧既是「性之所適」，又隨順其「情」而自然合「道」。

　　「在京任秘書監、侍中時期」〈擬魏太子鄴中集八首〉之「陳琳」云：「日盡一日娛，莫知古來惑」，〔註50〕顧紹柏以為：「本篇與其他詩都程度不同地反映了靈運及時行樂的消極思想」，從「日盡一日娛」來看，是「及時行樂」的思想，但其竭盡山澤之遊是否即為「消極」？李玲珠論述「自然思潮」的魏晉新文化運動，認為：「魏晉之際因為重視深情的流風，敷衍為時代精神是人的自覺，也是生命意識的重要內涵」，「直至魏晉，始將『情』的探討提升至和『性』一樣重要」，〔註51〕任情、重情成為魏晉流風。「日盡一日娛」是忠於當下之「情」，若說自

〔註48〕　顧紹柏：《謝靈運集校注》，頁 451。
〔註49〕　顧紹柏：《謝靈運集校注》，頁 460。
〔註50〕　顧紹柏：《謝靈運集校注》，頁 212。
〔註51〕　李玲珠：《魏晉新文化運動──自然思潮》，頁 234～235。

然思潮在謝詩的反映，其最明顯的便是真情地反映在山水的遊賞，以「情」為「性」，隨順真情的流露，便是詩人所要的順乎本性，任「情」對生命達到一定的開通（第四章將詳加論述）。

## 第三節　在京任秘書監、侍中時期〔元嘉三年（四二六）～元嘉五年（四二八）〕

　　元嘉三年（公元四二六年），文帝誅徐羨之、傅亮，徵召顏延之為中書侍郎，謝靈運為秘書監，謝靈運暫離始寧而至京城。

### 一、隱逸為順性

　　此期實少山水詩創作，僅有的兩首是，由始寧出發前往京城所寫的〈初至都〉，以及陪同宋文帝出遊北固山，應詔而作的〈從遊京口北固應詔〉，其中也表達對隱逸生活的嚮往，因此仍有交代此期實存情境之必要。

　　　　臥疾雲高心，愛閑宜靜處。寢憩託林石，巢穴順寒暑。（〈初至都〉）

　　　　皇心美陽澤，萬象咸光昭。顧己枉維縶，撫志慚場苗。工拙各所宜，終以反林巢。曾是縈舊想，覽物奏長謠。（〈從遊京口北固應詔〉）〔註52〕

　　「同步自然」，是此時懷想。〈初至都〉作於元嘉三年（公元四二六年），文帝誅徐羨之、傅亮，徵召顏延之為中書侍郎，謝靈運為秘書監，謝靈運暫離始寧而至京城。顧紹柏據《北堂書鈔》謂有闕文，然仍可視為一首小詩。「巢穴順寒暑」，表達詩人雖赴都城，卻仍眷戀隱居，以「高心」自白，亦自勉心地像雲一般高潔。悠閒、靜處、林石寢憩，皆言隱逸；「巢穴順寒暑」，更是表達與自然同步。

　　「歸返林巢」，久久縈繞。〈從遊京口北固應詔〉，在與文帝、群臣

---

〔註52〕顧紹柏：《謝靈運集校注》，以上分別見於頁 198、234。

觀覽自然美景、錦繡山河後，反思自身遭逢，「顧己枉維縶，撫志慙場苗」，一種謙退意油然而生，此時詩人任秘書監、侍中，然始終不得參與朝政。顧紹柏謂：「按靈運原以為再次入朝可以擔任要職，誰知僅做秘書監這一無足輕重的官，不免大失所望。」〔註53〕「枉」、「慙」乃因領受朝廷俸祿，而己志又如何？「工拙各所宜，終以反林巢」，官場之拙，激起返回林巢的夙願。「曾是縈舊想，覽物奏長謠」，表達隱逸是長久的念頭，「覽物」往往容易激起回返自然山水。「反林巢」、「縈舊想」或許只是對官職失望的託詞，然若不能建立事功，詩人寧願完成對隱居的嚮往。

在此時期，謝靈運奉命整理祕閣圖書，撰《晉書》，《宋書‧謝靈運傳》云：「使整理祕閣書，補足闕文。以晉氏一代，自始至終，竟無一家之史，令靈運撰《晉書》，粗立條流，書竟不就。尋遷侍中，日夕引見，賞遇甚厚。」〔註54〕然終究不在朝政決策的主流。詩人追念建安時期曹丕與七子的融洽君主關係，作〈擬魏太子鄴中集八首〉，其中擬「徐幹」口吻所詠「序」云：「少無宦情，有箕潁之心事，故仕世多素辭。」〔註55〕顧紹柏謂：「此詩強調徐幹『輕官忽祿』，有箕濮之情，藉以寄託靈運自己的隱逸之志。」詩云：

> 伊昔家臨淄，提攜弄齊瑟。置酒飲膠東，淹留憩高密。此歡
> 謂可終，外物始難畢。搖蕩箕濮情，窮年迫憂慄。末塗幸休
> 明，棲集建薄質。已免負薪苦，仍游椒蘭室。清論事究萬，
> 美話信非一。行觴奏悲歌，永夜繫白日。華屋非蓬居，時髦
> 豈余匹。中飲顧昔心，悵焉若有失。〔註56〕

謝靈運在詩中寄託幽微、複雜的心情：

> （1）「此歡謂可終，外物始難畢。搖蕩箕濮情，窮年迫憂慄」，難
> 　　以終止做官念頭，因此隱逸之志常受搖動，一年到頭為憂懼

---

〔註53〕顧紹柏：《謝靈運集校注》，「注23」，頁239。
〔註54〕〔南朝梁〕沈約：《宋書‧謝靈運傳》，卷六十七，頁858。
〔註55〕顧紹柏：《謝靈運集校注》，頁215。
〔註56〕顧紹柏：《謝靈運集校注》，頁215。

所迫。藉擬徐幹心情，表達仕、進兩難的常態。

（2）「末塗幸休明，棲集建薄質。已免負薪苦，仍游椒蘭室。清論事究萬，美話信非一」，遇明主、好友集、居要位、廣清談，一生的幸運、榮耀皆具，應該滿足現況，身心安頓。然而仍與願違。

（3）「華屋非蓬居，時髦豈余匹。中飲顧昔心，悵焉若有失」，強調蓬屋生活、隱逸之志方遂其願，否則仍不免悵然。

觀康樂之思，雖再次回京，然終難以釋懷而平靜。

## 二、無為的祈嚮

玉璽戒誠信，黃屋示崇高。事為名教用，道以神理超。昔聞汾水游，今見塵外鑣。鳴笳發春渚，稅鑾登山椒。張組眺倒景，列筵矚歸潮。遠巖映蘭薄，白日麗江皋。原隰荑綠柳，墟囿散紅桃。皇心美陽澤，萬象咸光昭。（〈從遊京口北固應詔〉）

此詩作於元嘉四年（公元四二七年）二月隨從宋文帝劉義隆遊北固山時。從遊，陪同宋文帝遊覽。北固，山名，在今江蘇鎮江市北長江邊，北峰三面臨水，地勢險固，故名。應詔，應皇帝之命作詩。

「玉璽」、「黃屋」是帝王為施行教化的誠信與崇高的有形象徵，然治國之道尚有超越於此者的神妙之理，帝堯的汾水之遊典範在昔，今日文帝之遊似有類者，名為讚許，實為期盼。登覽所見，「遠巖映蘭薄，白日麗江皋。原隰荑綠柳，墟囿散紅桃」，江山多麗，放眼所見，整體大景與個別小景，景物新麗，一片大好錦繡山河，在應詔的實際存在情境下，詩人將一切歸功皇恩。「皇心美陽澤，萬象咸光昭」，陽光雨露是最自然平常的上天恩澤，不感覺其存在，卻顯其重要，無為而有為，天下蒼生一如天地萬物，需要陽光雨露般的美意，而這正是聖上恩澤的普在。也因此「萬象咸光昭」，天下再無陰暗角落，萬物各得其所，各得安適。早在「在江陵、建康等地為官時期」，詩人已表達「無為」思想，〈九日從宋公戲馬臺集送孔令〉詩云：「在宥天下理，吹萬群方

悅。」〔註57〕藉著為即將歸隱的孔靖餞行，對劉裕進言實行寬政，便能天下太平；順其自然，便能四方喜悅。此處再次利用應詔賦詩機會宣揚「無為」的政治理想，其日的自然是要帝王反思對自己的安置，希望也能如宇宙萬物般適得其所。

## 第四節　第二次隱居始寧時期〔元嘉五年（四二八）～元嘉八年（四三一）〕

元嘉五年（公元四二八年）春，康樂辭去朝廷秘書監、侍中，以其不受重用，多稱疾不朝，上賜假東歸始寧。《宋書・謝靈運傳》載：「既至，文帝唯以文義見接，每侍上宴，談賞而已。」〔註58〕仕途不順遂，再次返回故鄉，於自身所處環境又有了不同以往的感悟。

### 一、歸隱的落實

整駕辭金門，命旅惟詰朝。懷居顧歸雲，指塗泝行飆。屬值清明節，榮華感和韶。（〈入東道路〉）

沈冥豈別理，守道自不攜。（〈登石門最高頂〉）

陽烏尚傾翰，幽篁未為邅。退尋平常時，安知巢穴難。風雨非攸悋，擁志誰與宣？倘有同枝條，此日即千年。（〈發歸瀨三瀑布望兩溪〉）〔註59〕

「愉悅歸隱」，再次離開京城，返回故鄉始寧，詩人顯然是神情愉快。「懷居顧歸雲，指塗泝行飆」，回頭看著天邊行雲，遣去「遊子」悲懷，指著回鄉的路，迎著風前進；風勢逆著，飆轉著詩人拋開功名的豪情。尤其正值清明時節，花木繁盛，感受和煦美好的春光，詩人欣喜自己的抉擇，義無反顧。

「守道養命」，再次隱居始寧，是要回到最平常的生活，安安靜靜。

〔註57〕顧紹柏：《謝靈運集校注》，頁35。
〔註58〕〔南朝梁〕沈約：《宋書・謝靈運傳》，卷六十七，頁858。
〔註59〕顧紹柏：《謝靈運集校注》，以上分別見於頁238、262、266。

「沈冥豈別理，守道自不攜」，「沈冥」，沉默清靜，幽居隱逸，「沈冥」
即是今後生活之理，也是要守的道，詩人自信地認為此次再回始寧，不
會有他想。元嘉八年（公元四三一年），詩人因請求決湖為田，與會稽
太守孟顗產生仇隙，孟顗上書謂其有「異志」，迫不得已奔往建康，上
呈〈自理表〉為己辯護，云：「臣自抱疾歸山，于今三載，居非郊郭，
事乖人間，幽棲窮巖，外緣兩絕，守分養命，庶畢餘年。」〔註60〕決
湖為田之請，見詩人仍盼望發揮知識分子濟世救物的良心。然此刻，更
重要的是，「守分養命，庶畢餘年」，「有異志」一事，顯為無稽。詩人
的打算是「幽棲窮巖，外緣兩絕」，沉默地靜處平常，安享生命餘年。
「退尋平常時，安知巢穴難。風雨非攸恡，擁志誰與宣？」巢穴幽棲，
自然也有要面對的風雨，然並非此時所顧惜的事，「擁志」的心情有誰
能解？仕隱多次反覆的謝靈運，此時仍堅定地自白隱逸的傾向。「倘有
同枝條，此日即千年」，以「此日」、「千年」的對比，表達對知音的感
嘆。《宋書·謝靈運傳》云：「靈運既東還，與族弟惠連、東海何長瑜、
潁川荀雍、泰山羊璇（璿）之，以文章賞會，共為山澤之游，時人謂之
四友。」〔註61〕此時詩人顯然有共為山澤之遊的朋友，彼此且以詩文
賞會，多少滿足了對知音的渴望。

## 二、尋幽的窮肆

　　陵風步曾岑，憑雲肆遙脈。徒倚西北庭，竦踴東南覰。（〈七
　　夕詠牛女〉）

　　躋險築幽居，披雲臥石門。苔滑誰能步，葛弱豈可捫。……
　　俯濯石下潭，仰看條上猿。早聞夕飆急，晚見朝日暾。崖
　　傾光難留，林深響易奔。（〈石門新營所住四面高山，迴溪
　　石瀨，修竹茂林〉）〔註62〕

---

〔註60〕顧紹柏：《謝靈運集校注》，頁507。
〔註61〕〔南朝梁〕沈約：《宋書·謝靈運傳》，卷六十七，頁859。
〔註62〕顧紹柏：《謝靈運集校注》，以上分別見於頁242、256。

我行乘日垂，放舟候月圓。沫江免風濤，涉清弄游漣。積石
竦兩溪，飛泉倒三山。亦既窮登陟，荒藹橫目前。窺巖不睹
景，披林豈見天。（〈發歸瀨二瀑布望兩溪〉）

「窮肆登陟」，崇山峻嶺，深林密徑，詩人總是踏上不見天日、錯亂時空的山林深處。為了上弦月的光照進門裡，提醒七夕時刻，詩人不畏秋風寒涼，「陵風步曾岑，憑雲肆遙脈」，「曾岑」、「遙脈」的高聳、遙遠，縱步肆走。「躋險築幽居，披雲臥石門。苔滑誰能步，葛弱豈可捫」，為尋求幽靜，築居在險峻高山，「披雲」、「苔滑」，非一般人能到達，顯見詩人縱情山水，不只是追求潮流，實是個人性之所偏。石門新營的四周高山，更是密林叢生，不辨晨昏，「早聞夕飆急，晚見朝日暾」，早上好像聽到傍晚狂風急吹，傍晚卻又像看見清晨陽光，石門新營實為幽靜居處，正是詩人理想的生活環境。〈發歸瀨三瀑布望兩溪〉云：「亦既窮登陟，荒藹橫目前。窺巖不睹景，披林豈見天。」寫登頂所見，一片渺遠雲霧，想要窺看山巖，卻望不到景，分開樹林，哪裡能見到天？山高林密，透顯一種幽深的感覺。這是詩人卜居所擇處的地方，貞定巢居穴處的隱逸之志。

「尋幽體物」，對於山水，詩人始終是親自到臨，對冒險山行充滿自信，《宋書・謝靈運傳》記其：「尋山陟嶺，必造幽峻，巖嶂千重，莫不備盡。」又：「嘗自始寧南山伐木開逕，直至臨海，從者數百人，臨海太守王琇驚駭，謂為山賊，徐知是靈運乃安。」〔註63〕邀王琇同行，王琇不肯，因此作〈贈王琇〉云：「邦君難地嶮，旅客易山行。」〔註64〕可見其對走向山林情有獨鍾，且一路開逕，造訪幽峻山嶺。「陵風步曾岑」，不畏寒風，勇往直前地登上層疊山嶺；「徙倚西北庭，竦踊東南覿」，來回專注尋覓，踮腳放眼搜索，從其動作，產生豐富的意象，益見詩人觀物、體物之殷切。「躋險築幽居，披雲臥石門。苔滑誰能步，葛弱豈可捫。……俯濯石下潭，仰看條上猿。早聞

---

〔註63〕〔南朝梁〕沈約：《宋書・謝靈運傳》，卷六十七，頁860。
〔註64〕顧紹柏：《謝靈運集校注》，頁249。

夕飆急，晚見朝日暾」，「躋險」、「披雲」，見詩人尋幽不避高險，「俯濯」、「仰看」、「早聞」、「晚見」，見詩人忙碌於當前美景。「沫江免風濤，涉清弄漪漣」，江面已風平浪靜，涉足渡過清澈的江水，戲玩微波，視覺的觀察，帶引身體的動作，江水既平且清，漣漪舞動，於是伸手戲玩。於天地萬物，詩人化被動為主動，似乎天地為我所有，〈山家〉詩云：「中為天地物，今成鄙夫有」，〔註65〕顧紹柏以為：「二句流露出一種不滿情緒，反映出靈運的霸道作風」，但何嘗不是詩人作為一個山林冒險家的豪氣呢！

## 三、賞心的期盼

> 朝搴苑中蘭，畏彼霜下歇。暝還雲際宿，弄此石上月。……
> 妙物莫為賞，芳醑誰與伐。美人竟不來，陽阿徒晞髮。（〈石
> 門岩上宿〉）〔註66〕

不過，歷經了種種人事變化，詩人的幽居，有時顯得鬱悶，多半是對知音的感嘆，此時連結的是屈原的作品與心情。出貶前期，常出自對廬陵王劉義真的不捨與懷念，此時則因時過境遷，渴盼的對象有所不同。「妙物莫為賞，芳醑誰與伐」，感嘆美妙景物，沒人同賞，芳醇美酒，沒人共嘗；「妙物」，統稱自然景物給予的視覺、聽覺享受。「美人竟不來，陽阿徒晞髮」，用屈原《九歌・少司命》典，「美人」所指為何？〈石門新營所住四面高山，迴溪石瀨，修竹茂林〉云：「美人遊不還，佳期何由敦？芳塵凝瑤席，清醑滿金樽。洞庭空波瀾，桂枝徒攀翻」，屢以「美人」代稱所待之人，一般以為指謝惠連，〈贈從弟惠連〉云：「寢瘵謝人徒，滅迹入雲峰。巖壑寓耳目，歡愛隔音容。永絕賞心望，長懷莫與同。」〔註67〕顧紹柏謂：「元嘉五年（公元四二八年）春靈運離職。從建康回到故鄉始寧東山，與惠連、何長瑜、荀雍、羊璿（璿）

---

〔註65〕 顧紹柏：《謝靈運集校注》，頁272。
〔註66〕 顧紹柏：《謝靈運集校注》，頁269。
〔註67〕 顧紹柏：《謝靈運集校注》，頁250。

之『以文章賞會，共為山澤之游』。元嘉七年（公元四三〇年）春，惠連離始寧往建康」。〔註68〕文末以「山桃發紅萼，野蕨漸紫苞」希望惠連返棹歸山，共賞仲春美景。謝惠連於元嘉七年任司徒彭城王劉義康法曹參軍，曾有來信，詩人作〈答謝惠連〉曰：「懷人行千里，我勞盈十旬。別時花灼灼，別後葉蓁蓁。」〔註69〕可見其對謝惠連離開始寧前往建康的不捨。然其不避諱地直承屈原語，「美人」一詞，或有暗含「隱」之外「仕」途的孤獨失落。

## 第五節　出守臨川與流放廣州時期〔元嘉八年（四三一）～元嘉十年（四三三）〕

　　元嘉八年（公元四三一年），謝靈運因求決湖為田事，與會稽人守有嫌隙，而被誣告有「異志」，文帝令其自解；是年冬赴任臨川（今江西撫州市西）內史。

### 一、皇恩的感念

　　　　白珪尚可磨，斯言易為緇。遂抱《中孚》爻，猶勞「貝錦」
　　　　詩。寸心若不亮，微命察如絲。日月垂光景，成貸遂兼茲。……
　　　　皎皎明發心，不為歲寒欺。（〈初發石首城〉）〔註70〕

　　對詩人而言，維持一個臣子的禮儀是重要的事。「日月垂光景，成貸遂兼茲」，皇上如日月垂照光芒，施恩成全我能兼此職命，擔任臨川內史。赴任臨川是與孟顗仇隙的結果，詩人於表白誣陷之言使人百口莫辯後，仍感恩地接受任命。對於史傳所稱「為性褊激，多愆禮度」的謝靈運來說，毋寧是理智後的結果。事實上，詩人面對帝王，不論晉或劉宋，這樣的表達是常有的。「在江陵、建康等地為官時期」，晉安帝隆安三年，襲封康樂公，上〈謝封康樂侯〔公〕表〉，云：「皇恩遠被，殊

〔註68〕顧紹柏：《謝靈運集校注》，「注1」，頁251。
〔註69〕顧紹柏：《謝靈運集校注》，頁265。
〔註70〕顧紹柏：《謝靈運集校注》，頁273。

代可侔。」〔註71〕劉裕初為帝，召宴群臣，謝靈運亦應景賦詩，作〈三
月三日侍宴西池〉，云：「江之永矣，皇心惟眷。」〔註72〕「在京任秘
書監、侍中時期」，陪侍宋文帝出遊北固山，奉命作〈從遊京口北固應
詔〉，曰：「皇心美陽澤，萬象咸光昭」，將劉義隆政績推向無為的帝堯
境界。即使先前「出守永嘉時期」，亦厚稱盛世，〈北亭與吏民別〉云：
「昔值休明初，以此預人群」。〔註73〕元嘉五年，因在京任秘書監、侍
中，始終只是文學侍從，參與不得朝政，因此稱疾東歸始寧。出發前上
〈勸伐河北書〉，亦力讚文帝之威功，書云：「今陛下聰明聖哲，天下歸
仁，文德與武功並震，霜威共素風俱舉，協以宰輔賢明，諸王美令，岳
牧宣列，虎臣盈朝，而天威遠命，亦何敵不滅，矧伊頑虜，假日而已
哉。」〔註74〕種種對帝王的稱許與感恩，或許並非矯情刻意，然於隱
逸之志總有些許的抗衡，亦可見其對朝廷、事功始終無法捨離，或對儒
家禮義的遵守。

　　然而，在自覺的不友善政治環境中，詩人表達對自己心志的掌握
信念。「皎皎明發心，不為歲寒欺」，自己的心如天亮般高潔，不會被惡
勢力所屈服。詩的結尾堅定表明心志，呼應前文「寸心若不亮，微命察
如絲」，詩人心裏明白，自己的處境益加困難，心若不夠明白誠信，微
弱的生命會像髮絲般容易斷折，在無法知道未來的情況下，只有堅定
主體意志。

## 二、何從的茫然

　　　　重經平生別，再與朋知辭。故山日已遠，風波豈還時。苕苕
　　　　萬里帆，茫茫終何之？（〈初發石首城〉）
　　出守臨川，是謝靈運一生旅程的終點，事在元嘉八年，離京赴往
臨川時，作〈初發石首城〉，除為一己心志表白，亦為過往與未來發出

---

〔註71〕顧紹柏：《謝靈運集校注》，頁357。
〔註72〕顧紹柏：《謝靈運集校注》，頁42。
〔註73〕顧紹柏：《謝靈運集校注》，頁139。
〔註74〕顧紹柏：《謝靈運集校注》，頁504。

茫然感慨。「重經平生別，再與朋知辭」，一「重」字，一「再」字，說明了一生所經歷的頻繁聚散，其中有多少的不自主與不如意。更何況如此次的被誣陷，根本是「影跡無端，假謗空設，終古之酷，未之或有」，詩人的感受是：「匪吝其生，實悲其痛。」（〈自理表〉）〔註75〕此次再出貶更偏遠之地，詩人似有預感地發出「故山日已遠，風波豈還時」的疑惑與傷感，故鄉始寧一天天的遠離，風波作弄下，豈會有回返的時候，一生鍾愛的山林隱逸生活，有再實現的可能否？「苕苕萬里帆，茫茫終何之？」茫茫的不是划向臨川的船帆，是詩人對前途的未知。尤其感嘆歲月如流，「頹年致悲」，〈感時賦〉曰：「微靈芝之頻秀，迫朝露其如何？」〔註76〕在生命的頹年，詩人哀痛地表達在政治上遭受打擊後的極度消沉情緒。古今知識分子若不在朝，終會發出如此的感嘆，讀之令人惋惜，詩人即使身處六朝，縱游山水有伴，卻仍抵不掉內心對天下事的關懷。而其最終的想望仍然是「功成身退」，〈臨終〉詩曰：

> 龔勝無餘生，李業有終盡。嵇公理既迫，霍生命亦殞。悽悽凌霜葉，網網衝風菌。邂逅竟幾何，修短非所愍。送心自覺前，斯痛久已忍。恨我君子志，不獲巖上泯。〔唯願乘來生，怨親同心朕。〕〔註77〕

龔勝、李業不仕王莽之朝，嵇紹、霍原維護西晉王室，最後終盡殞命，古人高德，謝靈運懷念在心，惜處劉宋，遭受的「凌霜」、「衝風」迫害，自不在話下。「邂逅竟幾何」，嘆不遇明主，〈擬魏太子鄴中集八首〉對建安文人與魏文帝的歡聚，刻劃謝靈運對朝廷氛圍與禮遇文人的想望。「修短非所愍。送心自覺前，斯痛久已忍」，面對臨刑，死不在乎，守道遭困，致命遂志，是長久的隱忍。遺憾的只是不能終老山林：「恨我君子志，不獲巖上泯」，詩人被誣告里通村民，圖謀造反，詔廣州棄市

---

〔註75〕　顧紹柏：《謝靈運集校注》，頁507。
〔註76〕　顧紹柏：《謝靈運集校注》，頁512。
〔註77〕　顧紹柏：《謝靈運集校注》，頁297～298。

行刑，時為宋文帝元嘉十年（公元四三三年）。顧紹柏謂：「此詩作於臨刑時，他讚頌歷史上忠於正統王朝的人物，暗寓懷念晉室之意，同時控訴了劉宋王朝對自己的迫害。最後數句為自己不能終老山巖而嘆惋。」〔註78〕仕隱反覆的結果，這一生，功既不成，身也始終退不了，憾恨抱終，直是無可奈何的矛盾與茫然。

## 三、體物的醉心

> 山行非有期，彌遠不能輟。但欲淹昏旦，遂復經盈缺。捫壁窺龍池，攀枝瞰乳穴。（〈登廬山絕頂望諸嶠〉）
>
> 弄波不輟手，玩景豈停目。雖未登雲峰，且以歡水宿。（〈初發入南城〉）
>
> 熙明仲節分，悅懌陽物柔。採桑及菀柳，繽紛戲鳴鳩。霡霂承朝霽，薈蔚候夕浮。和鳴尚可樂，況我山澤遊。（〈往松陽始發至三洲〉）〔註79〕

「尋幽探細」，雖莫名地貶斥臨川，詩人仍不廢忘山行，非但在空間上「彌遠不能輟」，甚且在時間上「但欲淹昏旦，遂復經盈缺」。一旦山行，空間求遠，時日難期，不改過往的尋幽探細，且更為肆放。原欲打算經過晨昏，一日往返，最後卻經歷月的圓缺，一月始返。詩人縱情於山水，幾乎無法自主，直到盡興。

「醉心體物」，對於以身體去感受自然景物的種種，詩人陶醉其中，樂此不疲。「捫壁窺龍池，攀枝瞰乳穴」，撫著山壁，窺看龍池，拉著枝條，俯瞰虎穴，雙手與眼睛齊力專注。「乳穴」，顧邵柏云：「疑即虎穴。」張兆勇謂：「『龍池』者，鄱陽湖也；『乳穴』者，廬山諸峰的高低貌。」〔註80〕「捫」壁而「窺」視山下的鄱陽湖，「攀」枝而俯「瞰」廬山諸峰，詩人已登上廬山最高頂，小心翼翼地尋找身體的

---

〔註78〕顧紹柏：《謝靈運集校注》，「注1」，頁298。

〔註79〕顧紹柏：《謝靈運集校注》，以上分別見於頁285、519。

〔註80〕張兆勇：《謝靈運集箋釋》，頁66。

憑藉，然後享受登頂後大自然的豐盛回饋。「龍池」、「虎穴」，壯寫其景，再次見到詩人對山林的深切嚮往，因此詩題以「絕頂」稱之。「弄波不輟手，玩景豈停目」，詩人雙手不停歇地撥弄著水波，雙眼不暇接地賞玩兩岸景色，較之以往的強調雙腳的登陟，詩人更加忘我地以雙手配合雙眼親近山水，呈現的是沐浴自然美景中的一個頑童形象。以往的靜靜觀看，此時不由自主地伸手觸探。「熙明仲節分，悅懌陽物柔」，在這興盛清明的仲春時節，欣喜萬物在陽光照耀下顯得柔和，「柔」引起觸探的反應，「採桑及菀柳，繽紛戲鳴鳩」，採摘著枝葉茂盛的桑葉和菀柳，戲玩著繽紛熱鬧正在啼鳴的雎鳩，又是一幅伸手親近自然的具體畫面。「和鳴尚可樂，況我山澤遊」，詩人發出體物山林的愉悅。

　　然而，不論以目與足或目與手體物，詩人強調「雖知視聽外，用心不可無」（〈嶺表〉），[註81] 流放途中，前途茫茫，仍為自然吸引，細膩刻劃景物，玄理悟道漸少，其心情在自然中暫獲轉移與安定可知，從中可見自然思潮下，詩人真摯的情意。尋幽訪勝是詩人的「用心」，即使生命波折，幾番感嘆後，仍醉心於山川景物。

## 四、始寧的追憶

　　　　〈采菱〉調易急，〈江南〉歌不緩。楚人心昔絕，越客腸今斷。斷絕雖殊念，俱為歸慮款。存鄉爾思積，憶山我憤懣。追尋棲息時，偃臥任縱誕。得性非外求，自己為誰纂？（〈道路憶山中〉）

　　　　客遊倦水宿，風潮難俱論。……千念集日夜，萬感盈朝昏。……徒作千里曲，絃絕念彌敦。（〈入彭蠡湖口〉）

　　　　莫辯百世後，安知千載前。且申獨往意，乘月弄潺湲。恒充俄頃用，豈為古今然。（〈入華子岡是麻源第三谷〉）[註82]

---

〔註81〕顧紹柏：《謝靈運集校注》，頁296。
〔註82〕顧紹柏：《謝靈運集校注》，以上分別見於頁277、281、288。

「憶鄉憤懣」，寫於元嘉八年季冬離京師赴臨川任內史時的〈孝感賦〉云：「戀丘墳而縈心，憶桑梓而零淚。」〔註83〕表達對故土的依依不捨之情，以及對雙親的深切懷念。對於從始寧的隱居生活，被誣陷而貶往臨川，詩人尤感憤懣。「〈采菱〉調易急，〈江南〉歌不緩。楚人心昔絕，越客腸今斷。」聽聞楚地歌謠〈采菱〉的急促曲調，想起當年楚人屈原的傷心欲絕，詩人屈原思楚的心情自比，深感越人歌曲〈江南〉，聲調也同樣的不和緩，如今要奔赴臨川，令人悲痛腸斷。「存鄉爾思積，憶山我憤懣」，「思積」、「憤懣」互文，既思念故鄉，亦憤悶滿胸。〈道路憶山中〉詩，起筆先以楚歌聯想屈原處境，結尾再以嵇康臨刑所奏的〈廣陵散〉表達悽惻之情；〈入彭蠡湖口〉延續〈道路憶山中〉的思歸愁緒，益加顯得千念萬感日夜紛雜交集。「客遊倦水宿，風潮難俱論」起筆，「徒作千里曲，絃絕念彌敦」結語，作客的遊子悲懷，其間的種種風波潮湧難以筆墨形容，想要借琴曲舒其憤懣，豈知一曲終了，對故鄉的思念卻更加深切。此為詩人臨刑前二年，「故鄉始寧」於其而言，意義非凡，是一生心志所繫，至此風波未停，功業未成，而最終的心願——隱退山林——忽又遠離，憤懣的實存情境可感。

「得性自求」，得以自適天性，既不向外求索，亦不為任何人，只求自足。「得性非外求，自已為誰纂」，《莊子・齊物論》的自在逍遙始終拔升詩人的精神層次。詩人自認其本性為何？〈遊名山志・序〉云：「山水，性之所適」，「得性」，得以縱遊山水，接近宇宙自然；「得性」，順乎自然。「追尋棲息時，偃臥任縱誕」，隱居始寧的生活，無疑地是最適合其本性的。

## 五、棲隱的貞賢

既枉隱淪客，亦棲肥遯賢。……且申獨往意，乘月弄潺湲。
恒充俄頃用，豈為古今然。(〈入華子岡是麻源第三谷〉)

〔註83〕顧紹柏：《謝靈運集校注》，頁511。

「乘月獨往」，〈入華子岡是麻源第三谷〉云：「且申獨往意，乘月弄潺湲。」獨任自然，趁著月色賞玩緩緩水流，詩人表達不復隨俗之意。亦是一順乎本性的抉擇，「性」者為何？詩人說：「恒充俄頃用，豈為古今然。」俄頃的自我適意，順其真情，便是順乎本性，「性」於詩人而言，便是順從當下真實的自我之「情」。所謂「日盡一日娛，莫知古來惑」，詩人對自己的「及時行樂」並不以為消極，反之，認為是因當下的自適逍遙，一己的本性得到發展與滿足。

「棲遁為賢」，詩人此時排除仙異，深覺唯有當前的自適，才是生命最重要的，因此積極看待自己的隱逸生活、登遊山水，尤其在各種客觀條件阻撓下，建立事功無望，唯有把握「俄頃」的真實感覺。「既枉隱淪客，亦棲肥遯賢」，「客」的不安定之一己身處，「枉」的種種不友善之外在環境，詩人轉換心情，以「賢」稱許棲隱飛遁之事。「且申獨往意」，「豈為古今然」，身體的獨往自有滋味，豈是刻意尊古卑今，為求傳述久遠？然而，〈七里瀨〉不云：「誰謂古今殊，異世可同調」，詩人為古今知識分子於受誣枉而為「隱淪客」時解套，努力尋求進取的實存情境感。「在京任秘書監、侍中時期」作〈擬魏太子鄴中集八首〉，其中的「魏太子」云：「忝此欽賢性，由來常懷仁。況值眾君子，傾心隆日新」，[註84]「賢」、「懷仁」、「君子」，是謝靈運對自身心性及行為的剖白與期許，即使棲逸亦然，因此說：「懷仁山林，隱居求志。」（參見第一節）其〈臨終〉詩更感嘆：「恨我君子志，不獲巖上眠」，即使「巖上眠」，仍得以「君子」自稱。〈述祖德詩〉云：「達人貴自我，高情屬天雲」，此高情自難撇開儒家心懷，亦可知其高尚心志。從其實存情境中來看，客觀環境充滿不如意，然此心志即使必得退隱山林，亦不改變，中國古代知識分子的歷史性深深影響著詩人。陸時雍《古詩鏡》評〈東陽溪中贈答二首〉曰：「琴可知人，詩可知人，靈運『達人貴自我，高情屬天雲』，惠連『平生

---

〔註84〕顧紹柏：《謝靈運集校注》，頁200。

無志意，少小嬰憂患」，此是二君寫照，故曰『詩可以觀也』。」〔註85〕陸氏肯定從謝靈運「高情」之句可知其為人心志，並以孔子「詩可以觀也」評賞其詩，遂知詩人乘月獨往，心中明白地以「賢」自我貞定。

李澤厚、劉綱紀《中國美學史·魏晉南北朝編》云：

> 只有當抽象的玄理落實到個體的日常生活，山水也不再被
> 當作抽象玄理的圖象來看待的時候，主體和山水之間的融
> 洽統一才是可能的。……在東晉，只有陶淵明才做到了這
> 一點。〔註86〕

把對自然山水美的觀賞和對個體人生存在的體驗結合起來，親近山水，實現自由、超脫的生活理想，謝靈運與魏晉名士一樣縱情山水，且有過之，卻在李、劉兩位學者評論中，認為主體和山水之間並未能如陶淵明達到融洽統一，這從以上詩人的實存情境，可見到其心理的矛盾與衝突。寫於「第一次隱居始寧時期」的〈山居賦〉云：

> 邁深心於鼎湖，送高情於汾陽。嗟文成之卻粒，願追松以遠
> 遊。嘉陶朱之鼓棹，迺語種以免憂。判身名之有辨，權榮素
> 其無留。孰如牽犬之路既寡，聽鶴之塗何由哉。〔註87〕

「鼎湖」，軒轅升仙處；「文成」，張良諡號；「卻粒」，辟穀以長生；「牽犬之路既寡，聽鶴之塗何由哉」，康樂自注云：「牽犬，李斯之嘆。聽鶴，陸機領成都眾大敗後，云『思聞華亭鶴唳，不可復得。』」〔註88〕此時康樂遊仙思想仍隱隱在心。「孰如牽犬之路既寡，聽鶴之塗何由哉」，對照康樂最後的生命，仍不免牽犬之嘆，一生性格致使無法如願抱樸歸隱，始終處於矛盾的生命型態。顏崑陽教授歸納「士不遇」的典

---

〔註85〕〔明〕陸時雍：《古詩鏡》，錄自王雲五主編：《四庫全書珍本六集》（臺北：商務印書館，1976），卷十三，冊二，頁18。

〔註86〕李澤厚、劉綱紀：《中國美學史·魏晉南北朝編》（合肥：安徽文藝出版社，1999.5），下冊，頁482。

〔註87〕顧紹柏：《謝靈運集校注》，頁450。

〔註88〕顧紹柏：《謝靈運集校注》，頁450。

型有三，〔註89〕然，終究是極致表現的生命型態，在此三種典型外，有更多處於矛盾的不遇之士。

　　然而，〈述祖德〉詩裏所稱的「遺情捨塵物，貞觀丘壑美」，寫其祖謝玄的棄官歸隱生活，從山水景物的觀察貞定生命，甚且能展示於人而收教化之功。〔註90〕康樂於山水的投入，既是祖德的延續，亦是魏晉文人聯繫生命的自然思潮，「自然」，既指投入宇宙山水景物，亦指隨順自己性情本然。「在江陵、建康等地為官時期」已有「道家隱逸」思想，〈答中書〉云：「守道順性，樂茲丘園。」堅持道家所提倡的「道」，依順天性，才是真正的樂在隱居。既然「進德智所拙」，且為「策馬步蘭皋」，詩人體物的投入與細膩，已不只是心與目的觀賞，甚且伸出雙手直接撫觸親近自然景物，〈物色〉篇所稱「窺情風景之上，鑽貌草木之中」，「窺」的好奇，「鑽」的專注，風景、草木在詩人心中眼底，充滿情致。「貞觀丘壑美」幾乎是詩人一生的懸念，出守永嘉前，便已有所表露，出守永嘉後，更是縱遊山水且大量創作為文字，《宋書・謝靈運傳》謂其：「所至輒為詩詠，以致其意焉。」又隱居始寧期間，「每有一詩至都邑，貴賤莫不競寫，宿昔之間，士庶皆徧，遠近欽慕，名動京師。」〔註91〕詩人和山水雖未能如陶淵明達到融洽統一，然山水已然成為詩人生命困境的救贖，且因而奠定山水詩歌的文學史地位。

　　於自然思潮開展的縱情山水，詩人體物的審美觀有何突破？主、客如何交融而化為文字創作，將在第四章繼續探討。下一章，將先探討詩人帶著怎樣的心理和經驗走入山水。

---

〔註89〕顏教授歸納「士不遇」的三種典型為：（1）伯夷、叔齊不遇於周，餓死首陽山；（2）孔子、孟子周遊列國之不遇而歸；（3）屈原忠而受謗，不遇於楚王，終投江而死。〔顏崑陽：〈漢代文人「悲士不遇」的心靈模式〉，錄自《詮釋的多向視域：中國古典美學與文學批評系論》，頁106。〕

〔註90〕《周易・觀卦》「象傳」云：「觀天之神道，而四時不忒，聖人以神道設教，而天下服矣。」（〔魏〕王弼、〔晉〕韓康伯注，〔唐〕孔穎達疏：《十三經注疏・周易》（臺北：藝文印書館，嘉慶二十年重刊宋本），冊一，頁60。）

〔註91〕〔南朝梁〕沈約：《宋書・謝靈運傳》，卷六十七，頁850。

# 第三章　謝靈運山水詩主體意識的「前」經驗──典範認同

　　我所說的「經驗」是指親身經歷，是承續第二章的「實存情境」而來，指其縱遊山水、創作山水詩；我所說的「前」經驗，鎖定在縱遊山水、創作山水詩「前」的心理層。

　　然而，創作的心理層包含生活種種，「前」經驗涵蓋生命存在的各個層面，比如：家族、政治、社會，乃至性格、歷史文化的影響。詩人做為士階層的存在，文化古籍的薰染與生命緊密結合，加達默爾說：「早在我們通過自我反思理解我們自己之前，我們就以某種明顯的方式在我們所生活的家庭、社會和國家中理解了我們自己。」[註1] 這個理解自己的明顯方式，在士階層來說，當以學養的反身詮釋為優位，而在反身詮釋的同時，必須尋找典範認同。我所說的「前」經驗指內的經驗，鎖定詩人的文化積累，以用典為其主要表現；其中常用典故成為詩人潛藏心中的典範。

　　謝靈運於〈入東道路〉詩云：「滿目皆古事，心賞貴所高」，「滿目」是所見，「皆古事」是所思，因所見而古事一幕幕浮現，眼所見與古籍緊密連結。古籍典故湧上心頭，落實成文字，便是「用典」。此聯卜接「魯連謝千金，延州權去朝」，一在趙國，一在吳國，非眼前現景，乃詩人心中所聯想，呼應「心賞貴所高」，表達心中對魯連、季札人格

---

〔註1〕〔德〕漢斯－格奧爾格·加達默爾原著、洪漢鼎譯：《真理與方法》，頁365。

的尊崇。〈七里瀨〉云：「目睹嚴子瀨，想屬任公釣。」〔註2〕目所見為眼前「嚴子瀨」，心所思為《莊子‧外物》的垂釣者任公，因而有「誰謂古今殊，異世可同調」的感發，「用典」深化詩人創作當下的體悟。

清代方東樹說：「如康樂乃是學者之詩，無一字無來處率意自撰也。」〔註3〕雖或許誇張，然亦見其閱讀與創作關係之密切。李光哲《謝靈運詩用典考論》亦云：「現存謝詩一百一零一首（依逯本統計）中，幾乎沒有一首不用典故的。」〔註4〕謝詩的「滿目」所見與心中「古事」的交集與疊合，幾乎為古今學者所認同。

傅隸樸《修辭學》引顏之推《家訓》論文章云：「邢子才嘗曰：沈侯文章用事，不使人覺，若胸臆語也。深以此服之。」〔註5〕用典佳則若出自胸臆，應可允許以用典探究其胸臆。

# 第一節　前人觀點與用典心理探討

## 一、前人多探討謝靈運詩用典藝術

學者研究謝靈運詩，若就「用典」探討，多強調其藝術技巧與風格。李雁以「深奧生新」概括謝詩的用典，認為「在謝靈運的山水詩中，大量的歷史典故經常是以直接引用人名的方式出現的。」〔註6〕所舉的例子有：

> 齊景戀遄臺，周穆厭紫宮。（〈行田登海口盤嶼山〉）
>
> 目睹嚴子瀨，想屬任公釣。（〈七里瀨〉）
>
> 仲連輕齊組，子牟眷魏闕。（〈遊赤石進帆海〉）
>
> ……

〔註2〕顧紹柏：《謝靈運集校注》，頁78。
〔註3〕〔清〕方東樹：《昭昧詹言》（臺北：廣文書局，1962.8），卷五，頁4。
〔註4〕李光哲：《謝靈運詩用典考論》，臺大中文所碩士論文，1987.6，頁68。
〔註5〕傅隸樸：《修辭學》（臺北：正中書局，2000.5），頁79。
〔註6〕李雁：《謝靈運研究》，頁283。

甚且有一首詩連引九個人物，如〈初去郡〉云：

> 彭薛裁知恥，貢公未遺榮。……無庸妨〔方〕周任，有疾像
> 長卿。畢娶類尚子，薄遊似邴生。……即是羲唐化，獲我擊
> 壤聲〔情〕。

認為，像這樣直接引用人名的方式出現，不免減卻自然流暢，而有突兀
生硬之感。〔註7〕然又分析道：

> 這類用典方式的特點是所引名字已不僅僅代表個人，它實際
> 包含了和這個人相關的系列事件。……在篇幅有限的詩歌創
> 作中運用典故成為增加詩歌內涵的有效手段之一。而在藝術
> 效果上，典故的加入也使詩歌變得具有多層意蘊而耐人咀嚼
> 回味。〔註8〕

李雁擴大謝靈運詩用典的內涵，從藝術效果肯定其文字意蘊，然並未
進一步分析其擴大、連結的關鍵。以「且睹嚴子瀨，想屬任公釣」為
例，「目睹」為引觸的眼前景，「想屬」是關鍵心情，從此時此刻連結東
漢嚴光事蹟，再連結周代任國公子垂釣東海與《莊子》，《莊子》此意原
是諷諭成大事須有持之以恆的耐心和氣魄，康樂要連結的是「垂釣」一
事，〔註9〕以為隱逸生活的具象；「想屬」是詩人當下情意關鍵。因此，
謝詩用典，連接人名與事之間的動詞才是核心感受，如「齊景戀遄臺，
周穆厭紫宮」的「戀」、「厭」，「仲連輕齊組，子牟眷魏闕」的「輕」、
「眷」，以二元對立，然後融合超越，動詞後的名詞是他所要超越的對
象：「遄臺」、「紫宮」、「齊組」、「魏闕」，大抵以事功為主，因此其渴望
隱逸之心益顯激切。用典中動詞的連結，顯現詩人當下湧現的心情。

　　劉明昌《謝靈運山水詩藝術美探微》於「意蘊深婉之典故美」一
節云：

---

〔註7〕李雁：《謝靈運研究》，頁285。
〔註8〕李雁：《謝靈運研究》，頁284～285。
〔註9〕顧紹柏謂，此處不必拘泥《莊子》原旨，謝靈運用任公典，僅取垂釣
　　　意，大抵如此，從之。（顧紹柏：《謝靈運集校注》，〈七里瀨〉「注15」，
　　　頁81。）

典故用得典雅精嚴，又爐錘工致者，當自謝靈運始。〔註10〕
劉氏合各家之說，歸納「用典」在文學藝術上的作用，大致不離「詞語的簡潔」與「寓意深遠」兩方面。而謝詩「引古事以證今」，如：「仲連輕齊組，子牟眷魏闕」（〈遊赤石進帆海〉）語出《史記》；或「援古語以入詩」，如：「惜無同懷客，共登青雲梯」（〈登石門最高頂〉）引陸機語，其用意無非在「使其詩句，能達至精潔簡練之目的」。〔註11〕在「寓意深遠」上，劉氏以為：

> 用典之功能，除為單純之修辭方法外，尚可由其所用之典，
> 知其所欲呈現之精神內涵，因此，在讚嘆謝靈運詩中之典故，
> 所造成外在辭藻之華麗巧妙外，其典故本身內在所存之深層
> 意蘊，更是值得吾人去加以探討。〔註12〕

劉氏以為謝靈運山水詩深層意蘊表現在其常用典故，而主要集中在三玄及《楚辭》。認為「玄典之運用，由於是用以說理，故多直接引用原典本身之專有名詞，因此，在意義上，較易為人所知」。劉氏列舉甚多實例，然只列出其出處與原文句，並未針對用典句與謝靈運詩中意蘊進行探討，因此，有再梳理其「深層意蘊」之必要。

至於用《楚辭》典，則認為：「由於多屬內心之感受，故多以化用原典之形式呈現之，以致其意，顯得較為隱晦。」〔註13〕然，不論論述三玄或《楚辭》典故，皆從語言層探討其效用。劉氏亦揣測謝詩用典的心理基礎，認為：

> 謝靈運或是刻意藉此顯於外之「理」，以掩其內心不能訴說
> 之隱「情」，因就其時靈運所處之境地，恐怕唯有以典故為
> 抒發形式，方不致直接刺激其時之當政者，且亦可藉此吐露
> 其真情，並慰藉其寂寞與失意之心。因此可見，謝靈運所以

---

〔註10〕 劉明昌：《謝靈運山水詩藝術美探微》，頁147。
〔註11〕 劉明昌：《謝靈運山水詩藝術美探微》，頁156～158。
〔註12〕 劉明昌：《謝靈運山水詩藝術美探微》，頁158。
〔註13〕 劉明昌：《謝靈運山水詩藝術美探微》，頁161。

　　　　大量用典，絕非僅求詩句之簡煉雅趣，而更重要的是「借典
　　　　生情」、「因典寓意」。〔註14〕

內心有隱情，恐怕「直接刺激其時之當政者」，故而用典，或許有些許
的可能，然以山水詩而言，就未必為多數的原因。「借典生情」、「因典
寓意」，典故是生情之因，抑或是寓意之寄託，劉氏並未多做說明，終
以「深婉之美」總結謝詩用典。

　　李光哲《謝靈運詩用典考論》於「摘要」中自述其研究結果，認
為謝靈運「博覽群書」，引用典故十分浩瀚，用法亦精切妥常，其「麗
典新聲，絡繹奔會」之特色，證明鍾嶸所稱靈運為「元嘉之雄」，實非
虛言。強調的也是語言辭藻的表現。

　　總而言之，學者探究謝靈運詩的用典，仍多著重在語言層的藝術
技巧與風格。「用典」是一種修辭技巧，然亦應有其修辭的心理基礎。

## 二、「用典」的心理基礎

　　在修辭學的探討裡，學者多將「用典」歸於「引用」修辭。黃慶
萱說：

　　　　引用是一種訴之於權威或訴之於大眾的修辭法，利用一般人
　　　　對權威的崇拜及對大眾意見的尊重，以加強自己言論的說服
　　　　力。〔註15〕

沈謙教授也認為：

　　　　說話作文中，援引現成的語言文辭，以印證、補充、對照作
　　　　者的本意的修辭方法，是為引用。引用的成語包括經典的精
　　　　言，前賢的雋言，詩文中的警句，社會上熟知的成語、諺語。
　　　　其心理基礎建立在訴諸權威或訴諸大眾。〔註16〕

社會上熟知的成語、諺語，訴之於大眾；經典的精言、前賢的雋言、詩

---

〔註14〕劉明昌：《謝靈運山水詩藝術美探微》，頁162。
〔註15〕黃慶萱：《修辭學》（臺北：三民書局，2002.10），頁125。
〔註16〕沈謙：《修辭學》（新北市：國立空中大學，2000.7），頁349。

文中的警句，訴之於「權威」。「權威」本指政治上的權力、威勢，《呂氏春秋‧審分》：「百官恫擾，少長相越，萬邪並起。權威分移，不可以卒，不可以教，此亡國之風也。」〔註17〕於近代小說，「權威」幾乎脫離政治意涵，意指能產生使人信從的力量和威望，這樣的「權威」使人產生自願的服從和支持，亦即一種「認同」。「認同」一種使人信從的力量和威望，應該是「用典」修辭的心理基礎，使用頻率越高，其「認同」度也越高。發展到今天，只要在某種範圍裏最有地位的人，皆可稱之該範圍的「權威」，如法學權威、經濟權威……，「權威」已不在侷限於政治意涵，其義類同「典範」。

謝靈運於〈入東道路〉詩云：「滿目皆古事，心賞貴所高」，「滿目」所見，古事一幕幕浮現，其中，最與心相印的是所尊崇的人。詩人所見為何？所尊崇者何人？原詩如下：

> 整駕辭金門，命旅惟詰朝。懷居顧歸雲，指塗泝行飆。屬值清明節，榮華感和韶。陵隰繁綠杞，墟囿粲紅桃。鷕鷕翬方雛，纖纖麥垂苗。隱軫邑里密，緬邈江海遼。滿目皆古事，心賞貴所高。魯連謝千金，延州權去朝。行路既經見，願言寄吟謠。

元嘉五年（公元四二八年）春，謝靈運辭去朝廷秘書監、侍中，以其不受重用，多稱疾不朝，上賜假東歸，展開第二次隱居故鄉始寧的生活。此詩寫於東歸途中，正值清明時節，感受著和煦美好的春光，心情愉快。綠杞、紅桃繁茂燦爛，雉雞張開五彩羽毛鷕鷕啼叫，麥子垂吐幼苗，纖長美好，鄉野紛呈生生不息景象，富饒稠密。對於權力核心的京城而言，這裡遙遠而遼闊。沉浸著鄉野的美好春日，聯想的盡是「古事」，尤其是心中所尊崇的人，魯連、季札正是心中典範。「魯連謝千金，延州權去朝」，「謝千金」、「權去朝」是兩人值得尊崇的事蹟。《史記‧吳太伯世家》記春秋吳國公子季札權衡局勢，決定離開朝廷，不接

---

〔註17〕〔東漢〕高誘注：《呂氏春秋》（臺北：藝文印書館，1979.11），卷十七，頁447。

受兄長讓位；〔註 18〕《戰國策・趙策》記戰國齊人魯仲連辭退趙王的千金封賞，一心為人排難解紛，陳述帝秦之害。〔註 19〕富、貴於兩人果真如浮雲，此詩的寫作動機，正因沿途所見而引起的心理反應。

　　謝靈運詩中，魯仲連是常出現的人物：

　　　　仲連卻秦軍。（〈述祖德詩二首〉其一）

　　　　仲連輕齊組。（〈遊赤石進帆海〉）

　　　　魯連謝千金。（〈入東道路〉）

　　　　秦帝魯連恥。（〈臨川被收〉）

「卻秦軍」、「恥帝秦」為其事功；「輕齊組」、「謝千金」為其人格。事功、人格兩相重視，也都做得精彩，這是謝靈運所最欽服的，也是心中的理想。李光哲《謝靈運詩用典考論》從謝詩中所引人物，認為其所尊崇的是三類人物：

　　　　一、是有忠君濟民的治績、功績者。

　　　　二、是不屈己志、隱居者。

　　　　三、是功成身退者。〔註 20〕

其中：

　　　　靈運所最理想、最嚮往的人物典型應是這第三類的「功成身
　　　　退」的人物。〔註 21〕

而這種「功成身退」的人物，在謝靈運詩中，除了張良（〈臨川被收〉：「韓亡子房奮」）、范蠡（〈會吟行〉：「范蠡出江湖」），以魯仲連為「角色範型」。〔註 22〕「範型」，是常存心中以為行為的遵循，是「滿目皆古事」的心理基礎，深沉地影響創作意念。「滿目皆古事」所引為「魯

〔註18〕　〔日〕瀧川龜太郎：《史記會注考證》（臺北：洪氏出版社，1977.10），頁 539。

〔註19〕　〔東漢〕高誘註：《戰國策・趙策》（臺北：藝文印書館），卷二十，頁 397。

〔註20〕　李光哲：《謝靈運詩用典考論》，頁 47。

〔註21〕　李光哲：《謝靈運詩用典考論》，頁 52。

〔註22〕　郭有遹：《創造心理學》（臺北：正中書局，2001.1），頁 234。

連謝千金，延州權去朝」，這是用典，或許可以立下一個假定：常用典故指出創作者心中的認同，應是詩歌創作的心理基礎，除了語言層，應可從心理層加以探究。

《文心雕龍‧事類》云：

　　事類者，蓋文章之外，據事以類義，援古以證今者也。〔註23〕

〈事類〉篇探討的是「用典」修辭，「類義」、「證今」是「用典」目的。黃侃云：「引事引言，凡以達吾之思而已。」〔註24〕「功成身退」是謝靈運的理想，但終其一生未能實現，「功成」與「身退」在其一生，形成兩股相互拉鋸的力量，〈登池上樓〉云：「進德智所拙，退耕力不任」，「功成」、「身退」兩相虧欠，在其心中的拉鋸力量究竟有多大？在他大量投入山水並創作山水詩時，或許可以透過其引用典故，了解其潛藏內心而影響創作的思維。

## 第二節　「前」經驗與謝靈運山水詩常用典故

### 一、「前」經驗與常用典故

　　「經驗」有內、外之別，起於自己精神內者為內的經驗，得自外界事物間者為外的經驗。〔註25〕我所說的「前」經驗，鎖定在縱遊山水、創作山水詩「前」的內的經驗。

　　沈約《宋書‧謝靈運傳》云：

　　靈運少好學，博覽群書，文章之美，江左莫逮。從叔混特愛

　　之。〔註26〕

由此可知：（1）謝靈運年少起便飽讀詩書；（2）他的飽讀詩書造就了文章之美；（3）其文章之美，受世人肯定，受同為擅長創作的從叔謝混寶

---

〔註23〕〔南朝梁〕劉勰著、周振甫注：《文心雕龍注釋》，頁705。
〔註24〕黃侃：《文心雕龍札記》（臺北：文史哲出版社，1973.6），頁184。
〔註25〕商務印書館編審部：《哲學辭典》（臺北：臺灣商務印書館，1971.5），頁787。
〔註26〕〔南朝梁〕沈約：《宋書‧謝靈運傳》，卷六十七，頁845。

愛。又云：「靈運幼便穎悟，玄甚異之，謂親知曰：『我乃生瑍，瑍那得
生靈運』」，〔註27〕皎然《詩式》亦云：「康樂公早歲能文，性穎神澈」，
〔註28〕既穎悟又好學，作為中國古代知識分子，「博覽群書」是創作中
極重要的「前」經驗；在劉宋，「用典」幾乎是才學的體現。〔註29〕清
代方東樹說：「謝詩用事，如『樵隱俱在山』，『妙善冀能同』，『亂流趨
正絕』……，似此凡數十百處，暫見似白道，而實皆用典。」〔註30〕
閱讀已成心理底層，成為創作的「前」經驗。凡此學者詩的「前」經驗，
可透過用典尋索。

　　謝靈運山水詩經常使用的典故是什麼？黃節以為：「康樂之詩，合
《詩》、《易》、《聃》、《周》、〈騷〉、「辯」、「偓」、「釋」以成之，其所寄
懷，每寓本事，說山水則苞名理。」〔註31〕黃節感嘆極深，「說山水則
苞名理」是謝靈運的心懷寄託，其詩，合《詩》、《易》、《聃》、《周》、
〈騷〉、「辯」、「偓」、「釋」而成，有諸多複雜情緒。詩心是歷史的累
積，其中包括才學識見，還原典故，全詩深意可能埋藏在簡約的詩句
中，因為，詩人的過往閱讀必在整全文字裡，落實而為詩句輸出，僅能
簡言之。

　　觀其所用「典故」，可明確知其熟習的群書及其學養，進而了解
其寫山水而開創詩歌新局的心理層面。實際爬梳謝靈運山水詩用典，
包羅經、史、子、集典籍，其中不乏《尚書》、《左傳》、《論語》、《史
記》、《漢書》、《呂氏春秋》、《古詩十九首》、曹植詩、陸機詩，乃至張
協的「巧構形似之言」、郭璞的遊仙詩。然而用典最多的狀況如下：

　　1.《莊子》，30處。

　　2.《楚辭》屈原作品，23處。

〔註27〕　〔南朝梁〕沈約：《宋書・謝靈運傳》，卷六十七，頁845。
〔註28〕　〔唐〕皎然：《詩式》，錄自何文煥訂：《歷代詩話》，頁19。
〔註29〕　高莉芬：《元嘉詩人用典研究》（新北市：花木蘭文化出版社，2007.9），
　　　　　頁23。
〔註30〕　顧紹柏：《謝靈運集校注》，「評叢」，頁711。
〔註31〕　黃節：《謝康樂詩注・序》，頁2。

3.《詩經》，16 處。

4.《易》，9 處。

5.《老子》，8 處。老、莊共 38 處。加上《易》，三玄共 47 處。

當謝靈運引用以上諸書典故時，是否呈顯其中心意念，也就是說，有什麼概念是不斷出現在其用典的語句或詩意中？以下分別從「『三玄』體會」與「『詩騷』情懷」加以探討。

## 二、謝靈運山水詩的「三玄」體會

### （一）本於《易》者

《周易》為生命歷程中種種變化，提供簡易而平常的合情合理自處處世之道。假若它提供的是行為準則，應是以「理」為勝，然，在謝靈運山水詩中，屢次的徵引，仍以表達心情為主，從中可以得知其創作心理，當然，仍有其說理處。以下分別從抒寫當下情意、頓悟得理敘述。

#### 1. 抒寫當下情意

潛虯媚幽姿，飛鴻響遠音。……進德智所拙，退耕力不任。

（〈登池上樓〉）〔註32〕

「潛虯媚幽姿」，潛藏水底的虯龍有著美好的深穩姿態。潛虯，猶潛龍，喻有才德而未為世重用之人，《周易‧乾》「初九」：「潛龍勿用。」〔註33〕「象辭」曰：「天行健，君子以自強不息。」〔註34〕〈乾〉卦上下二體皆「乾」，象天體運行永不止息，以「健」為名。詩人化用〈乾〉卦「象辭」，以為即使幽藏亦應有所堅持美好姿態，日益堅定，然詩人自省，卻覺「棲川怍淵沉」，一「怍」字訴盡欲有所守而未能的悵恨。〈文言〉云：「初九曰『潛龍勿用』，何謂也？子曰：『龍德而隱者也，不易乎世，不成乎名，遯世無悶，不見是而无悶，樂則行之，憂則違

---

〔註32〕顧紹柏：《謝靈運集校注》，頁 95。

〔註33〕〔魏〕王弼、〔晉〕韓康伯注，〔唐〕孔穎達疏：《十三經注疏‧周易》（臺北：藝文印書館，嘉慶二十年重刊宋本），頁 8。

〔註34〕《十三經注疏‧周易》，頁 11。

之，確乎其不可拔，潛龍也。」〔註35〕「遯世無悶」、「不見是而無悶」，詩意最終以「無悶」自勉，正源於此，且須「確乎其不可拔」，此方為潛龍美好的深蹲姿態。

「進德智所拙」，在朝為官，是智能不足的我所無法擔當的。進德，語出《周易・乾》〈文言〉「九三」云：「君子進德修業。」〔註36〕「德」謂君德，〈文言〉「九二」：「『見龍在田，利見大人』……，君德也。」〔註37〕「進德」，謂在朝為官，建立事功，與下聯「退耕」相對。

「進德」智不足，潛龍「無悶」，詩人於仕、隱間雖兩難，卻仍可判別後者更近其心性與抉擇，亦是其最終理想。詩中兩度化用《周易》典故，意旨亦謹遵《周易》指示，然其對遯世卻未能幽隱抱愧，期能遵循前人而「無悶」。

> 解作竟何感，升長皆丰容。(〈於南山往北山經湖中瞻眺〉)

雷雨人作，萬物的感應是什麼？草木抽高而茂盛。「解作」，雷雨大作，《易・解》「彖辭」曰：「解，險以動，動而免乎險，解。……天地解而雷雨作，雷雨作而百果草木皆甲坼。」〔註38〕以積極而主動的態度，讓自己脫離危險，讓危難散去，得到緩解，《序卦傳》：「物不可以終難，故受之以解，解者緩也。」〔註39〕《周易》以危險、困難的緩解定義「解」。此處化用《周易》典故，「解作」指「天地解而雷雨作」，百果草木皆「甲坼」，脫去硬殼，發芽生長。這是萬物對雷雨大作的感應，充滿生命力。詩人要表達的意旨是「撫化心無厭，覽物眷彌重」，感應的豈只是百果草木，甚至形成憾恨——誰與同賞？詩人遊觀不厭，此詩最能表達其心情，後文再敘。

> 既枉隱淪客，亦棲肥遯賢。(〈入華子岡是麻源第三谷〉)〔註40〕

---

〔註35〕《十三經注疏・周易》，頁13。
〔註36〕《十三經注疏・周易》，頁14。
〔註37〕《十三經注疏・周易》，頁13。
〔註38〕《十三經注疏・周易》，頁93。
〔註39〕《十三經注疏・周易》，頁188。
〔註40〕顧紹柏：《謝靈運集校注》，頁288。

　　既然枉為隱居客，那就安頓在棲逸飛遁的賢士行列。肥遁，飛遁。《易‧遁》「上九」：「肥遁，無不利。」〔註41〕孔穎達疏：「子夏傳曰：『肥，饒裕也。』……上九最在外極，无應於內，心无疑顧，是遁之最優，故曰肥遁。」後因稱退隱為「肥遁」。〈序卦〉曰：「物不可以久居其所，故受之以遁，遁者退也。」〔註42〕〈雜卦傳〉亦云：「遁則退也。」〔註43〕「九三」：「係遁，有疾，厲，畜臣妾，吉。」仍眷戀功名富貴，心有牽掛的逃離，有疾而危險；「九四」：「好遁，君子吉，小人否。」在隱退的好時機，面對功名利祿與隱退求去的兩種選擇之間，君子能捨功名利祿而瀟灑離去，小人則無法斷然隱退，故閉塞不通。「肥遁」，完全超然物外，對於世俗的榮辱名利，完全能看開，無所不利。「九五」：「嘉遁，貞吉。」美好的隱退，貞定則吉，「象傳」曰：「嘉遁貞吉，以正志也。」〔註44〕九五是逃得更遠，然因居九五之尊位，能逃卻仍為名位所累而有牽掛。直到「上九」「象辭」曰：「肥遁，无不利，无所疑也。」〔註45〕因此，「肥遁，無不利」，放下一切，沒有任何遲疑而無所繫絆的逃離，完全貞定。君子如此，能得「賢」名。康樂化用〈遁〉卦「上九」典故，與後文「且申獨往意」呼應，表達澈底隱遁之決心。

　　　風雨非攸恡，擁志誰與宣？（〈發歸瀨三瀑布望兩溪〉）

　　風雨並非巢居穴處所顧惜的事，可嘆的是，懷抱隱逸之志，有誰可以吐露呢？攸，所。恡，吝惜、顧惜。擁志，懷抱隱逸之志。典出《易‧大壯》。《繫辭傳‧下》云：「上古穴居而野處，後世聖人易之以宮室。上棟下宇，以待風雨，蓋取諸〈大壯〉。」〔註46〕巢穴生活，「穴居而野處」，無有宮室以待風雨，因此謂：「風雨非攸恡」。〈大壯〉「象

---

〔註41〕　《十三經注疏‧周易》，頁85。
〔註42〕　《十三經注疏‧周易》，頁188。
〔註43〕　《十三經注疏‧周易》，頁189。
〔註44〕　《十三經注疏‧周易》，以上均見於頁85。
〔註45〕　《十三經注疏‧周易》，頁86。
〔註46〕　《十三經注疏‧周易》，頁168。

辭」曰：「雷在天上，大壯，君子以非禮弗履。」若非合「禮」，何須如此踐履？「上六」曰：「羝羊觸藩，不能退，不能遂，无攸利，艱則吉。」〔註47〕硬要牴觸、衝撞，反而陷入進退兩難的僵局，沒有任何好處；反過來，若能冷靜堅定，吃苦耐勞則吉。此詩顧紹柏繫於元嘉七年（公元四三〇年），是奉命前往臨川的前一年，康樂已幾經仕隱的反覆，化用《周易》〈大壯〉卦典故，以堅定自己對物質環境的不在乎，願意吃苦耐勞，強調後文的「擁志」。

　　遂抱《中孚》爻，猶勞「貝錦」詩。（〈初發石首城〉）

　　「遂抱《中孚》爻」，於是抱持著《易經》〈中孚〉卦，堅守心中誠信。《易·中孚》「彖辭」：「中孚以利貞，乃應乎天也。」內心誠信，利於貞定，乃應乎天理。「象辭」曰：「澤上有風，中孚，君子以議獄緩死。」〔註48〕議獄為議論可能的冤獄，緩死則是暫緩死刑的執行。上天有好生之德，君子因以避免冤獄與冤死。此詩作於元嘉八年，因被誣告有「異志」，離京赴往臨川任內史時。受冤屈而赴任，康樂山發而自我表白，一為皇上好生之德，「日月垂光景，成貸遂兼茲」；一為堅定意志，「皎皎明發心，不為歲寒欺」。此處化用《周易》典故，情理兼寫。

## 2. 頓悟得理

　　洊至宜便習，兼山貴止託。（〈富春渚〉）

　　面對急流重險，多經歷幾次，也就習慣了；面對重山阻擋，就收斂止行，以保其身。二句語出《周易》，〈坎〉卦「象辭」：「水洊至，習坎。」〔註49〕〈艮〉卦「彖辭」：「艮，止也，時止則止，時行則行。」〔註50〕此聯連接上文驚險實境：「溯流觸驚急，臨圻阻參錯。亮乏伯昏分，險過呂梁壑」，又開啟下文自我生命的反思：「平生協幽期，淪躓困微弱。久露干祿請，始果遠遊諾。宿心漸申寫，萬事俱零落。懷

---

〔註47〕《十三經注疏·周易》，以上見頁86。
〔註48〕《十三經注疏·周易》，以上見頁133。
〔註49〕《十三經注疏·周易》，頁72。
〔註50〕《十三經注疏·周易》，頁116。

抱既昭曠，外物徒龍蠖」。「洊至」、「兼山」，虛實兼寫，涵蓋生命歷程的種種驚險與抉擇，「始果遠遊諾」為如今之「止」，「果」代表「宿心」得償。化用《周易》典故以為生命自處之道，行止有準則。

〈蠱〉上貴不事，〈履〉二美貞吉。(〈登永嘉綠嶂山詩〉)

〔註51〕

〈蠱〉卦「上九」強調以不做官為高尚，〈履〉卦「九二」強調幽人以坦蕩為美。詩人深入密林，以綠嶂山之「幽」體悟得理。〈蠱〉卦「上九」云：「不事王侯，高尚其事。象曰：不事王侯，志可則也。」《說文》：「蠱，腹中蟲也。」段注：「謂行蟲毒也。」〔註52〕「象辭」曰：「山下有風，蠱。」「蠱」是禍亂，因此「君子以振民育德。」〔註53〕然到了上九，則以「不事」為勝。《禮記‧表記》云：

> 子曰：「事君，軍旅不辟難，朝廷不辭賤。處其位而不履其事，則亂也。故君使其臣，得志則慎慮而從之，否則孰慮而從之。終事而退，臣之厚也。《易》曰：『不事王侯，高尚其事。』」〔註54〕

康樂心中始終不忘完成事功而後隱退，一如其祖散播清塵，此處引用〈蠱〉卦「上九」的，應也隱含《禮記》此處「事君，軍旅不辟難，朝廷不辭賤。處其位而不履其事」的忠貞，力行「振民育德」的君子作為，「終事而退，臣之厚也」是其最終自許。綠嶂山之遊，詩人直接上升為「幽人坦步」的心境，獲得當下的自我安頓。

又云：「〈履〉二美貞吉」，〈履〉卦「彖辭」曰：「履虎尾，不咥人，亨。」「履虎尾」，雖情勢險惡，然若能小心翼翼，則虎不咬人，能得亨通。「象辭」曰：「上天下澤，履，君子以辯上下，定民志。」「辯上下」

---

〔註51〕顧紹柏：《謝靈運集校注》，頁84。
〔註52〕〔東漢〕許慎著、〔清〕段玉裁注：《說文解字注》，頁683。
〔註53〕《十三經注疏‧周易》，以上〈蠱〉卦見頁58。
〔註54〕〔漢〕鄭玄注，〔唐〕孔穎達疏：《十三經注疏‧禮記》(臺北：藝文印書館，嘉慶二十年重刊宋本)，頁918。

即是「小心翼翼」的實際踐履，強調倫序之理。「初九」云：「素履，往，无咎。象曰：素履之往，獨行願也。」「素履」，樸素的鞋子，喻指樸素的禮儀，沒有官位與名分的人並不須依照官場禮儀，只要依照自己的原則，獨善其身即可。「九二」云：「履道坦坦，幽人貞吉。象曰：幽人貞吉，中不自亂也。」〔註55〕隱士所走的道路平坦而廣闊，坦蕩蕩，光明磊落，心中貞定不自亂則吉。康樂此處化用《周易》典故，雖不免難忘事功，亦知伴君如伴虎，須小心翼翼，然更重要的是自我貞定坦蕩心胸，高尚自己的心志，期望天性得顯。

　　事為名教用，道以神理超。(〈從遊京口北固應詔〉)

　　「道以神理超」，做為宇宙萬物根源的「道」，以其玄妙內容超越客觀世界。道，宇宙萬物之所出，此為道家之道，《老子》第三十七章：「道常無為而無不為，侯王若能守之，萬物將自化。」〔註56〕神理，玄妙內容，《易‧觀》「彖辭」：「觀天之神道，而四時不忒；聖人以神道設教，而天下服矣。」超，指超越客觀世界。〈觀〉卦以令行天下，教化百姓為卦義，「彖辭」云：「觀，盥而不薦，有孚顒若。」〔註57〕古代聖王透過灌禮展示王道，達到風行草偃教化功效，目的在以宗教感化人心，亦即所謂「神道設教」，其中澆灌香酒請神為最隆重步驟，與祭者最為虔誠而莊嚴。康樂藉此以明治天下者亦應力求最高境界，使君王、百姓皆處最虔誠狀態，自然地收教化功效。「以神理超」，「神理」，透過外顯形式，終達內心的自然感化而超越形式。康樂所主張的是無為政治，是道家「無為而無不為」的主張，後文「萬象咸光昭」的無為結果，是因「皇心美陽澤」的無不為。而今雨露陽光均被萬象，己身的「枉」、「憗」亦應有更適宜的安排，亦即順其本性，如「四時」之運行不忒。化用《周易》〈觀〉卦典故，以為君子之志謀畫。

---

〔註55〕《十三經注疏‧周易》，以上〈履〉卦見頁40～41。
〔註56〕黃登山：《老子釋義》，頁162。
〔註57〕《十三經注疏‧周易》，以上見頁59～60。

　　謝靈運山水詩用《周易》典故，不論是憂悶愧對幽隱、覽物撫化的
遊觀不厭、飛遯獨往的居乎「賢」名、不畏風雨的堅定志向等種種情緒
抒發，或在急流重山後的反思頓悟、「幽人坦步」的自我安頓、提出無不
為而後無為，詩人從中得著行止準則或揭示政治理想，詩意也兼得情理。

## （二）本於《老子》者

　　謝靈運山水詩中用《老子》典故，以說理為主，其所圍繞聚焦主
題，大抵有二：寡欲抱樸、守道抱一。以下分別敘述。

### 1. 寡欲抱樸

　　積痾謝生慮，寡欲罕所闕。（〈鄰里相送方山〉）

　　寡欲不期勞，即事罕人功。（〈田南樹園激流植援〉）

　　未若長疎散，萬事恆抱朴。（〈過白岸亭〉）〔註58〕

　　長久的生病讓我愧談養生之道，但只要寡欲，生活也就沒有什麼
缺失；欲求鮮少，不需要大興土木，做事力求不多費工夫；還不如長期
隱居、無拘自在的生活，任何事都抱守本真、樸實，不為外物所誘。「寡
欲」、「抱朴」，語出《老子》十九章：「見素抱樸，少私寡欲。」〔註59〕
康樂暗指歸隱山林，減卻生活的複雜。《文選》劉良注曰：「言積病是
慼，攝生之慮，但能寡欲，則希有其闕失。」〔註60〕《莊子・山木》亦
云：「南越有邑焉，名為建德之國，其民愚而樸，少私而寡欲。」「建德
之國」的淳樸寡欲，提供「永幽棲」的資助、憑藉，亦是詩人出貶的自
勉。化用《老子》典故，以「理」刻劃生活理想，其山水之遊，以「清」
為心境之追求，「寡欲」自然地成為創作心理。

### 2. 守道抱一

　　頤阿竟何端，寂寂寄抱一。（〈登永嘉綠嶂山詩〉）〔註61〕

---

〔註58〕顧紹柏：《謝靈運集校注》，以上分別見於頁61、168、111。
〔註59〕黃登山：《老子釋義》（臺北：台灣學生書局，1999.9），頁87。
〔註60〕《增補六臣註文選》，卷二十，頁382。
〔註61〕顧紹柏：《謝靈運集校注》，頁84。

「寂寂寄抱一」，孤獨寂寞地寄託守道的決心。抱一，守道，道家以為道生於一，故稱「守道」為「抱一」，《老子》第十章：「營魄抱一，能無離乎？」又，第二十二章：「是以聖人抱　為天下式。」〔註62〕所抱之「一」、所守之「道」為何？應是前文的「幽人」、「坦步」，從「幽」而「坦」，幽靜而寬坦，亦即結語所稱：「恬如（知）既已交，繕性自此出」，恬靜而生真知，天性亦慢慢復初。此處化用《老子》典故以為處世哲理並為收結前奏。

> 藥餌情所止，衰疾忽在斯。（〈遊南亭〉）〔註63〕

官祿世味、飲食娛樂是一般人情之所歸，然而人生中，衰弱、疾病忽然就會發生在身邊。「藥餌」，清方東樹《昭昧詹言》謂：「藥餌，定作『樂餌』，用《老子》，指官祿世味言。」〔註64〕依此說。《老子》第三十五章：「樂與餌，過客止。道之出口，淡乎其無味，視之不足見，聽之不足聞，用之不足既。」〔註65〕音樂、美食、官祿世味等感官享受，是一般人情之所止，道雖不如樂與餌之應時即感愉悅，然道之深大，其用乃不可窮極。人生匆匆，「衰疾忽在斯」，唯有「道」的追尋為我心志。化用《老子》典故，以自戒其心志，強化自身雖病、仕途雖蹇，仍可隱逸守道。

> 庶持乘日車〔用〕，得以慰營魂。（〈石門新營所住四面高山，
> 迴溪石瀨，修竹茂林〉）〔註66〕

「得以慰營魂」，營魂，同「營魄」，《老子》第十章：「載營魄抱一，能无離乎？」河上公注：「營，魄也。人載魂魄之上，得以生，當愛養之。」〔註67〕《楚辭·遠游》：「載營魄而登霞兮，掩浮雲而上征。」

---

〔註62〕 黃登山：《老子釋義》，頁102。

〔註63〕 顧紹柏：《謝靈運集校注》，頁121。

〔註64〕 〔清〕方東樹：《昭昧詹言》（臺北：廣文書局，1962.8），卷五，頁16。

〔註65〕 黃登山：《老子釋義》，頁155。

〔註66〕 顧紹柏：《謝靈運集校注》，頁256。

〔註67〕 〔西漢〕河上公：《老子河上公注二卷》（臺北：成文出版社，1983），頁17。

王逸注：「抱我靈魂而上升也。」〔註68〕陸機〈文賦〉：「覽營魂以探賾，頓精爽於自求。」又，〈贈從兄車騎〉詩：「營魄懷茲土，精爽若飛沉。」〔註69〕「營魂」，「營魄」，指一個人的精神、靈魂。《周易》〈離卦〉「彖傳」：「離，麗也。」〔註70〕離為附麗之義，不離，不以外物來附麗，即精神專一之義。詩人希望抱持逍遙，順任自然，不以外物裝飾自己，精神專一地守護自己的靈魂。化用《老子》典故以自勉，仕、隱反覆是詩人所「慮」，期使專一守道。

> 日月垂光景，成貸遂兼茲。（〈初發石首城〉）〔註71〕

皇上如日月垂照光芒，施恩成全我能兼此職命，擔任臨川內史。貸，施。成貸，成全、施恩，語出《老子》第四十一章：「夫唯道，善貸且成。」〔註72〕兼茲，兼此職命，指任臨川內史。化用《老子》典故，以自我成全對「道」的追尋，「苕苕萬里帆，茫茫終何之」的心情也終於有著落。結語因此自我表白：「皎皎明發心，不為歲寒欺」，承《老子》之思以自勵。

謝靈運山水詩中，用《老子》典故，往往表達一種對精神的追求與對心靈的重視，面對山水，「景夕群物清，對玩咸可喜」（〈初往新安至桐廬口〉），寡欲抱樸、守道抱一，是潛藏底層的「清心」準判，對「道」的追尋，意向明確清晰。

## （三）本於《莊子》者

《莊子》為思想著作，謝靈運山水詩中引用《莊子》典故並不如一般以為只為說理，實有多種面貌。

### 1. 抒寫情意，亦發哲思，情理兼具

> 目睹嚴子瀨，想屬任公釣。誰謂古今殊，異世可同調。（〈七

---

〔註68〕洪興祖：《楚辭補註》（臺北：藝文印書館，2000.10），頁275。
〔註69〕《增補六臣註文選》，以上分別見頁313、453。
〔註70〕《十三經注疏·周易》，頁73。
〔註71〕顧紹柏：《謝靈運集校注》，頁273。
〔註72〕黃登山：《老子釋義》，頁182。

里瀬〉）〔註73〕

「想屬任公釣」，想起《莊子・外物》裡蹲在會稽山上，將釣竿伸進東海的任國公子。《莊子・外物》載：

> 任公子為大鈎巨緇，五十犗以為餌，蹲乎會稽，投竿東海，旦旦而釣，期年不得魚。已而大魚食之，牽巨鈎錎，沒而下（鶩）〔騖〕，揚而奮鬐，白波若山，海水震蕩，聲侔鬼神，憚赫千里。任公子得若魚，離而腊之，自制河以東，蒼梧已北，莫不厭若魚者。〔註74〕

任公為善釣、善等待者，終得大魚而分享群眾，後以此典故形容氣魄宏大的舉動，也用以指遠遊他去。顧紹柏謂，此處不必拘泥《莊子》原旨，謝靈運用任公古事，僅取垂釣意，顯然以「遠遊他去」為意。「想屬任公釣」與「目睇嚴子瀨」聯句，詩人引《莊子》典故以自許，抒情，亦發哲思：「誰謂古今殊，異世可同調」，為六朝知識分子指引一條有別於事功的人生道路，且已典範在前。

> 早蒞建德鄉，民懷虞芮意。（〈遊嶺門山〉）

「早蒞建德鄉」，我的心裡很早就嚮往去到一個風俗淳樸的理想之地。建德鄉，道家虛構的理想之地，此指永嘉郡，《莊子・山木》云：

> 南越有邑焉，名為建德之國。其民愚而朴，少私而寡欲；知作而不知藏，與而不求其報；不知義之所適，不知禮之所將；猖狂妄行，乃蹈乎大方；其生可樂，其死可葬。吾願君去國捐俗，與道相輔而行。〔註75〕

「建德鄉」在《莊子》筆下，是與道相行的拙樸之鄉，康樂用此典故，稱許永嘉正如心中早有的嚮往，少私寡欲，蹈乎大方，與道相輔而行，是可以達成心志之處，正是結語所云：「人生誰云樂？貴不屈所志」。稱許永嘉為心中的「建德鄉」，是為自己可恣意遊賞山水尋找憑藉，一起

---

〔註73〕顧紹柏：《謝靈運集校注》，頁78。
〔註74〕郭慶藩輯：《莊子集釋》，頁925。
〔註75〕郭慶藩輯：《莊子集釋》，頁671～672。

首便嘉許「龔汲」修政的清塵，百姓之事長存其心，永嘉的樸實無事，在此方面已無須費心。史實所稱正可為自己說解，從後文「喜」、「樂」情緒，知其情、理兼具。

　　　庶持乘日車〔用〕，得以慰營魂。(〈石門新營所住四面高山，

　　　迴溪石瀨，修竹茂林〉)〔註76〕

　　希望抱持逍遙，順任自然，乘日遨遊以自樂，如此得以安慰自己的靈魂。顧氏依青田石門石刻、《文選》六臣注本、宋本《三謝詩》作「用」，並引《文選考異》云：「『乘日用』者，乘日之用。靈運所作〈擬王粲詩〉云『豈顧乘日養』，句例正同，亦言乘日之養也」。「庶持乘日車〔用〕」，乘日，乘日遨遊，養，養生以自樂。《莊子‧徐无鬼》：「若乘日之車而遊於襄城之野。」〔註77〕郭象注：「日出而遊，日入而息。」成玄英疏：「晝作夜息，乘日遨遊，以此安居而逍遙處世。」〈徐无鬼〉又云：「夫為天下者，亦奚以異乎牧馬者哉！亦去其害馬者而已矣！」〔註78〕牧馬之道在去其害馬者，為天下之道在去其害天下者，皆不必多事，逍遙之道在去其妨害逍遙者，亦詩中所謂：「感往慮有復」，有感於過去，擔心做官的念頭再起，只要去除做官念頭即可。康樂所到山水，無不增強去官隱逸之想，這是他一直以來想要掌握之「理」，因此說：「理來情無存」，一旦悟理，做官雜念也就消失無影。化用《莊子》典故，使「理」更具說服力，抒情中說理。

　　　恬如（知）既已交，繕性自此出。(〈登永嘉綠嶂山詩〉)〔註79〕

恬靜之心既已升起，真知培養，恬淡無為、自然稟性也就隨之恢復。恬如，當作「恬知」，《莊子‧繕性》：「古之治道者，以恬養知；生而无以知為也，謂之以知養恬。知與恬交相養，而和理出其性。」〔註80〕成玄英疏：「恬，靜也。古者聖人以道治身治國者，必以恬靜之法養真實

---

〔註76〕顧紹柏：《謝靈運集校注》，頁256。
〔註77〕郭慶藩輯：《莊子集釋》，頁832。
〔註78〕郭慶藩輯：《莊子集釋》，頁833。
〔註79〕顧紹柏：《謝靈運集校注》，頁84。
〔註80〕郭慶藩輯：《莊子集釋》，頁548。

之知，使不蕩於外也。」又云：「夫不能恬靜，則何以生彼真知？不有真知，何能致茲恬靜？是故恬由於知，所以能靜；知資於靜，所以獲真知。故知之與恬，交相養也。斯則中和之道，存乎寸心，自然之理，出乎天性。」恬，恬靜。莊子提出「以恬養知」，乃至「知恬交養」的主張，認為遵從世俗必定不能「復其初」，只有自養而又斂藏，方才不「失其性」，且合於自然之道。此處康樂於種種寫景後，化用《周易》、《老子》典故，再以《莊子》典故，提出天性之復初，以「寂寂抱一」的「幽人坦步」的高尚自擬。永嘉綠嶂山為「幽室」，自然已進入心理層面。「寂寂寄抱一」之「寄」為寄託，寄託有情意，恬靜、真知，情、理畢兄。

> 始信安期術，得盡養生年。（〈登江中孤嶼〉）〔註81〕

始為相信成仙長壽之術，可以使人避世遠禍，終養天年。得盡養生年，即「得養生盡年」，語出《莊子·養生主》「可以盡年」：

> 吾生也有涯，而知也無涯。以有涯隨无涯，殆已；已而為知者，殆而已矣。為善无近名，為惡無近刑。緣督以為經，可以保身，可以全生，可以養親，可以盡年。〔註82〕

郭象注：「苟得中而冥度，則事事無不可也。夫養生非求過分，蓋全理盡年而已矣。」「全理盡年」指的是上文「緣督以為經」，成玄英疏：「緣，順也。督，中也。經，常也。夫善惡兩忘，刑名雙遣，故能順一中之道，處真常之德，處夷任物，與世推遷。養生之妙，在乎茲矣。」江中孤嶼能使人聯想「養生盡年」，在其靈氣：「表靈物莫賞，蘊真誰為傳」，靈氣中彷彿蘊藏仙人，「真」為仙人，其靈氣在「雲日相輝映，空水共澄鮮」，既媚且澄鮮，足以「善惡兩忘，刑名雙遣」，以真常之德處世，任物推遷。康樂用《莊子》「養生盡年」之想，亦是自勉隨處平常心，不驚不怒，忘卻善惡，此平常心實已近仙人。

> 得性非外求，自己為誰纂。（〈道路憶山中〉）

---

〔註81〕顧紹柏：《謝靈運集校注》，頁123。
〔註82〕郭慶藩輯：《莊子集釋》，頁115。

得以自適天性，並非能向外求索，自足即止，豈能說為誰？此二句本《莊子・齊物論》：「夫吹萬不同，而使其自己也，咸其自取，怒者其誰邪！」〔註83〕郭象注曰：「夫天且不能自有，況能有物哉！故天者，萬物之總名也，莫適為天，誰主役物乎？故物各自生而無所出焉，此天道也。」康樂所說的「得性」，是指上聯「追尋棲息時，偃臥任縱誕」，此事完全可自主。此詩作於元嘉九年（公元四三二年）春赴臨川郡（今江西撫州市西）途中，追憶東山會稽郡始寧故鄉，「存鄉爾思積，憶山我憤懣」、「懷故叵新歡，含悲忘春暖」，乃至腸斷、心絕，苦痛萬分，皆為自受。因此，能得自適天性，只為自己，一切皆是自取。六朝個人主義興起，主體性一再被強調，詩人借《莊子》以抒發其苦痛、懊惱，進而自我救贖。

不論引事或引言，往往情理兼得。任公遠遊垂釣東海、淳樸的理想國建德鄉、乘日車遊襄城之野，表達逍遙自適於淳樸無爭的境界，所謂「據事以類義」，詩人用以類比的，正是心中渴盼的退隱生活。不論恬知交養以復其性、避世遠禍以養生盡年、天性自足不假外求，皆是表達恢復主體自適逍遙的本質。

## 2. 敘事以抒情

周覽倦瀛壖，況乃陵窮髮。（〈遊赤石進帆海〉）〔註84〕

遍遊海岸，已覺疲倦，更何況古人還要遠遊極北冥海的不毛之地。顧氏以為，「周覽」二句「實際上是在說明自己遊興仍濃，還要渡越帆海。」從首二句「首夏猶清和，芳草亦未歇」的背景鋪陳來看，應是。後句語出《莊子・逍遙遊》：

湯之問棘也是已。窮髮之北有冥海者，天池也。有魚焉，其廣數千里，未有知其修者，其名為鯤。有鳥焉，其名為鵬，背若太山，翼若垂天之雲，摶扶搖羊角而上者九萬里，絕雲

〔註83〕郭慶藩輯：《莊子集釋》，頁 50。
〔註84〕顧紹柏：《謝靈運集校注》，頁 115。

氣，負青天，然後圖南，且適南冥也。斥鴳笑之曰：「彼且奚
適也？我騰躍而上，不過數仞而下，翱翔蓬蒿之間，此亦飛
之至也。而彼且奚適也？」此小大之辯也。〔註85〕

「窮髮之北有冥海者，天池也。」髮，指草木；窮髮，草木不生之地。
窮髮之北的冥海，是「其廣數千里，未有知其修者」的「鯤」與「背若
泰山，翼若垂天之雲」的「鵬」所處之地，其「乘天地之正，而御六氣
之辯」，是無所待而遊於無窮者。和「騰躍而上，不過數仞而下，翱翔
蓬蒿之間」的「斥鴳」不可同日而語。「窮髮」既指廣遠無邊之地，亦
指心志的遠遊寬闊，詩人化用《莊子》典故，以表明追求逍遙的遠遊心
境。「窮髮」是地境，亦是心境，敘事、抒情，由「倦」而生出追求超
越現況的心情。

　　莫辨洪波極，誰知大壑東。（〈行田登海口盤嶼山〉）〔註86〕

　　辨不清大海洪波的極至，誰能知曉《莊子・天地篇》裡「注焉而
不滿，酌焉而不竭」的東方大壑何在？《莊子・天地篇》云：「夫大壑
之為物也，注焉而不滿，酌焉而不竭；吾將遊焉。」〔註87〕又〈齊物論〉
云：「注焉而不滿，酌焉而不竭，而不知其所由來，此之謂葆光。」〔註
88〕「葆光」，韜蔽其光芒，想辨清「注焉而不滿，酌焉而不竭」的東方
大壑位置，是因「吾將遊焉」，「遊」的目的是實踐一種「葆光」的生命
態度，「觀海藉朝風」與結語「遨遊碧沙渚，遊衍丹山峰」呼應此心境。
雖曰不知東方大壑何在，但用以自期寬闊無邊，容納萬物如「注焉而不
滿，酌焉而不竭」的東方大壑，於世俗中隱藏其光芒，投身廣大的宇宙
自然。化用《莊子》典故，表達對此行的愉快，敘事，亦抒情。

　　負心二十載，於今廢將迎。（〈初去郡〉）

「將迎」，主宰、迎接，「將」與「迎」相對，兩字對舉則有「送往迎來」

---

〔註85〕郭慶藩輯：《莊子集釋》，頁 14。
〔註86〕顧紹柏：《謝靈運集校注》，頁 130。
〔註87〕郭慶藩輯：《莊子集釋》，頁 440。
〔註88〕郭慶藩輯：《莊子集釋》，頁 83。

之意；語本《莊子‧應帝王》：「至人之用心若鏡，不將不迎」，〔註89〕指做官生活的爭競逐進、不能自主，詩人以為是「負心」，有違自己的心志。「廢將迎」，即是「不將不迎」，用《莊子》成辭以敘事、抒情，意涵更加豐富。

　　　　沫江免風濤，涉清弄漪漣。（〈發歸瀨三瀑布望兩溪〉）

　　江面已風平浪靜，涉足渡過清澈的江水，戲玩微波。沫江，流沫之江，翻浮泡沫的急流，前句語出《莊子‧達生》：「孔子觀於呂梁，懸水三十仞，流沫四十里，黿鼉魚鱉之所不能游也。」〔註90〕「沫江」，是「黿鼉魚鱉之所不能游也」的險境，借指曾有的生命險境，大抵指在朝時光，如今已免於風濤。「巢穴」亦有「風雨」之難，但期「擁志」不移，「涉清弄漪漣」具象化巢穴生涯。在朝「沫江」可棄，巢穴「風雨」唯有習之，一如出入沫江的呂梁大丈夫所云：「吾无道。吾始乎故，長乎性，成乎命。與齊俱入，與汨偕出，從水之道而不為私焉。此吾所以蹈之也。」〔註91〕習慣成自然，「道」即在此。化用《莊子》典故以為自勉，不是玄理尾巴，而是真切生活裡的自我提點，誰知魏晉文人生活處境之艱辛與為難。

　　　　清嘯發城邑，泠風遨中流。（〈往松陽始發至三洲〉）〔註92〕

　　清越嘯聲中從城邑出發，和風中行船遨遊水上。泠風，小風，和風，後句語出《莊子‧齊物論》：「泠風則小和，飄風則大和。」〔註93〕成玄英疏：「泠，小風也。」又《呂氏春秋‧任地》：「子能使子之野盡為泠風乎？」高誘注：「泠風，和風。」〔註94〕和風遨遊與清嘯出發，皆表輕快心情，顧紹柏謂此詩當作於南朝宋景平元年二月任永嘉太守

〔註89〕郭慶藩輯：《莊子集釋》，頁307。
〔註90〕郭慶藩輯：《莊子集釋》，頁656。
〔註91〕郭慶藩輯：《莊子集釋》，頁657。
〔註92〕顧紹柏：《謝靈運集校注‧謝靈運拾遺》，頁519。
〔註93〕郭慶藩輯：《莊子集釋》，頁46。
〔註94〕〔東漢〕高誘注：《呂氏春秋》（臺北：藝文印書館，1979.11），下冊，卷二十六，頁740。

時，「鄙夫獲虛舟」已是出貶之人莫大榮幸，用《莊子》典故，重點不在風的大小，而在「和」的心境，表達山澤遊的悅懌，敘事兼抒情。末尾「所憾抱疴急，培克養春道」的自勉，或有《莊子》此後「咸其自取」的隱含，因此能在抱憾後，立即自我提點。

不論是要凌越窮髮之地，或廣闊無極的洪波大壑，詩人要表達的是藉空間的超越以凸顯精神的超越。不論「廢將迎」、「沫江免」、「冷風遨」，引用《莊子》語，一方面敘事，一方面表達對世俗功名的拋卻，出發遨遊。

### 3. 以理語收結

謝靈運山水詩中，以「理語」作結，此為學者所共同的觀點。就中以《莊子》典故作為理語收結的為多數。以下舉證論述。

請附任公言，終然謝天伐。（〈遊赤石進帆海〉）〔註95〕

《莊子》寓言中，太公任慰問孔子陳蔡被圍、不進飲食說：「直木先伐，甘泉先竭」，這話是有道理的，能照任公所說，終究可以避禍全身。事見《莊子·山木》：「孔子圍於陳蔡之間，七日不火食。太公任往弔之⋯⋯。任曰：『⋯⋯直木先伐，甘井先竭。子其意者飾智以驚愚，脩身以明汙，昭昭乎如揭日月而行，故不免也。⋯⋯』。」〔註96〕特別地標舉，昭顯自己的智慧，驚擾自以為愚者的他人，容易引來側目。不為直木、甘泉，於群體中知利害、平衡之道，不強出頭，不違亂，與時俱進，不昭昭然飾智以驚愚。此為養生之道，近乎老了「和光同塵」，用《莊子》典故以說理收結。

漁舟豈安流，樵拾謝西芘。（〈遊嶺門山〉）〔註97〕

漁人們面對汨汨流水，如何安心打魚？日落了，砍柴的樵夫拾柴束薪踏上歸途。芘，通「庇」，「芘藾」，庇蔭，《莊子·人間世》：「南伯

---

〔註95〕顧紹柏：《謝靈運集校注》，頁115。
〔註96〕郭慶藩輯：《莊子集釋》，頁679～683。
〔註97〕顧紹柏：《謝靈運集校注》，頁88。

子綦遊乎商之丘，見大木焉有異，結駟千乘，隱將芘其所藾。」〔註98〕
大木提供千乘車馬休息之處，是因其不材，不材而能享其天年，乃至提
供樵夫生活所需。詩人前句提出對隱逸能否安居的質疑，再以「樵拾謝
西芘」具象化隱逸生活形貌，山林足以安頓身心，引出「人生誰云樂？
貴不屈所志」的感傷與自勉。「修政」的「良吏」是詩人心中典範與首
要理想，其次，功成身退而志在隱逸。詩人借《莊子》典故，以明山林
生活仍有其辛苦，保持「清思」，其志可不屈。

　　　　戰勝臞者肥，止監流歸停。(〈初去郡〉)〔註99〕

「止監流歸停」，用靜止的水當鏡子照面，心也會像流水回到靜止狀態
一樣，歸於淡泊。《莊子・德充符》：「人莫鑑於流水而鑑於止水，唯止
能止眾止。」〔註100〕監、鑑，皆是「鏡」，乃〈應帝王〉「至人用心若
鏡」之處世，「至人」為康樂理想，其起心動念如同鏡子一般，對於外
物，既不去主宰，也不迎接、不預期，如實照映而不殘留心裡，亦無反
悔。果真如此，「即是羲唐化，獲我擊壤聲〔情〕」，此心猶如存在一淳
樸無爭境界。「恭承古人意，促裝反柴荊」是詩人的選擇，亦是古有所
承，「柴荊」指質樸的隱居生活，「促裝」增添渴望。化用《莊子》典故
以為說理。

　　　　賞心不可忘，妙善冀能同。(〈田南樹園激流植援〉)〔註101〕

　　以心相賞，推心置腹的好友不可忘記，求道而達盡善盡美，這事
希望能一致。「妙善」，語本《莊子・寓言》：「顏成子游謂東郭子綦曰：
『自吾聞子之言，一年而野，二年而從，三年而通，四年而物，五年而
來，六年而鬼入，七年而天成，八年而不知死，不知生，九年而大妙。』」
〔註102〕求道的功夫論，有其進程，「九年而大妙」是最高層次。郭象

---

〔註98〕郭慶藩：《莊子集釋》，頁176。
〔註99〕顧紹柏《謝靈運集校注》，頁144。
〔註100〕郭慶藩：《莊子集釋》，頁193。
〔註101〕顧紹柏：《謝靈運集校注》，頁168。
〔註102〕郭慶藩：《莊子集釋》，頁956。

注：「妙，善也。善惡同，故無往而不冥。此言久聞道，知天籟之自然，
將忽然自忘，則穢累日去以至於盡耳。」成玄英疏：「妙，精微也。聞
道日久，學心漸著，故能超四句，絕百非，義極重玄，理窮眾妙，知照
弘博，故稱大也。」〔註103〕「善」也好，「精微」也好，指到達盡善精
微的境界，與世推移，應對自然。呼應「寡欲不期勞，即事罕人功」，
無爭、隨順，不將不迎，「清曠」正是妙善境，成玄英因此說：「知照
弘博」，所知悉者使眼界弘大寬闊。康樂化用《莊子》典故，以「妙」
為「善」，其隨順自然天籟之心可知，而其工夫則須「久聞道」的不斷
積漸。

　　觀此遺物慮，一悟得所遣。(〈從斤竹澗越嶺溪行〉)〔註104〕

　　觀看這裡的山水景物，讓人忘記了塵世的俗慮，這一悟，便是「道」
的境界，足以使人排遣煩悶、苦惱。顧紹柏謂：「這句是談玄理，大意
是說，在『道』的方面一旦徹底領悟，就能排遣一切是非煩惱，從而達
到物我一體，沒有差別的境界。」並引《莊子‧齊物論》曰：「類與不
類，相與為類，則與彼无以異矣。」郭象注曰：「欲謂之類，則我以無
為是，而彼以無為非，斯不類矣。……將大不類，莫若無心，既遣是
非，又遣其遣。遣之又遣之以至於無遣，然後無遣無不遣，而是非自去
矣。」顧紹柏以「遣」為「無心而是非自去」。〔註105〕黃節云：「夫情
以賞適為美，況往事暗昧，竟無為之辨明者，何乃自貽憂念而不為樂哉？
且當觀此佳勝，遣去物慮，釋然一悟，斯得排遣之道矣。」〔註106〕黃節
以「遣」為「遣去物慮」，與「觀此佳勝」的山水景物相對，因此指排遣
朝廷、功名所帶來的憂煩。顧、黃二者皆可通，顧氏所言更進一層。陸
時雍《古詩鏡》云：「『猨鳴誠知曙，谷幽光未顯。巖下雲方合，花上露
猶泫』，郁郁乎清芬，渠自披陳物色，了不作一詩意。千古以來，幾許渴

---

〔註103〕郭慶藩：《莊子集釋》，頁957～958。
〔註104〕顧紹柏：《謝靈運集校注》，頁178。
〔註105〕顧紹柏：《謝靈運集校注》，「注22」，頁182。
〔註106〕黃節：《謝康樂詩註》，頁135

羌，而淵明獨領其趣；樵夫漁父，日夕出沒於山水，而靈運獨賞其神，終身於此而不覺，是以口不能道耳。猿鳴四語，亦只人眼前事，以謝見之獨親，而言之獨切也。」〔註107〕「終身於此而不覺」的「獨親」、「獨切」，亦「物我一體」，《莊子‧齊物論》因此說：「天地與我並生，而萬物與我為一」。〔註108〕謝靈運特別賞愛樵夫漁父日夕出沒於山水的神氣，因為「獨親」於此，所以雖只是「披陳物色」，卻能「言之獨切」。若曰後句「一悟得所遣」化用《莊子‧齊物論》以說理，可也。

　　　居常以待終，處順故安排。(〈登石門最高頂〉)〔註109〕

　　居處常道以待生命終了，也就可以隨順天意安排。居常、處順，同義；安排，安於推移，順應天道。後句本《莊子‧養生主》：「安時而處順，哀樂不能入也。」〔註110〕養生要領在順應自然，不論「時」局如何，皆能「順」處之，如此看透生命，哀樂不侵。又〈大宗師〉云：「安排而去化，乃入於寥天一。」〔註111〕能完全隨順大化安排，不刻意，不造作，就刻刻如實活在宇宙自然之道了，「心契九秋幹，目翫三春荑」是主體與客體合拍的具象化。化用《莊子》典故以為處世哲理收結。

　　　恒充俄頃用，豈為古今然。(〈入華子岡是麻源第三谷〉)

　　賞玩自然美景，常常是充作一時自適之用，豈是尊古卑今、為求傳述久遠？古今，尊古卑今，《莊子‧外物》：「夫尊古而卑今，學者之流也。」〔註112〕郭象注：「古無所尊，今無所卑，失其原矣。」《文選》李善注曰：「言古之獨往，必輕天下，不顧於世；而己之獨往，常充俄頃之間，豈為尊古卑今而然哉？」〔註113〕六朝詩人對於當下的自適追求，從謝靈運詩一再強調主體自為可知，中國古代知識分子對「道」的

---

〔註107〕〔明〕陸時雍：《古詩鏡》，頁12。
〔註108〕郭慶藩輯：《莊子集釋》，頁79。
〔註109〕顧紹柏：《謝靈運集校注》，頁262。
〔註110〕郭慶藩輯：《莊子集釋》，頁128。
〔註111〕郭慶藩輯：《莊子集釋》，頁275。
〔註112〕郭慶藩輯：《莊子集釋》，頁938。
〔註113〕《增補六臣註文選》，卷第二十六，頁499。

追求，此前離不開政治場域，六朝為知識分子開闢了一個可以完全自主的場域──山水天地，謝靈運山水詩足為證明。「恒充俄頃用，豈為古今然」，生命無常，看重「俄頃」效用，求一自適。借《莊子》典故以支持此刻體悟，雖說「豈為古今然」，卻已連結莊子哲學。

　　以上以說理作結，不論任公所說「直木先伐」，還是南伯子綦見不材大木能享其天年，乃至提供樵夫生活所需，反說、正說，旨在表達避禍全身、安頓身心之道。不論是用靜止的水當鏡子照面，心也歸於淡泊，抑或是觀佳勝、遺物慮，得排遣之道，又或是居處常道、隨順天意，均揭示自取安適之意。

### 4. 用典即詩意所在

　　典籍所載已是不可更改的事實，使用典故端看創作者的行文情境需要，有時索取並非典故旨意，而是其中部分情節，如；李商隱〈錦瑟〉起首云「錦瑟無端五十絃」，語出《漢書·郊祀志》：「秦帝使素女鼓五十絃瑟，悲，帝禁不止，故破其瑟為二十五絃」，作者取其中「悲」的情節以為己用，「五十絃瑟」成為悲情象徵。〔註114〕

　　謝靈運山水亦有擷取典故部分以為用者，如〈七里瀨〉「想屬任公釣」，《莊子》本寫任公氣魄宏大的釣魚舉動，康樂僅取其釣魚一事，以與嚴子陵對舉，表明隱逸之高潔。然，謝靈運山水詩中，亦不乏以用典為全詩主旨者，文字表面雖僅一、二句，實則全詩詩意仍圍繞此典故。以下舉實例以證。

　　　　淄磷謝清曠，疲薾慚貞堅。（〈過始寧墅〉）

　　「疲薾慚貞堅」，薾，音耳，疲累貌，黃節注此詩引《莊子·齊物論》曰：「薾然疲而不知所歸。司馬彪曰：薾，極貌也。」〔註115〕指官場推移遷延，疲累至極，愧對年少即有的耿介。「不知所歸」，失去了人生方向，這是人生大問題，結尾「三載期歸旋」是此行為人生找到的答

〔註114〕顏崑陽：《滄海月明珠有淚──李商隱詩賞析》（臺北：偉文圖書公司，1978.9），頁 160～161。

〔註115〕黃節：《謝康樂詩註》，頁 69。

案,正是呼應典故中的「不知所歸」,但願此願不辜。此處用《莊子》典故,抒發一己之情。

　　安排徒空言,幽獨賴鳴琴。(〈晚出西射堂〉)〔註116〕

　　「安排徒空言」,《莊子》所說的安於推移、隨順應變,想來也是空言。《莊子‧大宗師》:「安排而去化,乃入於寥天一。」〔註117〕郭象注:「安於推移而與化俱去,故乃入於寂寥而與天為一也。自此以上,至於子祀,其致一也。所執之喪異,故歌哭不同。」成玄英疏:「所在皆適,故安任推移,未始非吾,而與化俱去。如此之人,乃能入於寥廓之妙門,自然之一道也。」〈大宗師〉又云:「安時而處順,哀樂不能入也。」〔註118〕康樂此處詩中於此生感嘆接二連三,節往、懷故、別離、華髮、衣帶緩,在在皆是切身感受,如何能「安」?所在皆不適,「安任推移」、「安時處順」成空言,誰人能解,「幽獨」唯賴鳴琴。反用《莊子》典故,突出深沉孤獨感之主題。

　　仲連輕齊組,子牟眷魏闕。(〈遊赤石進帆海〉)〔註119〕

　　「子牟眷魏闕」,魏國中山公子牟身在江湖,卻心戀功名。《莊子‧讓王》:

中山公子牟謂瞻子曰:「身在江海之上,心居乎魏闕之下,奈何?」瞻子曰:「重生。重生則利輕。」中山公子牟曰:「雖知之,未能自勝也。」瞻子曰:「不能自勝則從,神无惡乎?不能自勝而強不從者,此之謂重傷。重傷之人,无壽類矣。」魏牟,萬乘之公子也,其隱巖穴也,難為於布衣之士,雖未至乎道,可謂有其意矣。〔註120〕

「重生」是此段文字關鍵,重視「生命」本身這件事,如此則「利輕」,看淡「功利」。詩人自勉要學習的只是這件事,且須能掌控自己看重這

---

〔註116〕顧紹柏:《謝靈運集校注》,頁82。
〔註117〕郭慶藩輯:《莊子集釋》,頁275。
〔註118〕郭慶藩輯:《莊子集釋》,頁260。
〔註119〕顧紹柏:《謝靈運集校注》,頁115。
〔註120〕郭慶藩輯:《莊子集釋》,頁979～981。

件事，否則於「利」從或不從，皆不免有惡或重傷而減壽。此所以後文詩人以「終然謝天伐」自勉避禍全身之故。「矜名道不足，適己物可忽」，說的正是「利輕」則能自適於一己之生命。詩人於詩歌的前後文表達，實和典故緊密連結。「子牟眷魏闕」，於敘事中顯理。

　　　苕苕萬里帆，茫茫終何之。(〈初發石首城〉)〔註121〕

　　　路途遙遠，船帆航行在浩渺江面上，究竟往何處去？元嘉八年，謝靈運因求決湖為田事，與會稽太守有嫌隙，而被誣告有「異志」，文帝令其自解，是年冬赴任臨川內史，此詩作於離京赴任途中。苕苕，即迢迢，遙遠；茫茫，江水浩渺。「茫茫終何之」，有雙關意，一指水行，一指前途，語出《莊子·天下》：「芒(茫)乎何之，忽乎何適」：

　　　芴漠无形，變化无常，死與生與，天地並與，神明往與！芒乎
　　　何之，忽乎何適，萬物畢羅，莫足以歸，古之道術有在於是者。
　　　莊周聞其風而悅之，以謬悠之說，荒唐之言，无端崖之辭，時
　　　恣縱而不儻，不以觭見之也。以天下為沈濁，不可與莊語，以
　　　卮言為曼衍，以重言為真，以寓言為廣。獨與天地精神往來而
　　　不敖倪於萬物，不譴是非，以與世俗處。〔註122〕

「芒乎」、「忽乎」，形容恍惚茫昧之狀，面對恍惚茫昧的天地，莊子以愉悅心情幽默吐言，自勉處世之道：「獨與天地精神往來，而不敖倪於萬物。不譴是非，以與世俗處」。康樂被誣告有「異志」，自解後赴任臨川，於恍惚茫昧的不可知狀態，心念羅浮，雖歷仙山，亦經湘水、九嶷，屈原、舜帝的忠臣、賢君典範不免觸動心弦，更添「終何之」之茫然。歲寒之際，當下唯有把持心念：「皎皎明發心，不為歲寒欺」。化用《莊子》典故，以強化獨立高潔的心志，《莊子》本身即是標竿。

　　　不論是「疲薾慚貞堅」的「不知所歸」，或「安排徒空言」的深沉孤獨，或「子牟眷魏闕」的自省輕利，或「茫茫終何之」的獨立反思，隱逸山林、自適逍遙是詩人最終的想望與歸宿。除當句用典，全詩隱含

〔註121〕顧紹柏：《謝靈運集校注》，頁273。
〔註122〕郭慶藩輯：《莊子集釋》，頁1098～1099。

典故涵義，亦即以典故為「意」，「典故」成為含蓄美典。

引《莊子》語，並不都只是說理，抒情、敘事皆有，以抒情為主軸，說理多在結尾。然不論以何種方式表達，「自適」往往為核心，六朝對「主體性」的重視在此呈顯。

《老子》、《莊子》典故對謝靈運創作心理而言，猶如立著形而上的理想，然生命的每一個當下，又是辯證循環的歷程，《周易》承時而行，提供詩人的臨事決斷、當下自勉。加上《老》、《莊》的「寡欲」、「守道」、「自適逍遙」的理想，往往在山水詩中，能從憂煩中頓悟得理，堅定心志，情理兼得。《周易》、《老子》、《莊子》的「三玄」哲學，同步宇宙自然，普遍流傳在魏晉，使用「三玄」典故，於訴諸權威中，亦訴諸大眾，是順應自然顯而易見的創作心理。

## 三、謝靈運山水詩的「詩騷」情懷

### （一）用《詩經》典

謝靈運詩源出《詩經》之說，早在鍾嶸《詩品》卷上「宋臨川太守謝靈運」條即云：「其源出於陳思。」又於同卷「陳思王植」條云：「其源出於國風。」〔註123〕清代學者陳祚明亦云：「詳謝詩格調，深得《三百篇》之趣……。」〔註124〕觀其山水詩，源自《三百篇》者亦相當多數。以下從其得自《三百篇》的聯想、感觸，分三方面進行論述。

### 1. 幽棲淳樸生活的渴盼

謝靈運面對山水景物，藉《詩》以抒發情意，常常是一種對歸鄉的思念：

祁祁傷豳歌，萋萋感楚吟。（〈登池上樓〉）〔註125〕

〔註123〕〔梁〕鍾嶸著，陳延傑注：《詩品注》（臺北：臺灣開明書店，1995.4），頁17。

〔註124〕〔清〕陳祚明：《采菽堂古詩選》，《續修四庫全書·集部·總集類》（上海：上海古籍出版社，2002），冊1591，卷十七，頁137。

〔註125〕顧紹柏：《謝靈運集校注》，頁95。

「祁祁傷豳歌」，想起《詩‧豳風‧七月》裡「春日遲遲，采蘩祁祁，女心傷悲，殆及公子同歸」〔註126〕令人傷感的詩句，不覺動了歸思。詩中女子傷悲是為遠嫁他鄉，家鄉務農之勞動已無法參與，眼見春日鄉人「采蘩祁祁」而傷悲。「祁祁」，眾多；又有舒緩閒靜之意，〈召南‧采蘩〉：「被之祁祁，薄言還歸。」〔註127〕鄉人甘於勞動的勤勉、閑靜容貌，長存女子心中，詩人藉此表達對故鄉的想望。「池塘生春草，園柳變鳴禽」，由冬轉春的季節遞嬗，觸動詩人的歸思，正如〈豳風‧七月〉裡女子思念家鄉的心情，化用此詩典故，更添感傷，一為時間，一為歸返淳樸寧靜生活。

　　摘芳芳靡諼，愉樂樂不燮。（〈登上戍石鼓山詩〉）〔註128〕

　　摘下芳香花朵，卻也未能因此忘憂；以音樂自娛，卻也未能因此和諧快樂。前句語出《詩‧衛風‧伯兮》：「伯兮朅兮，邦之桀兮。伯也執殳，為王前驅。……焉得諼草？言樹之背？願言思伯，使我心痗。」〔註129〕此詩寫對遠行出征丈夫的思念，「焉得諼草？言樹之背」，思念之深，已至冀得忘憂之草，「使我心痗」，「痗」，憂思成病。康樂用典取「思念」、「冀忘憂」而未能之意，對象為「故鄉」，「旅人心長久，憂憂自相接」，已然將到了「成病」的地步。這種對故鄉的思念，若結合〈登池上樓〉「祁祁傷豳歌，萋萋感楚吟」，兩詩寫作時間相近。此詩作於景平元年（公元四二三年）春，〈登池上樓〉亦繫年景平元年，同在繞道故鄉始寧之後，出貶永嘉。始寧別墅位於東山，父祖所營幽棲之處，詩人對故鄉的思念，亦為對「幽棲」的嚮往，故鄉歸不得，猶如幽棲之路斷阻，浸淫淳樸生活的難實現，心性如何安頓？「摘芳芳靡諼，愉樂樂不燮。佳期縭無像，騁望誰云愜」，「愜」是詩人心中最大的渴盼，化用《三百篇》典故以抒發憂思。

---

〔註126〕〔漢〕毛亨傳、〔漢〕鄭玄箋、〔唐〕孔穎達正義：《十三經注疏‧詩經》（臺北：藝文印書館，嘉慶二十年重刊宋本），頁281。
〔註127〕《十三經注疏‧詩經》，頁47。
〔註128〕顧紹柏：《謝靈運集校注》，頁102。
〔註129〕《十三經注疏‧詩經》，頁139～140。

在實際生活上，簡單而樸實：

　　鑽燧斷山木，掩岸堨石戶。(〈過瞿溪山〔飯〕僧〉)〔註130〕

「掩岸堨石戶」，構築堤岸，用泥塗滿石門縫隙。《詩·豳風·七月》：「七月在野，八月在宇，九月在戶，十月蟋蟀入我牀下。穹窒薰鼠，塞向墐戶。嗟我婦子，曰為改歲，入此室處。」〔註131〕年歲將盡，新年將到，為可憐妻兒整頓屋舍，以使安身。「塞向墐戶」，封好北窗、糊緊門縫，期能阻擋寒風。康樂此詩「掩岸堨石戶」，目的仍在構築住所環境，亦安身之意；安身是為安心，心繫佛陀淨土。

　　有時也藉《詩經》以抒發逍遙自得之情，如：

　　　遨遊碧沙渚，遊衍丹山峰。(〈行田登海口盤嶼山〉)〔註132〕

「遊衍丹山峰」，今日遨遊在海口盤嶼山。「遊衍」，語出《詩·大雅·板》末段：「敬天之怒，無敢戲豫。敬天之渝，無敢馳驅。昊天曰明，及爾出王。昊天曰旦，及爾游衍。」〔註133〕黃節注此詩云：「《詩·大雅》：『昊天曰旦，及爾游衍。』《毛傳》：『游，行；衍，溢也。』」〔註134〕孔穎達疏則曰：「游行衍溢，亦自恣之意也。」順應天的變化，天的懲戒無所不在，即使上天發怒警告，亦應心存敬畏，勿要違拗，這是對周屬王的諷刺與勸諫。「遊衍」，放蕩、恣縱，又有從容自如，不受拘束之意，如明陸時雍《詩鏡總論》：「太白力有餘閒，故游衍自得。益將矻矻以為之。」〔註135〕康樂此處應是從容自如，不受拘束之意。此處用《三百篇》典故，用其成辭，未用其意。

　　山水天地充滿生命力與哲思，潛藏其中是心所嚮往：

　　　仙蹤不可即，活活自鳴泉。(〈舟向仙巖尋三皇井仙跡〉)〔註136〕

---

〔註130〕顧紹柏：《謝靈運集校注》，頁133。
〔註131〕《十三經注疏·詩經》，頁284。
〔註132〕顧紹柏：《謝靈運集校注》，頁130。
〔註133〕《十三經注疏·詩經》，頁636。
〔註134〕黃節：《謝康樂詩註》，頁86。
〔註135〕〔明〕陸時雍：《詩鏡總論》（北京：中華書局，2014.4），頁198。
〔註136〕顧紹柏：《謝靈運集校注》，頁119。

仙人蹤影已遠，終不可即近，耳裡只聽到活活泉流聲。「活活」，水聲，《詩·衛風·碩人》，通篇使用鋪張手法，不厭其煩地吟唱了有關「碩人」的出身高貴、天生麗質、婚禮的盛大，甚至以壯美鮮麗的自然景象，帶引出聲勢浩大的陪嫁隊伍。末段云：「河水洋洋，北流活活。施罛濊濊，鱣鮪發發，葭菼揭揭。庶姜孽孽，庶士有朅。」〔註137〕「濊濊」、「發發」象聲，「揭揭」、「孽孽」，象貌，活潑生動地狀其聲形樣貌，「河水洋洋、北流活活」，不只有「活活」水聲，更有奔流氣勢。康樂引用「活活」成辭，除了狀擬聲音，亦在「鳴泉」所象徵的心靈活水，且實實在在呈顯耳際、眼前。「仙踪不可即，活活自鳴泉」，遊仙的飄忽、幻影不足信，當下實存處境才是生命力的感發來源。

## 2. 感傷士階層命運

冀求重用，表現事功，用《詩經》典反說規諫賢者之去：

> 顧己枉維縶，撫志慚場苗。（〈從遊京口北固應詔〉）〔註138〕

看看自己，雖非賢才，卻枉在朝廷為官；摸摸自己的心，實在有愧朝廷俸祿。維，繫也。縶，絆也。維縶，繫絆、拘束，比喻挽留賢士、招攬人才。場苗，場圃禾苗，喻朝廷俸祿。《詩經·小雅·白駒》：「皎皎白駒，食我場苗，縶之維之，以永今朝」，原詩如下：

> 皎皎白駒，食我場苗。縶之維之，以永今朝。所謂伊人，於焉逍遙？
>
> 皎皎白駒，食我場藿。縶之維之，以永今夕。所謂伊人，於焉嘉客？
>
> 皎皎白駒，賁然來思。爾公爾侯，逸豫無期？慎爾優游，勉爾遁思。
>
> 皎皎白駒，在彼空谷。生芻一束，其人如玉。毋金玉爾音，而有遐心。〔註139〕

---

〔註137〕《十三經注疏·詩經》，頁130。
〔註138〕顧紹柏：《謝靈運集校注》，頁234。
〔註139〕《十三經注疏·詩經》，頁378～379。

《毛詩序》以為〈白駒〉一詩是「大夫刺宣王也」，鄭玄箋：「刺其不能留賢也。」從詩意看，並不明確。朱熹《詩集傳》說：「為此詩者，以賢者之去而不可留也。」〔註140〕此說較為可信。鄭玄箋：「願此去者，乘其白駒而來，使食我場中之苗，我則絆之繫之，以永今朝。愛之欲留之。」謝靈運的「枉維縶」，提醒君王愛才適任，然終究不好明說，因此下句接「撫志慙場苗」，只說自己領受俸祿的「慙愧」。〈白駒〉詩末謂「慎爾優遊，勉爾遁思」、「毋金玉爾音，而有遐心」，是自我提醒，亦是提醒君王珍惜網羅之人才，勿使興起隱遁遠離之心。康樂此詩作於元嘉四年（公元四二七年）二月隨從宋文帝劉義隆遊北固山時，前一年康樂重回朝廷，冀能有所施展，卻只為文學侍從，化用〈白駒〉典故，以期君王回心轉意，「愛之則留之」，予以重用。以「拙」、「縈舊想」歸結，在此恐為反話，從其仕、隱反覆，知「事功」仍盤繞心中。據《宋書》本傳，此後康樂「多稱疾不朝直」、「出郭游行，或一日百六七十里，經旬不歸」，結果是：「上不欲傷大臣，諷旨令自解。靈運乃上表陳疾，上賜假東歸。」〔註141〕其中的情緒反應，可以常情推知。

或者面對他人的誣陷，詩人藉《三百篇》以規諫：

> 白珪尚可磨，斯言易為緇。（〈初發石首城〉）

白圭有瑕汙，尚可磨除，誣陷之言卻足以抹黑別人而百口莫辯。緇，黑色，此指染汙。語出《詩·大雅·抑》：「質爾人民，謹爾侯度，用戒不虞。慎爾出話，敬爾威儀，無不柔嘉。白圭之玷，尚可磨也；斯言之玷，不可為也。」〔註142〕〈抑〉詩全詩十二章，〈毛詩序〉謂：「衛武公刺厲王，亦以自警也。」朱熹《詩集傳》亦以為：「衛武公作此詩，使人日誦於其側以自警。」〔註143〕陳子展《詩經直解》認為是「衛武公自

〔註140〕〔南宋〕朱熹：《詩集傳》（臺北：臺灣中華書局，1982.5），卷第十一，頁122。
〔註141〕〔南朝梁〕沈約：《宋書·謝靈運傳》，卷六十七，頁858。
〔註142〕《十三經注疏·詩經》，頁646。
〔註143〕〔南宋〕朱熹：《詩集傳》（臺北：台灣中華書局，1982.5），頁204。

傚之詩。雖云自傚，實亦兼寓刺王之意，當是刺平王。」〔註144〕所刺是厲王或平王，已難查考，然這是「主文而譎諫」的技巧。全詩前四章為第一部分，先從哲與愚的關係說起，指出求賢與立德的重要；末四章是詩的第三部分，衛武公懇切告誡應認真聽取自己的箴規，否則將有亡國之禍；第五章至第八章，是詩的第二部分，說明何者當傚，何者不當傚，特別在對待臣民的禮節態度、出言的謹慎不苟這兩點上不惜反覆訴說，實為求賢、立德兩大要務的進一步體現。此處所引為第五章，以「白圭之玷」反襯言出之不可追，期勉溫和可敬、出言謹慎，不要任性，以安定百姓、家國。謝靈運因與會稽太守有嫌隙，被誣告有「異志」，轉任臨川內史，作此詩。此處用〈抑〉詩典故，於「皎皎明發心，不為歲寒欺」的心志表達外，亦期勉文帝為了求賢，須善待臣民、辨明言語是非以立德。康樂晚年詩歌不似先前以寫景為多，言詞稍顯激烈，常以詩歌對君王有所規諫，終以棄市臨川劃下生命句點。

　　此外，藉《三百篇》以書寫士階層休慼反覆的命運：

> 交交止栩黃，呦呦食苹鹿。傷彼人百哀，嘉爾承筐樂。(〈過
> 白岸亭〉)

黃鳥棲止柞樹，交交鳴啼，〈黃鳥〉詩傷悼著為國人共哀的秦國三良；群鹿吃著野生苹草，發出呦呦之聲，〈鹿鳴〉詩歌詠君王宴請群臣嘉賓的歡樂。「傷彼人百哀」承「交交止栩黃」，《詩經·小雅·黃鳥》有「黃鳥黃鳥，無集於栩」，〈秦風·黃鳥〉有「交交黃鳥，止於棘。誰從穆公？子車奄息。維此奄息，百夫之特。臨其穴，惴惴其慄。彼蒼者天！殲我良人。如可贖兮，人百其身。」〔註145〕「傷彼人百哀」化用〈秦風·黃鳥〉詩意，秦人哀傷子車氏三子殉葬，揣想其臨穴之惴慄而不捨，如若可以，願以百人贖其性命。「百夫之特」的賢良臣子，淪為穆公陪葬，此為中國士階層尋求報國的悲慘命運。

---

〔註144〕陳子展：《詩經直解》(上海：復旦大學出版社，1997.10)，卷二十五，頁990。
〔註145〕《十三經注疏·詩經》，頁243～244。

「嘉爾承筐樂」承「呦呦食苹鹿」,《詩經‧小雅‧鹿鳴》有「呦呦鹿鳴,食野之苹。我有嘉賓,鼓瑟吹笙。吹笙鼓簧,承筐是將。人之好我,示我周行。」〔註146〕詩意呈現周王與群臣和樂歡宴場面,此外,周王賜禮滿筐,臣子樂於效勞,君臣攜手同在一條康莊大道上。這是中國士階層尋求報國的順利境遇。然而,順逆豈能盡如人意,康樂所處政治環境為何?顧紹柏謂:「『交交』、『傷彼』二句影射宋王朝權奸當道,迫害忠良;『呦呦』、『嘉爾』暗喻權臣備受恩寵」,從上下文脈絡來看,應可作如是解。因此,士階層在此時代大環境下,不安情緒可想。於不安中如何求安?詩人心中有解:「榮悴迭去來,窮通成休慼。未若長疎散,萬事恆抱朴。」化用《詩經》典故,以實例具體呈現春秋亂世士階層命運,詩人對於遠離朝廷、出守永嘉,有了積極的自遣與安頓。

### 3. 賞心何在,難題未解

感嘆賞心何在,覓尋知音,特別在山水麗景前,用《三百篇》成辭,卻不只是用其辭意,心裡往往已滲透詩意:

  過澗既厲急,登棧亦陵緬。(〈從斤竹澗越嶺溪行〉)

從斤竹澗涉過急流,登高走在陡狹的山路棧道上。前句「厲急」語出《詩‧邶風‧匏有苦葉》:「深則厲,淺則揭」,毛傳:「以衣涉水為厲,為由帶以上也」。原詩節錄如下:

  匏有苦葉,濟有深涉。深則厲,淺則揭。……

  招招舟子,人涉卬否。人涉卬否,卬須我友。〔註147〕

詩中水漸上漲,詩人有所等待而同涉,康樂化用「深則厲」而為「厲急」,從後文看來,亦有所等待,「握蘭勤徒結,折麻心莫展」,等待幾乎落空。用「深則厲」辭,也用「人涉卬否,卬須我友」意,敘事中自見情意。

  或者心中難題未解,藉《三百篇》典故以明,看似書寫不相干的

---

〔註146〕《十三經注疏‧詩經》,頁 315～317。
〔註147〕《十三經注疏‧詩經》,頁 87～89。

他者，實則潛藏心裡底層的想望已寄託其中：

　　　　火逝首秋節，……紈綺無報章。(〈七夕詠牛女〉)〔註148〕
「火逝首秋節」，大火西沉的七月，秋天來到。《詩·豳風·七月》：「七月流火，九月授衣。一之日觱發，二之日栗烈。無衣無褐，何以卒歲？」〔註149〕七月大火向西落去，九月要趕縫寒衣，為的是將到的北風勁吹、寒氣襲人，沒有縫製冬衣，如何度過這年底？「火逝」，即「流火」，康樂化用〈七月〉典故，隱含趕製冬衣之意，結語嘆牛女「紈綺無報章」，怠忽本分，詩人駐足凝望，無限遐思。

　　「紈綺無報章」，織女心煩意亂，織不成花紋。《詩·小雅·大東》：「跂彼織女，終日七襄。雖則七襄，不成報章。」〔註150〕〈大東〉詩意旨在刻劃人民遭受沉痛壓榨的困苦圖景和詩人憂憤抗爭的激情，即使天上的織女亦不能成章，空忙一場，顯示即使上天，亦不能對人間有所指示與幫助。詩人今晚迎風步上高山，看著織女，連用《三百篇》典故，現實的種種難題，怕亦難逃縈繞心中。

　　謝靈運山水詩用《詩經》典故，哀樂兩極，然，即使憂煩至極，亦藉典故委婉表達，承襲「哀而不傷」的敦厚詩教。詩中雖只引一、二句，或甚至只是成辭，原詩之意往往即全詩之意，應是已為心裡底層意識，遇物而得抒發。「顧己枉維縶，撫志慙場苗」的不滿虛化、冀求重用，「白珪尚可磨，斯言易為緇」的慎言提醒與自白，「過澗既厲急，登棧亦陵緬」的感嘆與等待，「火逝首秋節，……紈綺無報章」的空忙自省，……都已融入整個典故涵意，不但透顯詩人創作心理層，意蘊也更加深厚。

## （二）用「屈騷」典

　　謝靈運山水詩中，源出「屈騷」典故者，實為多數，可歸納出「思君、待君」、「自傷、矛盾」、「自潔、適己」三種創作心情，以下分別舉例論述。

---

〔註148〕顧紹柏：《謝靈運集校注》，頁 242。
〔註149〕《十三經注疏·詩經》，頁 280。
〔註150〕《十三經注疏·詩經》，頁 440。

## 1. 思君、待君

兩度不被國君接納，屈原仍藉作品表達思君、待君之意；康樂兩度出守、兩度隱居、兩度在京，反覆不決的心情，仍有古代知識分子報效朝廷的初衷，屈子思君、待君之意自亦感染心懷與作品：

> 開春獻初歲，白日出悠悠。(〈束山望海〉)〔註151〕

「開春獻初歲，白日出悠悠」，初春了，又是一年的開始，太陽慢緩悠然地升起。源出《楚辭》，屈原《九章・思美人》：

> 思美人兮，攬涕而佇眙。媒絕而路阻兮，言不可結而詒。蹇蹇之煩冤兮，陷滯而不發。申旦以舒中情兮，志沈菀而莫達。願寄言於浮雲兮，遇豐隆而不將。……開春發歲兮，白日出之悠悠。吾將蕩志而愉樂兮，遵江夏以娛憂。攬大薄之芳茝兮，搴長洲之宿莽。惜吾不及古人兮，吾誰與玩此芳草？〔註152〕

「思美人」，是思君之意，愛君，也怨君，更是待君。屈子的心情複雜，「志沈菀而莫達」是一心情，「蕩志而愉樂」是一心情，「攬大薄之芳茝」是一心情，「誰與玩此芳草」又是一心情。開春發歲，白日悠悠，應是「蕩志而愉樂」，然詩人最終的心情是「惜吾不及古人兮，吾誰與玩此芳草？」王逸注前句云：「生後殷湯周文王也」，注後句云：「誰與竭節盡忠厚也」，〔註153〕康樂此處用屈原典故，「竭節盡忠厚」之嘆，正是此詩結語「萱蘇始無慰，寂寞終可求」的憂思之故。

> 佳期緬無像，騁望誰云愜。(〈登上戍石鼓山詩〉)〔註154〕

回鄉歡聚的日子遙遙無期，誰說極目遠眺是愜意自在的呢？「佳期」，顧紹柏謂「指與故鄉親朋歡聚的日子」，而「故鄉」是指始寧。〔註155〕然考查康樂此處，實語出《楚辭・九歌・湘夫人》：「白蘋兮騁望，

---

〔註151〕顧紹柏：《謝靈運集校注》，頁99。

〔註152〕洪興祖：《楚辭補註》(臺北：藝文印書館，2000.10)，頁243～245。

〔註153〕洪興祖：《楚辭補註》，頁245。

〔註154〕顧紹柏：《謝靈運集校注》，頁102。

〔註155〕顧紹柏：《謝靈運集校注》，「注18」、「注4」，以上分別見頁104、103。

與佳期兮夕張。」王逸注曰：「佳謂湘夫人也，不敢指斥尊者，故言佳也。張，施也。言己願以始秋蘋草初生平望之時，修設祭具，夕早灑埽，張施帷帳，與夫人期，歆饗之也。」洪興祖引五臣注云：「以喻張設忠信以待君命。」〔註156〕如若所言為是，康樂此詩作於景平元年（公元四二三年）春，雖然同年回始寧隱居，然可以肯定其故鄉之憂思，實含「待君」之意，又或者「故鄉」暗指詩人過去久居之處京城建康。然無論如何，「佳期緲無像」，仍有對朝廷事功的渴盼。

　　援蘿聆青崖，春心自相屬。（〈過白岸亭〉）

　　「春心自相屬」，不禁連結起《楚辭》〈招魂〉裡的傷春心情。《楚辭·招魂》：「目極千里兮傷春心，魂兮歸來哀江南」，「傷春」，乃因「哀江南」。王逸注曰：「言湖澤博平，春時草短，望見千里，令人愁思而傷心也。」〔註157〕五臣注云：「欲使原復歸於郢，故言江南之地可哀，如此皆諷君之辭。」洪興祖補註云：「庾信〈哀江南賦〉取此為名。」〔註158〕康樂的傷春，未必有庾信「哀江南」的心情，然於嘆節序之更迭外，望遠的愁思，於國事自有牽掛。

　　美人竟不來，陽阿徒晞髮。（〈石門岩上宿〉）

　　好友終究沒有前來，太陽升起，我空等到天明。「陽阿」，山之阿，太陽初起所行處。「晞髮」，曬乾頭髮。《楚辭·九歌·少司命》：「與女沐兮咸池，晞女髮兮陽之阿，望美人兮未來，臨風恍兮浩歌。」王逸注云：「阿，曲隅，日所行也。言己願託司命俱沐咸池，乾髮陽阿，齋戒潔己，冀蒙天祐也。」洪興祖引五臣注云：「願與司命共為清潔，喻己與君俱行政教，以治於國。」〔註159〕用〈少司命〉典故，「待君」以治國事、行政教之意顯。此詩首尾均用屈原典故，「待君」心情自難排除於康樂心理。

---

〔註156〕洪興祖：《楚辭補註》，頁 114。
〔註157〕洪興祖：《楚辭補註》，頁 353。
〔註158〕洪興祖：《楚辭補註》，頁 354。
〔註159〕洪興祖：《楚辭補註》，頁 127。

## 2. 自傷、矛盾

引用「屈騷」典故，喻示自傷心情，傷春的節序感，正是六朝文人「嘆逝」的普遍人情。楚聲的迴盪，是空間的熟悉與「嘆世」的感傷，失其所的孤獨與矛盾，都在典故中透顯：

> 汩汩莫與娛，發春托登躡。……白芷競新苔，綠蘋齊初葉。
>
> (〈登上戍石鼓山詩〉) 〔註160〕

「汩汩莫與娛，發春托登躡」，心情煩亂，不知如何得到歡樂；就在這初春時節，決定托身登嶺。《楚辭·招魂》：「獻歲發春兮，汩吾南征。」王逸注曰：「獻，進」，「征，行也。言歲始來進，春氣奮揚，萬物皆感氣而生，自傷放逐獨南行也。」〔註161〕從用典看，康樂此次登臨，伴隨的心情是「自傷」，起首「旅人」，所憂「故鄉路遙遠」，應不只是始寧的漸遠，甚且如「佳期緬無像，騁望誰云愜」的家國之思，仕、隱的矛盾始終伴隨不離。

「白芷競新苔，綠蘋齊初葉」，白芷爭相抽出新芽，綠蘋一齊長出嫩葉，亦語出《楚辭·招魂》：「菉（綠）蘋齊葉兮白芷生。」王逸注曰：「言屈原放時，菉蘋之草，其葉適齊；白芷萌芽，方始欲生。據時所見，自傷哀也。猶《詩》云『昔我往矣，楊柳依依』也。」〔註162〕其情亦「自傷哀」，因此後文曰：「摘芳芳靡諼，愉樂樂不燮。佳期緬無像，騁望誰云愜」，面對初春新景，卻只有加添傷愁。

> 依稀採菱歌，彷彿含嚬容。(〈行田登海口盤嶼山〉) 〔註163〕

依稀聽見楚人的採菱歌，彷彿看見故鄉美女的面容。採菱歌，黃節注云：「《楚辭·招魂》：『〈涉江〉〈採菱〉，發〈揚荷〉些。』王逸注：『楚人歌曲也。』」王逸又云：「言己涉渡大江，南入湖池，采取菱芰，發揚荷葉。喻屈原背去朝堂，隱伏草澤，失其所也。」〔註164〕「失其

---

〔註160〕顧紹柏：《謝靈運集校注》，頁102。
〔註161〕洪興祖：《楚辭補註》，頁350。
〔註162〕洪興祖：《楚辭補註》，頁350。
〔註163〕顧紹柏《謝靈運集校注》，頁130。
〔註164〕洪興祖：《楚辭補註》，頁344。

所」，身無所安，既是身體的，也是精神、理想的。「楚」是家鄉，亦是立命所在，康樂用屈原典故，「失其所」的慌亂與哀怨可想。「觀海藉朝風」、「遨遊碧沙渚，遊衍丹山峰」，說得瀟灑愜意，從用典看，卻仍隱含「羈苦孰云慰」的心情。

　　　　握蘭勤徒結，折麻心莫展。（〈從斤竹澗越嶺溪行〉）〔註165〕

　　折取滿把蘭草，結草報贈，卻空忙一場；摘下疏麻白花，心情卻不得舒展。語出屈原〈離騷〉：「時曖曖其將罷兮，結幽蘭而延佇。」王逸注曰：「言時世昏昧，無有明君，周行罷極，不遇賢士，故結芳草長立，有還意也。」康樂此處用屈原〈離騷〉典故，報贈不得，恐亦有「時世昏昧，無有明君」之嘆。

　　　　嫋嫋秋風過，萋萋春草繁。……洞庭空波瀾，桂枝徒攀翻。
　　　　（〈石門新營所住四面高山，迴溪石瀨，修竹茂林〉）〔註166〕

　　「嫋嫋秋風過，萋萋春草繁」，樹木搖動，像是秋風吹過；草木在此春季繁茂生長。「洞庭空波瀾，桂枝徒攀翻」，江湖空翻波浪，不見友人歸來；攀緣樹枝望友人，卻不見蹤影。嫋嫋，風吹樹木的樣了，此句與「洞庭」句語出《楚辭‧九歌‧湘夫人》：「帝子降兮北渚，目眇眇兮愁予。嫋嫋兮秋風，洞庭波兮木葉下。白蘋兮騁望，與佳期兮夕張。」〔註167〕王逸注云：「言秋風疾則草木搖，湘水波而樹葉落矣。以言君政急則眾民愁而賢者傷矣。或曰，屈原見秋風起而木葉墮，悲歲殂進、年衰老也。」洪興祖引五臣注云：「喻小人用事，則君子棄逐。」〔註168〕「嫋嫋秋風過，萋萋春草繁」下接「美人遊不還，佳期何由敦」，不免有屈原「君政急則眾民愁」的賢者傷感，或見「木葉墮」而悲歲盡年衰。在「披雲」、「苔滑」的山林高處，詩人感傷季節變遷，而有後文「空」、「徒」之嘆：「洞庭空波瀾，桂枝徒攀翻」，自傷已多於待君之意。

─────────

〔註165〕顧紹柏：《謝靈運集校注》，頁178。
〔註166〕顧紹柏：《謝靈運集校注》，頁256。
〔註167〕洪興祖：《楚辭補註》，頁114。
〔註168〕洪興祖：《楚辭補註》，頁114。

「桂枝徒攀翻」，桂枝，泛指樹枝，語出《楚辭・九歌・大司命》：「乘龍兮轔轔，高駝兮沖天。結桂枝兮延佇，羌愈思兮愁人。」王逸注曰：「延，長也；佇，立也。《詩》曰：『佇立以泣』」，「言己乘龍沖天，非心所樂，猶結木為誓、長立而望，想念楚國，愁且思也。」洪興祖補註曰：「喻君捨己不顧，益憂思也。」〔註169〕此句下接「結念屬霄漢，孤景莫與諼」，其憂思深愁如雲天之高，孤獨之感實難以釋懷。

〈采菱〉調易急，〈江南〉歌不緩。（〈道路憶山中〉）

楚地歌謠〈采菱〉，曲調容易急促；越人歌曲〈江南〉，聲調也不和緩。前句語出《楚辭・招魂》：「歸來反故室，……〈涉江〉、〈采菱〉，發〈揚荷〉些。」〔註170〕康樂詩〈行田登海口盤嶼山〉亦有「依稀採菱歌」，王逸注云：「楚人歌曲也。言己涉渡大江，南入湖池，采取菱芰，發揚荷葉。喻屈原背去朝堂，隱伏草澤，失其所也。」〔註171〕康樂憤懣心情與屈原同，「懷故」、「含悲」一路伴隨赴往臨川途中，即使宇宙自然景物，亦未能助其釋懷，其自傷如此。

遠巖映蘭薄，白日麗江皋。（〈從遊京口北固應詔〉）

遠處山巖襯托下，更加顯明蘭草叢生；白日照耀下，江邊草地更顯明麗。「皋」，水邊的低地。「江皋」，江邊、江岸，用《楚辭・九歌・湘君》語：「鼉騁騖兮江皋，夕弭節兮北渚。」此處「江皋」形成怎樣的空間意象？王逸注云：「鼉以喻盛明也，澤曲曰皋。言己願及鼉，明己年盛時，任重馳驅以行道德也」，「弭，安也；渚，水涯也；夕以喻衰。言日夕將暮，己已衰老，弭情安意，終志草埜也。」洪興祖引五臣注云：「喻己盛少之時，願驅馳於君前，及衰謝之日，反安意於草野，自歎之辭。」補註云：「騁騖弭節，不出江皋、北渚之間，自傷不得居朝廷也。」〔註172〕康樂此處用〈湘君〉辭，下接「皇心美陽澤，萬象咸

---

〔註169〕洪興祖：《楚辭補註》，頁123。

〔註170〕洪興祖：《楚辭補註》，頁344。

〔註171〕洪興祖：《楚辭補註》，頁344。

〔註172〕洪興祖：《楚辭補註》，頁111。

「光昭」，再接「顧己枉維縶，撫志懃場苗」，居朝廷而不得任重馳驅，自歎、自傷無法避免，只是藉由典故，話說得委婉。

　　　　想見山阿人，薜蘿若在眼。（〈從斤竹澗越嶺溪行〉）〔註173〕

　　薜荔、藤蘿隱約在眼前，彷彿見到新逝的廬陵王。山阿人，山鬼，顧紹柏以為指新逝的廬陵王。〔註174〕葉笑雪說：「『想見』以下二句，寫途次感觸：由暗誦《楚辭·九歌·山鬼》這篇抒情詩，想到也許有高士在山岩那邊吧？」〔註175〕李運富說：「山阿人即指這位身披薜荔腰繫女蘿的山鬼，同時暗指山居隱士。」〔註176〕此聯語出《楚辭·九歌·山鬼》：「若有人兮山之阿，被薜荔兮帶女羅。既含睇兮又宜笑，子慕予兮善窈窕。」王逸注云：「言山鬼彷彿若人見於山之阿，被薜荔之衣，以兔絲為帶也。薜荔、兔絲皆無根，緣物而生，山鬼亦晻忽無形，故衣之以為飾也。」薜荔、女羅皆用以助長「晻忽無形」的飄渺之感。王逸又云：「睇，微眄貌也。言山鬼之狀，體含妙容，美目盼然，又好口齒而宜笑也」，「言山鬼之貌，既以姱麗，亦復慕我有善行好姿，故來見其容也。」五臣注云：「喻君初與己誠而用之矣。」〔註177〕康樂此處的「山阿人」指「山鬼」，「山鬼」形貌本就飄忽，「想見」轉折出心裡的渴盼，上承「企石挹飛泉，攀林摘葉卷」，下接「握蘭勤徒結，折麻心莫展」，是想見山岩高士，抑或賞識他的君主如新逝的廬陵王或當時的宋文帝，詩人事實上或許也沒有答案，因此說：「事昧竟難辨」，其中的仕、隱衝突，實為糾結莫展。

### 3. 自潔、適己

　　既待君不得而自傷，唯有反轉情緒，藉「屈騷」典故以自潔，並尋求「適己」：

---

〔註173〕顧紹柏：《謝靈運集校注》，頁178。
〔註174〕顧紹柏：《謝靈運集校注》，頁181。
〔註175〕葉笑雪：《謝靈運詩選》（九龍：漢文出版社，1956），頁94。
〔註176〕李運富：《謝靈運集》，頁78。
〔註177〕洪興祖：《楚辭補註》，頁135～136。

　　策馬步蘭皋，緤控息椒丘。採蕙遵大薄，搴若履長洲。白華
　縞陽林，紫蘺曄春流。(〈東山望海〉) 〔註178〕

「策馬步蘭皋，緤控息椒丘」，驅馬前往長有蘭草的水邊高地，勒馬止
息在尖削的東山山丘。此聯源出屈原〈離騷〉：「步余馬於蘭皋兮，馳椒
丘且焉止息。」王逸注曰：「言己欲還，則徐步我之馬於芳澤之中，以
觀聽懷王，遂馳高丘而止息，以須君命也。」洪興祖引五臣注云：「椒
丘，丘上有椒也，行息依蘭、椒，不忘芳香以自潔也。」〔註179〕詩人
勤謹自持，以〈離騷〉中蘭、椒之芳香喻己之自潔，不易其操的堅定信
念可知。

　　「採蕙遵大薄，搴若履長洲」，沿著廣闊、草木雜生的地方，採摘
蕙草；踐履在長長的沙洲上，拔取香草杜若。此聯出自屈原《九章・思
美人》，「蕙草」、「杜若」皆是香草，用以自比高潔心志，接續「策馬步
蘭皋，緤控息椒丘」的心情。

　　「白華縞陽林，紫蘺曄春流」，南邊樹林長滿白色野花，春天的水
流旁，初生的紫蘺十分耀眼。「蘺」，香草名，又稱白芷、茝，又，《說
文》謂：「蘺，楚謂之蘺，晉謂之蘺，齊謂之茝」，〔註180〕屈原〈離騷〉：
「扈江離與辟芷兮」，因此「蘺」亦屈原筆下香草名。節錄〈離騷〉如
下：

　　紛吾既有此內美兮，又重之以修能。扈江離與辟芷兮，紉秋
　　蘭以為佩。汨余若將不及兮，恐年歲之不吾與。朝搴阰之木
　　蘭兮，夕攬洲之宿莽。日月忽其不淹兮，春與秋其代序。惟
　　草木之零落兮，恐美人之遲暮。〔註181〕

屈原以一連串的香草自比，強調內美與修能，其所憂懼者在春秋代序、
日月飄忽，深恐年歲不與、美人遲暮。努力修為與自持，透露內心對積

〔註178〕顧紹柏：《謝靈運集校注》，頁99。
〔註179〕洪興祖：《楚辭補註》，頁34～35。
〔註180〕〔東漢〕許慎著、〔清〕段玉裁注：《說文解字注》，頁26。
〔註181〕洪興祖：《楚辭補註》，頁15～18。

極作為的渴盼，王逸注曰：「言己修身清潔，乃取江離、辟芷以為衣被，紉索秋蘭以為佩飾，博采眾善以自約束也。」〔註182〕。康樂此詩用屈原作品裡諸多植物名，是為後文「非徒不弭忘，覽物情彌遒」鋪排，層層堆疊出遒厚、無法忘卻的憂思。如此，「瞰海庶忘憂」期望落空，詩人憂思更濃。

結架非丹甍，藉田資宿莽。（〈過瞿溪山〔飯〕僧〉）〔註183〕

蓋結好並不華麗如富人所居的住屋，在原本荒蕪的土地上親自耕種。「藉田」，或作「籍田」，天子親自蹈於田而耕，此處泛用，謂親自耕種。「宿莽」，荒蕪之地，《楚辭·離騷》：「朝搴阰之木蘭兮，夕攬洲之宿莽。」王逸注：「草冬生不死者，楚人名曰宿莽。……宿莽遇冬不枯，以喻讒人雖欲困己，己受天性，終不可變易也。」康樂此處用屈原〈離騷〉典故，擺落憂讒畏譏，明示勤謹自持，終不可變易。

朝搴苑中蘭，畏彼霜下歇。（〈石門岩上宿〉）

早晨摘取園中的澤蘭，因為擔心被秋霜摧殘。《楚辭·離騷》：「朝搴阰之木蘭兮」，又云：「扈江離與辟芷兮，紉秋蘭以為佩。」從後文「畏彼霜下歇」，可判是秋景。「木蘭」並非春季開花之植物名，意為「蘭木」，王逸注：「蘭，香草也，秋而芳；佩，飾也，所以象德。……言己修身清潔，乃取江離、辟芷以為衣被，紉索秋蘭以為佩飾，博采眾善以為約束也。」顧紹柏以為，洪興祖補注引顏師古語謂為澤蘭，可從；所強調在「香草」以自擬。

自潔以排除憂傷、孤獨，雖難再重獲君命，然或可超越而得一時「適己」：

川后時安流，天吳靜不發。（〈遊赤石進帆海〉）〔註184〕

河水時時安靜流動，水面風靜浪平。「川后」，河伯，司波之神，顧氏注前句云：「此揉和了三國魏曹植〈洛神賦〉『川后靜波』和《楚辭》屈原

---

〔註182〕洪興祖：《楚辭補註》，頁16。
〔註183〕顧紹柏：《謝靈運集校注》，頁133。
〔註184〕顧紹柏：《謝靈運集校注》，頁115。

《九歌‧湘君》『使江水兮安流』的句意」，可據此揣摩康樂心情。〈湘君〉云：「令沅湘兮無波，使江水兮安流。望夫君兮未來，吹參差兮誰思？」王逸注曰：「言己乘船常恐危殆，願湘君令沅、湘無波涌，使江水順徑徐流則得安也。」又云：「參差，洞簫也。言己供修祭祀，瞻望於君而未肯來，則吹簫作樂，誠欲樂君，當復誰思念也。」〔註185〕「安流」帶有盼望，屈原盼望湘君，思神之甚。康樂此詩，化盼望為行動，「溟漲無端倪，虛舟有超越」，追求適己逍遙而超越客觀環境。引用屈原作品而思超越，蓋詩中已滲入莊子道家哲學之故。

結合自然聲色，適己逍遙實為生命力展現的型態：

　　　清暉能娛人，遊子憺忘歸。(〈石壁精舍還湖中作〉)〔註186〕

黃昏清柔的陽光使人快樂，離家在外的人感到自適而忘了歸返。後句語出《楚辭‧九歌‧東君》：「羌聲色兮娛人，觀者憺兮忘歸。」王逸注曰：「憺，安也。言日色光明，旦燿四方，人觀見之，莫不娛樂，憺然意安而忘歸也。」洪興祖補註曰：「東方既明，萬類皆作，有聲者以聲聞，有色者以色見，耳目之娛，各自適焉。以喻人君有明德，則百姓皆注其耳目也。」〔註187〕〈東君〉以其日出聲色之娛人，康樂此處以暮色而自適忘歸，「東方既明，萬類皆作」，夕照中「芰荷迭映蔚，蒲稗相因依」也是萬物振作景象，遊子忘歸適因宇宙生生不息的力量，即使陽光已微，卻仍在澎湃進行。用〈東君〉典故於夕暉中，特別能感受其生命力，「攝生」之道在此。

屈原最後自沉結束生命，然從其作品，亦透露「遠遊」思想，康樂用典以提升幽棲層次。或反用「屈騷」典故，益見其堅定與幽默自處：

　　　南州實炎德，桂樹凌寒山。(〈入華子岡是麻源第三谷〉)〔註188〕

---

〔註185〕洪興祖：《楚辭補註》，頁106～107。
〔註186〕顧紹柏：《謝靈運集校注》，頁166。
〔註187〕洪興祖：《楚辭補註》，頁129。
〔註188〕顧紹柏：《謝靈運集校注》，頁288。

位於南方的臨川，其實還是溫暖的；即使冬天，桂樹仍然生長茂盛。前句語出《楚辭·遠遊》：「嘉南州之炎德兮，麗桂樹之冬榮，……載營魄而登霞兮，掩浮雲而上征。」王逸注云：「奇美人陽氣和正也」，「元氣溫煖不殞零也」，「抱我靈魂而上升也」，「攀緣蹈氣而飄騰也」。〔註189〕康樂此處用〈遠遊〉典故，其登覽蓋亦有如〈序〉中所云：「敘妙思，託配仙人，與俱游戲，周歷天地，無所不到」，〔註190〕因此說：「邈若升雲烟」。不過，後半詩人既訪仙不成而生疑，乘月獨往的俄頃暢快，亦讓其頓生棲賢之感。

　　　陽烏尚傾翰，幽篁未為邅。（〈發歸瀨三瀑布望兩溪〉）

　　陽光還能斜射透進，幽深的竹林尚可穿行。「邅」，阻礙難行。後句語出《九歌·山鬼》：「余處幽篁兮終不見天，路險難兮獨後來。」洪興祖引五臣注云：「言己處江山竹叢之間，上不見天，道路險阻，欲與神游，獨在諸神之後。喻己不得見君，讒邪填塞，難以前進，所以索居於此。」〔註191〕屈原因「道路險阻」，「難以前進，所以索居於此」，康樂反其意而用之，稱說「幽篁未為邅」。此詩繫於元嘉七年，是第二次隱居故鄉始寧時；又作於與曇隆、法流二法師分別後，重臨石門時，〔註192〕巢穴棲隱之志應較往日堅定而能自處，對於屈原憂思，亦較能幽默反思。可惜，第二年即前往臨川，終不復歸，此亦成為康樂引用屈原典故的最後一首山水詩。

　　謝靈運山水詩多用「屈騷」典故，情感抒發居多。從「思君、待君」的知識分子初衷，不得而「自傷、矛盾」，到冀得一時逍遙，自潔而尋求超越客觀環境，「屈騷」感染康樂心情之深可見。甚至有全詩多用「屈騷」典故者，如〈東山望海〉，用典實為詩意所在，因此「開春

---

〔註189〕洪興祖：《楚辭補註》，頁277～278。
〔註190〕洪興祖：《楚辭補註》，頁269。
〔註191〕洪興祖：《楚辭補註》，頁137。
〔註192〕顧紹柏依黃節《謝康樂詩注》、葉笑雪《謝靈運詩選》據其〈山居賦〉自注推測。（顧紹柏：《謝靈運集校注》，頁267。）

獻初歲，白日出悠悠」，結出「萱蘇始無慰，寂寞終可求」的憂思。

## 第三節 「用典」目的──思舊與此在，援古以證今

方東樹指出：「康樂固富學術，而於《莊子》郭注及屈子尤熟，其取用多出此。」〔註193〕出處、仕隱長久為謝靈運生命難題，方東樹所說多取用「《莊子》郭注及屈子」，與筆者所爬梳常用「三玄」、「詩騷」典故，和其仕、隱衝突的創作心理實為關係密切。思舊、援古，是為印證今之此在，以下分兩部分進行論述。

### 一、「功成身退」理想的憾惜

宗白華以為，「天才作品，無一不表現極自然、不費力、不帶有雕刻之工用，此及由其下意識之 inspiration 所得來者」，「蓋人格人各不相同，而天才作品，雖一筆一畫之微，彼地此地之別，無不流露其全體人格，此等不自覺之流露，即由于下意識之作用，並非有心為之者。」〔註194〕「功成身退」是謝靈運下意識中生命的理想，臨川被執，死前所詠〈臨終〉詩嘆曰：「恨我君子志，不獲岩上眠」，〔註195〕遺憾不能死於隱所，然仍以「君子之志」自稱心跡，表達士階層不遇時的生命美感。又，〈臨川被收〉云：「韓亡子房奮，秦帝魯連恥。本自江海人，忠義感君子」，〔註196〕感動於張良、魯仲連的，亦是其忠義的君子節操，此二人完成事功後全身而退，隱居江海。「本自江海人」為康樂自注其天性，然未能先完成事功，實為憾事。康樂的「君子」乃名、道兩至，其念茲在茲，終為自己憾惜。

如此的自顯心跡，與事實的距離究竟為何？蔡英俊探討中國古典詩論中「語言」與「意義」的論題時，談到「語言」與「真實」的議題，

---

〔註193〕〔清〕方東樹：《昭昧詹言》，卷五，頁 19。
〔註194〕宗白華：〈天才創造中下意識的作用〉，錄自《宗白華全集》（合肥：安徽教育出版社，1996.9），冊一，頁 490～491。
〔註195〕顧紹柏：《謝靈運集校注》，頁 297～298。
〔註196〕顧紹柏：《謝靈運集校注》，頁 294。

認為，先秦典籍，如引《韓非子》以為「語言文字或用以自我防禦、或用以文飾曲說，但無論如何總是遠離了『真實』」，又認為「《呂氏春秋》也據此而認定語言文字的運用容易造成真偽相互混淆的迷亂」。〔註197〕然謝靈運所處的時代，對於「語言」與「真實」有了不一樣的看法：

> 東漢後期以至於魏晉，隨著個人主義的興起，主體生命的各項表現逐漸成為論述所觀察考量的對象，而主觀情性的內在面與道德的修為實踐成為關懷的中心議題。在這種重主體的思潮的影響下，語言文字……成為作家用以呈示主體情性的一種媒介。……劉勰對於文學作品的定位所提出的說解，更證實了古典抒情傳統的基本主張：「夫綴文者情動而辭發，觀文者披文以入情，沿波討源，雖幽必顯。世遠莫見其面，覘文輒見其心。」〔註198〕

做為學者之詩的謝靈運山水詩，其筆下典故所凸顯的歷史文化思考，當與其做為中國古代知識分子的理想，緊密結合。假如「功成身退」是康樂心中的理想，理想無法實現，而成矛盾，這將是其投入山水最深刻的心理與情意，用典不為炫學，會是呈示主體情性的媒介，《文心雕龍》〈知音〉篇所云方能成立，讀者能從作者所用之「辭」，入其「情」、見其「心」。〈事類〉篇謂：

> 屬意立文，心與筆謀，才為盟主，學為輔佐，主佐合德，文采必霸。
>
> 夫經典沉深，載籍浩瀚，實群言之奧區，而才思之神皋也。
>
> 經籍深富，辭理遐互。……用人若己，古來無懵。〔註199〕

「用典」不只是使作品以文采稱聖，常用典故甚且即為創作之心，左

---

〔註197〕蔡英俊：《中國古典詩論中「語言」與「意義」的論題——「意在言外」的用言方式與「含蓄」的美典》（臺北：臺灣學生書局，2001.4），頁59～60。

〔註198〕蔡英俊：《中國古典詩論中「語言」與「意義」的論題——「意在言外」的用言方式與「含蓄」的美典》，頁63。

〔註199〕〔南朝梁〕劉勰著、周振甫注：《文心雕龍注釋》，頁706～707。

右創作之筆。經典尤其是，作者才思流連之處，往往也是作品斂藏豐富意涵而為神韻之處，〈神思〉篇謂：「積學以儲寶」，積累的學識如寶一般珍藏、伴隨主體，等到情境觸動時，文句便源源不斷，因此說：「馴致以繹辭」。而用典的適切，端看是否出自胸臆，用他人言、他人事如己之所出般自然，黃侃云：「文之為用，自喻喻人而已」，「引事引言，凡以達吾之思而已」。〔註200〕做為中國文學史上奠定山水詩確立不可動搖的地位，謝靈運用典，若無法「自喻」、「達己之思」，甚且「喻人」，傳達中國知識分子普遍的人情共感，那麼，這地位是要再經商榷的。

## 二、矛盾中尋求平衡

　　筆者並不否認從語言層探討謝靈運山水詩用典的藝術技巧，然，即使閱讀的典籍已經與山水、情境結合，在創作前，仍屬創作心理層面，因此，作品中的用典，的確可以從心理層加以探究詩人面對山水景物的心情關鍵。仕、隱衝突長久為謝靈運心中的矛盾，然，「矛盾」可為創作力的噴發因素。矛盾中尋求和諧情調，〔註201〕是創作的強大動機，「莊生曉夢」的迷幻變化之快，「望帝託心」的眷念春天之切，就是李商隱心中的矛盾所創作出的滄桑與美麗。謝詩具體寫眼前景為其詩意出發，從其詩題多以地點為主可知，於眼前景「感物」而動，所興之情或理，此為山水詩開創新局最重要的因素。有感而「動」，是情是理，或甚至理多於情，關乎當代大環境，所謂「莊老告退，而山水方滋」，告退的是語言，「山水」語言代替「莊老」語言，所表達的思想主流仍不脫當時的「三玄」──《易》、《莊》、《老》。關於玄言詩風的主流，李雁其實也認同：

　　　　這些典故有的今天讀來實在過於艱澀隱晦……。但考慮到山

―――――――――

〔註200〕黃侃：《文心雕龍札記》，頁184。
〔註201〕顏崑陽：《滄海月明珠有淚──李商隱詩賞析》，頁167。

水詩與玄言詩的不解之緣，這種用典方式還是可以理解
的。……一旦離開了那個玄談成風的特定環境，這種用典方
式也就喪失了生命力。〔註202〕

李雁此言一出甚是，謝靈運山水詩的用典當然得置入當時大環境，以
見其蓬勃生命力。李雁也肯定謝詩對屈原作品的用典：

筆者以為，大謝山水詩中最成功的用典不是引經徵史，而是
化用屈賦。〔註203〕

「化用屈賦」多作為抒情，然仍以感嘆眼前美景無有知音同賞為主，此
在謝詩中並非多數，多數能藉此翻轉哲理，且以「三玄」為主。而種種
的典故引用，其目的在心理的需求與滿足，如〈事類〉篇所云：「據事
以類義，援古以證今」，劉永濟曰：「用古事者，援古事以證今情也；用
成辭者，引彼語以明此義也。」〔註204〕引事、引言的目的在印證、說
明此刻心情，古事、古言與此刻心情有其脈絡與連結，因此稱之「前」
經驗。高莉芬探究元嘉詩人用典乃是時勢所趨，且在文化上具有承先
啟後之功，〔註205〕後人可從長程詩歌史探究用典的時代性與意義，此
共性的探討提供豐富的背景思考，然就詩人創作的當下，不可忽略的
是用典心靈的「當幾性」。〔註206〕鄭毓瑜探討六朝士人於「歎逝」、「思
舊」中的瞬間推移，其「現在」體驗是：

當追憶者因「憑據」具雙重臨場性的指向，而開展歸返已逝
的過去與回到行進間的未來這無盡往復的心靈活動時，就彷
彿是主體同時遭受兩股既相吸又相斥的力量的拉引，擁有一
個身處力場的體驗；那是在看似順時流移的無所著力間，卻
步步糾結著逆時性的奮力迴旋，於是，就在「過去」與「未

---

〔註202〕李雁：《謝靈運研究》，頁287。
〔註203〕李雁：《謝靈運研究》，頁287。
〔註204〕劉永濟：《文心雕龍校釋》（臺北：華正書局，1981.10），頁146。
〔註205〕高莉芬《元嘉詩人用典研究》（臺北：花木蘭出版社，2007.9），頁214。
〔註206〕「蓋當幾者，與此世界覿面相遇，即當下與之通達其情也。」〔曾昭
　　　　旭：《王船山哲學》（臺北：里仁書局，2008.3），頁103。〕

來」的關係拉引下，不但時間上的「現在」自然顯豁出來，連帶地「現在我」（「此在」）的主體性，也因為向前或向後的不同力量的交纏並作，而有了自覺與感動。〔註207〕

這樣的思舊懷往也是用於對古人古事、成辭的沉浸、迴旋，謝靈運以「三玄」、「詩騷」為主要的典籍依據，從中激盪出此刻存在的難題並試圖尋求解答，雖終究不免自傷、無奈，創作主體卻因此得以凸顯，也因此激盪出不可動搖的山水詩地位。創作主體心理層包含創作過程與構思，所謂「詩情緣境發」，心中已有「情」，緣「境」而發為「詩」；所謂「興會標舉」，情興所會，康樂之「情」為何？古人云：「夫人情之嗜好，故不在乎尤物，而在乎適意而已。然必先得之于心，而後寓之于物，故無物不可為樂，如謝康樂之山水」，〔註208〕「三玄」、「詩騷」之思，與置身山水的此在，是詩人與物相會的情意基礎，詩人創作的同時，也反思如何自處。鄭毓瑜因此說：「唯有『陷入』歷史的切身感動，才能豁顯一個『現今』並指向『未來』的真純的存在經驗。」〔註209〕「思舊」正為「此在」，即是用典心理。〈過白岸亭〉云：「援蘿聆青崖，春心自相屬。交交止栩黃，呦呦食苹鹿。傷彼人百哀，嘉爾承筐樂。榮悴迭去來，窮通成休慼。未若長疎散，萬事恆抱朴。」「詩不可以史為」，然詩心是歷史的累積，其中包括才學識見，康樂非賣弄才學，然感物而動的情意卻難不受其影響。憶古思今，現實存在處境對顯，遭斥的心情再起，傷己憂世，春意榮翠正如在京時所得的寵遇，而今流落窮鄉，富貴不可久恃，春綠不能常在，恆定的唯有真樸；「真樸」是此刻的解答，也指出未來的方向。

　　白居易〈讀謝靈運詩〉云：「謝公才廓落，與世不相遇。壯志鬱不

〔註207〕鄭毓瑜：《六朝情境美學》（臺北：里仁書局，1997.12），頁97～98。

〔註208〕〔金〕王寂：〈三友軒記〉，錄自《叢書集成簡編・拙軒集》（臺北：臺灣商務印書館，1966.6，影印文淵閣四庫全書本），冊114，卷五，頁62～63。

〔註209〕鄭毓瑜：《六朝情境美學》，「注62」，頁99。

用，須有所洩處。洩為山水詩，逸韻諧奇趣。」〔註210〕我們可以大膽假定，在投身山水、大量創作山水詩前，謝靈運已是滿腹經綸、卻「與世不相遇」的廓落之才，這段經歷是不可不予以重視的創作心埋。高莉芬認為：「用典是以前人經傳中既有的文辭或古書為材料以加深情志的表現技巧」，〔註211〕「三玄」、「詩騷」的頻繁使用，加深了壯志不用的鬱悶與舒洩的韻趣。對詩人而言，宇宙自然是觀閱的文本，所用的頻繁典故是潛藏內心的「前」經驗，也是面對宇宙自然的視角，凸顯主體觀物的基本態度與獨特方式。

〔註210〕〔唐〕白居易著、朱金城箋校：《白居易集箋校》，卷七，冊一，頁369。
〔註211〕高莉芬《元嘉詩人用典研究》（臺北：花木蘭出版社，2007.9），頁213。

# 第四章　謝靈運山水詩主、客體的交融──回旋往復，以盡「思理」

　　東晉自然思潮下，詩理從「玄理」轉向「思理」。「思理」著重「耳目與物相接」之感悟，王羲之〈蘭亭詩〉：「仰視碧天際，俯瞰涤水濱。寥朗無涯觀，寓目理自陳」，[註1] 已然強調「仰視」、「俯瞰」的「寓目」所得之理，〈蘭亭集序〉的「興懷」更是「遊目騁懷」、「極視聽之娛」的結果。自然景物成為具獨立意義的客體，經由主體的「心目相即」而觀照、吸納，與玄理融合成新的自然觀，成為魏晉新文化運動。「莊老告退，而山水方滋」，莊老思想潛藏思想底層，成為山水背後的深層意識，山水的刻劃浮出檯面，妍美多麗。以「莊老」為重是「玄理」，以「山水」為重是「思理」。魏晉「玄理」是有意地從自然景物中尋求感悟，謝靈運山水詩則是「猝然與景相遇」的無預期。「思理」是「自囟至心」對自然景物的由感而悟，從「耳目與物相接」到「朝向美好」，不可忽略的是所「感」之「情」，不論達「理」與否，山水景物所引觸的必以詩人之「情」為先，「情」才是六朝面對的現實問題，也是謝靈運山水詩中的重要成分。因此，在客觀山水景物書寫的「賦」筆中，實含有「興」的作用。謝靈運山水詩的「興會標舉」是「興會」過

---

〔註1〕丁仲祜編纂：《全漢三國晉南北朝詩‧全晉詩》，冊一，卷五，頁571。

程的全紀錄，就詩意的開展而言，便是詩歌的章法，也正是主、客體的交融。

　　詩歌的「主體」、「客體」原是難以截然切割，這裡只是為詮釋的方便所做必要的相對分別之說。〔註2〕「莊老告退，而山水方滋」，玄言詩退場，山水詩代之而起，其間主、客體經歷如何變化？自然景物於詩中如何穿針引線？又在主體情意思維上達成怎樣的效用？沈約〈謝靈運傳論〉曰：「靈運之興會標舉」，「興會」，李善注：「情興所會」，指情感與景物的會合；晚明王船山云：「古人絕唱多景語……，而情寓其中矣。」〔註3〕因此，「景語」即「情」之所託。謝靈運山水詩以「景語」書寫為特色，所引觸的「情」為表現主調，至於「理」，則由「情」頓悟而成。本章一方面探討作為客體的自然景物給予詩人的觸悟有何別於玄言詩的轉向；再者，以自然景物為中介，從謝靈運山水詩章法探究主、客體的交融；最後，探究謝靈運山水詩的物我關係，包括其觀物心理以及對創作的引觸。

## 第一節　從玄理到思理

### 一、以玄對山水

　　晉代對於自然景物的專注審美，到了偏安江南後開花結果。然而，此種審美意識實奠基於西晉的「以玄對山水」，客觀景物既是「道」的具體化表現，亦是「體道」的橋樑，目擊而道存。

　　「玄」是什麼？顏崑陽教授稱晉代富涵自然意象的玄言詩為「玄思模態」，〔註4〕並分析說：「『玄』字之義，《說文》云：『幽遠也。』

〔註2〕顏崑陽：〈文學創作在文體規範下的經緯結構歷程關係〉，收在《文與哲》第二十二期，頁545～596，中山大學中文系，2013.6，頁555。
〔註3〕〔明〕王夫之著、戴鴻森箋注：《薑齋詩話箋注》，頁92。
〔註4〕顏崑陽〈從應感、喻志、緣情、玄思、遊觀到興會──論中國古典詩歌所開顯「人與自然關係」的歷程及其模態〉，收在《詩比興系論》，頁360。

引申言之，凡幽深渺遠而非由官能知覺從表象即可認知、亦非言語所能概念性表述的事物道理，都謂之『玄』。」又闡述《老子》第一章王弼注「玄者，冥默無有也」，顏教授說：

> 冥默，即離絕視聽言說。「道」即有即無，非有非無，不可由視聽言說以得知，只能「冥默」以體會之。此種「冥默無有」之思，即是「玄思」，而其所得之理是為「玄理」，所成之學是為「玄學」。則玄思的「對象」包括「自然域」萬物之創生、變化與存有之理，推而及於「社會域」人之生命存在的根源及價值意義。而其言談往往以《老子》、《莊子》、《易經》所謂「三玄」為本。〔註5〕

「玄思」是經由冥默體會而得，其對象是不必言說者，往往是人以外的「物」，而其所得之理為宇宙萬物創生、變化、存有之理，以及人類生命存在的根源及價值意義，偏向形上哲學的層次，亦即為「道」。「以玄對山水」是主體帶著宇宙人生之道臨對山水，企盼從自然景物中尋得生存的依據，因此，「玄理」必須相即於自然物象而感悟，顏教授稱之「理感」或「玄會」。玄理的獲致是主要目的，「玄思模態」中的「自然」是「思辨」或「理感」的對象，「自然域」是「玄思」的主要對象。〔註6〕玄言詩人主體意識中的「理感」在前，經由與自然的互動，貞定生命的存在感，玄學儼然成為魏晉審美觀的形上學，正如李澤厚、劉綱紀所說：「魏晉玄學對魏晉六朝美學有著深刻的影響。他既是這一時期的審美意識在哲學上的升華，同時又為這一時期的美學提供了形而上的和方法論的基礎。」〔註7〕

---

〔註5〕顏崑陽〈從應感、喻志、緣情、玄思、遊觀到興會──論中國古典詩歌所開顯「人與自然關係」的歷程及其模態〉，收在《詩比興系論》，頁360。

〔註6〕顏崑陽〈從應感、喻志、緣情、玄思、遊觀到興會──論中國古典詩歌所開顯「人與自然關係」的歷程及其模態〉，收在《詩比興系論》，頁364。

〔註7〕李澤厚、劉綱紀：《中國美學史·魏晉南北朝編》，上冊，頁101。

## 二、自然思潮下的詩理轉向

　　中國古典詩歌中，從《詩經》、「楚辭」到「漢賦」，自然景物幾乎是人文世界的比附、象徵，不明確地具有獨立的審美意義。直到魏晉談玄風展，《周易》、《老子》、《莊子》並稱「三玄」，既成為思想主流，亦確立了形上美學，此種審美自覺表現出對自然景物審美意識的關鍵轉折。王力堅探究魏晉詩歌的審美觀照，說：「正始名士超越建安文人的另一點是，他們盤桓於大自然中，不僅為了尋覓『逸野興趣，遠致閑情』，同時還力求從中感悟自然本體的妙理玄機。」〔註8〕正始後又如何由「三玄」的「理感」轉化而為對山水景物的賞愛？孫綽〈秋日〉云：

> 蕭瑟仲秋月，飆唳風雲高。山居感時變，遠客興長謠。疏林積涼風，虛岫結凝霄。湛露灑庭林，密葉辭榮條。撫菌〔葉〕悲先落，鬱〔攀〕松羨後凋。垂綸在林野，交情遠市朝。湛然古懷心，濠上豈伊遙。〔註9〕

風急月高的山居秋夜，感於「時變」而作此詩，詩的意旨在結語「湛然古懷心，濠上豈伊遙」的莊子哲思。「疏林積涼風，虛岫結凝霄。湛露灑庭林，密葉辭榮條」，寫山林涼意、霜露滿庭、木葉脫落，為「湛然古懷心」作空間的鋪陳，因此減卻時間的衝擊，精神朝向無限，解消時間的有限帶來的悲涼。於「淡乎寡味」、「平典似道德論」的玄言詩中，孫綽〈秋日〉因自然景物而有較多的清新趣味，而其所發仍以莊子玄思為目的。

　　然山水景物的引發賞愛，實有其自身的客觀條件，《世說新語·言語》載：

> 王子敬云，從山陰道上行，山川自相映發，使人應接不暇。若秋冬之際，尤難為懷。〔註10〕

---

〔註 8〕王力堅：《魏晉詩歌的審美觀照》（臺北：文津出版社，2000.1），頁 62。

〔註 9〕丁仲祜編纂：《全漢三國晉南北朝詩·全晉詩》，冊一，卷五，頁 577。

〔註10〕〔南朝宋〕劉義慶著、〔南朝梁〕劉孝標注、余嘉錫箋疏：《世說新語箋疏》，頁 145。

「山川自相映發」即是自然景物引發賞愛的客觀條件。山水自己使然
的相互輝映，引發主體當下「應接不暇」，這不只是感官上的琳琅滿
目，因為「若秋冬之際，尤難為懷」，是秋冬之際的特難，顯見在非秋
冬之際「已難為懷」，是說自然景物所引發的情意無法抑止。而這一
切都發生在「從山陰道上行」，「行」是「出行」、「出遊」，身體的移動
才能感受山川景物的自相映發。這是晉室偏安江南後，士人的普遍舉
動，且往往是集體的行動，〈言語〉篇又云：「過江諸人，每至美日，
輒相邀新亭，藉卉飲宴。」〔註11〕對自然山水的賞玩成為士人生活的
重要內容，永和九年的蘭亭之會所留下的即興詩歌是一項代表性的紀
錄，謝安的「朴與欣佳節，率爾同褰裳。薄雲羅景物，微風翼輕航。
醇醪陶丹府，兀若遊羲唐。萬殊混一理，安復覺彭殤」，孫綽的「地主
觀山水，仰尋幽人踪。回沼激中逵，疎竹間脩桐。回流轉輕觴，冷風
飄落松。時禽吟長澗，萬籟吹連峰」，王徽之的「散懷山水，蕭然忘
羈。秀薄粲穎，疏松籠崖。游羽扇霄，鱗躍清池。歸目寄歡，心冥二
奇」，曹茂之的「時來誰不懷，寄散山林間。尚想方外賓，迢迢有餘
閒」〔註12〕……，莫不抒寫對自然山水的賞玩及其觸動。就中王羲之
所詠〈蘭亭詩〉之三尤其精彩：

> ……仰視碧天際，俯瞰淥水濱。寥閴無涯觀，寓目理自陳。
>
> 大矣造化工，萬殊莫不均。群籟雖參差，適我無非親。〔註13〕

山水之遊所引發的觸動是「寓目理自陳」、「適我無非親」，自然景物時
刻帶給的是親和的感受與理的顯呈。楊儒賓以為，〈蘭亭詩〉所描述的
是「詩玄雙修」的文人情懷。〔註14〕王羲之更為此次「蘭亭詩集」作

〔註11〕〔南朝宋〕劉義慶著、〔南朝梁〕劉孝標注、余嘉錫箋疏：《世說新語
　　　　箋疏》，頁92。
〔註12〕〔清〕丁仲祜編纂：《全漢三國晉南北朝詩·全晉詩》，冊一，卷五，
　　　　以上分別見於頁581、583、579、582。
〔註13〕〔清〕丁仲祜編纂：《全漢三國晉南北朝詩·全晉詩》，冊一，卷五，
　　　　頁571。
〔註14〕楊儒賓〈「山水」是怎麼發現的——「玄化山水」析論〉（《臺大中文學
　　　　報》第三十期，頁209～254，2009.6），頁250。

序，所謂「遊目騁懷，足以極視聽之娛，信可樂也」，隨即又「向之所欣，俯仰之間，已為陳跡，猶不能不以之興懷」，〔註15〕頗能代表東晉士人臨對自然山水所引發的種種即興情思。

而謝靈運尤具冒險精神，頻頻獨往山林，顏教授稱此時「人與自然關係」是一種「遊觀模態」，而以謝靈運之作的範型性文本所開顯。〔註16〕

謝靈運詩歌寫「遊」多，涵義也多樣，實在層的「遊」有遊目、出遊、遊宦，「出遊」有喜有孤獨；心理層的「遠遊」逍遙多為期盼，另有漂泊不定的心理。施又文《謝靈運山水旅遊詩及其開創性研究》列舉甚多，〔註17〕但只總括地說：「靈運落實了『乘物以遊心』，完善自己的生命價值」，〔註18〕使詩人獲得精神自由。實則表達這境界的「遊」不多，且只為期盼，應如顏教授所稱，是一種「遊觀模態」，感官當下的滿足。

李玲珠探究魏晉自然思潮，將「自然景物的審美意識」依其形成過程與實際，分為「走向自然風潮」、「自然景物的賞愛」兩部分論述。〔註19〕認為，感受山水之樂，應是人類本能，但完成美學式遊覽，自然山水成為被賞愛的對象，「無目的觀賞，才是美學的起點」，只有到了魏晉以後，自然才成為人們觀照、欣賞的對象，自然景物的美才被提昇為具有美學意義的價值。〔註20〕她稱這種「無目的觀賞」為「樂賞」，自然山水展現在文字上，便是一種「遊賞之樂」，其作用是「能撫平心靈的創傷，安頓生命；和《詩經》在勞動過程中發現的自然，《楚辭》中現實的投射與幻想的自然，儒家比德的自然，道家境界的自然，漢賦

---

〔註15〕〔清〕嚴可均輯：《全上古三代秦漢三國六朝文・全晉文・三月三日蘭亭詩序》（北京：中華書局，1999.6），冊二，卷二十六，頁1609。

〔註16〕顏崑陽〈從應感、喻志、緣情、玄思、遊觀到興會——論中國古典詩歌所開顯「人與自然關係」的歷程及其模態〉，收在《詩比興系論》，頁84。

〔註17〕施又文：《謝靈運山水旅遊詩及其開創性研究》，頁201～202。

〔註18〕施又文：《謝靈運山水旅遊詩及其開創性研究》，頁202。

〔註19〕李玲珠：《魏晉新文化運動——自然思潮》，頁337。

〔註20〕李玲珠：《魏晉新文化運動——自然思潮》，頁337。

勸諭意味的自然都不相同。」〔註21〕這種無目的「樂賞」是使自然景物能達「心中目中與相融浹」〔註22〕的關鍵，甚至改變了玄言詩的「以玄對山水」。王船山稱此交融所得之理為「思理」（詳見下一小節），有別於「以玄對山水」的「玄理」。嵇康〈贈兄秀才入軍〉其十四云：「俯仰自得，遊心太玄。嘉彼釣叟，得魚忘筌。」〔註23〕玄學家是帶「筌」以捕「魚」，因此「得魚忘筌」；山水詩人則以身體物，魏晉自然思潮悄悄地轉變了方向。

　　這樣的方向轉變，正是魏晉時期美的自覺，自然景物成為具獨立意義的客體，為主體所觀照、吸納，與玄理融合成新的自然觀，而成為魏晉新文化運動。這是魏晉玄學對客體的充分思索，主、客合一的主流思維也開出更豐富的面貌。「莊老告退，而山水方滋」，莊老思想潛藏思想底層，成為山水背後的深層意識，山水的刻劃浮出檯面，妍美多麗。山水詩的開展與創新，必得經過這樣的自覺歷程，其關鍵便在主體心、目與客體景物的主、客交融。

## 三、「思理」意涵

　　晚明王船山《薑齋詩話》曰：

> 謝靈運一意回旋往復，以盡思理，吟之使人卞躁之意消。〈小宛〉抑不僅此，情相若，理尤居勝也。王敬美謂「詩有妙悟，非關理也」，非理亦將何悟？〔註24〕

「一意回旋往復」為詩意之展開，「思理」為詩意的主軸，其效用是「吟之使人卞躁之意消」，若詩有妙悟，乃為「思理」之故。顯然王船山對謝靈運詩中的「思理」是大加讚賞的，且認為是詩意的重要成分，認為謝詩之意主要在「思理」的推展與獲致，這「思理」將使讀者心靈沉澱，得到安頓。「思理」是什麼？《文心雕龍·神思》有：「思理為妙，

---

〔註21〕　李玲珠：《魏晉新文化運動──自然思潮》，頁338～339。
〔註22〕　〔明〕王夫之著、戴鴻森箋注：《薑齋詩話箋注》，頁50～51。
〔註23〕　丁仲祜編纂：《全漢三國晉南北朝詩·全三國詩》，冊一，卷四，頁287。
〔註24〕　〔明〕王夫之著、戴鴻森箋注：《薑齋詩話箋注》，頁31。

神與物遊」，〔註25〕周振甫將它譯為「構思」，鄭毓瑜〈知音與神思〉將它等同於「風格」，〔註26〕不論「構思」或「風格」，顯然都不適切此處。以下嘗試從《說文解字》探究「思理」意涵。

「思」，《說文解字》：「容也。从心，从囟。」段注：「或以伏生《尚書》思心曰容說之，今正，兒曰恭，言曰從，視曰明，聽曰聰，思心曰容，謂五者之德。……谷部曰，容者，深通川也，引容畎澮岠川，引申之凡深通皆曰容。……謂之思者，以其能深通也。」又云：「自囟至心，如絲相貫不絕也。」〔註27〕

「理」，《說文解字》：「理，治玉也。」〔註28〕段注：「《戰國策》，鄭人謂玉之未理者為璞，是理為剖析也。」「理」的本義是對玉的整治雕琢，引申為修理、清理、整理、料理等。何以要以「玉」為造字對象？段注：「玉雖至堅，而治之得其鰓理，以成器不難，謂之理。」《說文解字》：「鰓，角中骨也。」段注：「骨當作肉。……則謂角之中、角之本當中有肉之處。外有文理可觀。……鰓理自外可以知中。引伸謂凡物之文理也。」〔註29〕只要「得其理」而「治」，連玉如此堅硬之物，都可雕琢成器而上手。因此凡「物」都有其「理」得以處理、面對，這「理」必隨「物」而有，也就是說，凡「物」必有其「理」，「理」是萬物必然之理，從外顯可以推知內在之理。天是生養萬物的，這萬物的「理」也必然源自天，天賦予萬物特性，然後顯現天理。天理無形，形在萬物中。梳理萬物天性，就見條理，就見「天理」。「物」的變化成為「事」，「事」的發生不離「物」，《周易內傳‧繫辭下》第六章：「有形有象而成乎事者，則可名為『物』。」〔註30〕「理」成為一切事物的必然，順此條理則能如玉治之而得，「理」，是條理、脈絡，是事物得治的必然歷程。

---

〔註25〕〔南朝梁〕劉勰著、周振甫：《文心雕龍注釋》，頁515。
〔註26〕鄭毓瑜：《六朝情境美學綜論》，頁40。
〔註27〕《說文解字注》，頁506。
〔註28〕《說文解字注》，頁16。
〔註29〕《說文解字注》，頁187。
〔註30〕《船山全書‧第一冊‧周易內傳》，頁599。

　　「思理」，如絲相貫不絕的深通之理，自囟至心。囟，《說文解字》：「頭會腦蓋也」〔註31〕，「自囟至心」，自頭頂至心，涵蓋五官至心，居主體一身主導之重要部分，甚至代表主體身、心、靈。「思理」並不空想，以身體所到、五官所感至心深通之理，且如絲相貫不絕。五官有感又以耳目為最，耳目與物相接不絕，其感亦相接不絕，終能深通之。「以盡思理」，指康樂詩「一意回旋往復」，就是要在身體所到之處，極盡耳目與物相接不絕，感而遂深通之理，「深通之理」朝向「美好」，因此船山謂「吟之使人卞躁之意消」，「非理亦將何悟」。「耳目與物相接」、「感」、「深通之」、「朝向美好」為「思理」之要素。

　　「耳目與物相接」至「深通之」、「朝向美好」，以「感」為中介，且「自外可以知中」，這是「思理」所經的必然歷程，謝詩能盡「思理」，必然歷經以上過程。王船山評〈登上戍石鼓山詩〉云：「言情則於往來動止、縹渺有無之中，得靈䰟而執之有象；取景則於擊目驚心、絲分縷合之際，貌固有而言之不欺。而且情不虛情，情皆可景；景非滯景，景總含情」，〔註32〕「景」與「情」對舉，耳目與「景」相接而「感」，產生的便是「情」。「景」為「情」之「象」，為詩人所執，且為「貌固有而言之不欺」的眼前實景，因眼前實景而感應其情，此情「深通之」則能「朝向美好」。「深」，達於至極，「通」，開通，情感達於至極，則有開通之可能，一旦開通，則「朝向美好」。其中過程，不可忽略的是所「感」之「情」，也就是因眼前實景而有的真情流露，「思理」從中翻出頓悟。

　　因此，「思理」並不同於「玄理」，「莊老告退，山水方滋」，以「莊老」為重是「玄理」，以「山水」為重是「思理」，「莊老」相應於「山水」的體悟，兩者重疊性高，密不可分，「玄理」、「思理」亦然，其差別在強調的不同。魏晉「玄理」是有意地從自然景物中尋求感悟，謝靈

〔註31〕　《說文解字注》，頁505。
〔註32〕　〔明〕王夫之著：《古詩評選》，錄自《船山全書》（長沙：岳麓書社，2011.1），頁736。

運山水詩則是「猝然與景相遇」的無預期。船山又云：

> 「池塘生春草」、「胡蝶飛南園」、「明月照積雪」，皆心中目中
> 與相融浹，一出語時，即得珠圓玉潤，要亦各視其所懷來而
> 與景相迎者也。〔註33〕

「心中目中與相融浹」，說明山水詩創作中的關鍵是「心」、「目」相即，是「所視」、「所懷」的與「景」相迎，也正是「自囟至心」對自然景物的由感而悟，深通之則能朝向美好。楊儒賓稱此種由「情」轉化而為一種更靈敏的心靈能力為「新自然觀」，是道與自然的結合，是自〈蘭亭詩〉以來的巨大影響。〔註34〕

　　就詩意的開展而言，便是詩歌的章法，也正是主、客體的交融。以下續探。

## 第二節　謝靈運山水詩「思理」運轉過程

　　「思理」是主體對自然景物「自囟至心」的「心目相即」結果，自然景物是山水詩的關鍵，也是情感與「思理」的依據，居章法中的重要位置。探究謝靈運山水詩「思理」運轉過程，也就是「章法」，便應該著重其「景語」與「意」的連結；「意」必有「抒情」，或翻轉而「悟理」。也就是說，自然景物在謝靈運山水詩章法中，應扮演一個「中介」的角色，感「物」而有情、理。「情理」是主體之意，自然景物是為引發「情理」的依憑，茲借用譬喻修辭的成分「喻體」、「喻依」，〔註35〕將自然景物所引發的「情理」稱為「思體」，此引發「情理」的自然景物稱為「思依」。林文月所歸納「敘事→寫景→抒情→說理」的章法結構，大致統整了謝靈運詩的「思理」運轉過程，然細究之下，仍可發現其章法變化之多樣，主體與客體的交融過程，乃是「一章有一章之法」的活法。以下以「思依」為中介，從不同的歷程，分為六類探討

---

〔註33〕〔明〕王夫之著、戴鴻森箋注：《薑齋詩話箋注》，頁50～51。
〔註34〕楊儒賓〈「山水」是怎麼發現的——「玄化山水」析論〉，頁225。
〔註35〕沈謙：《修辭學》（臺北：國立空中大學，2000.7），頁5。

謝靈運山水詩「思理」運轉過程。

# 一、由「敘事」起首，因「思依」而以「抒情」為「思體」結尾

此類型以敘事起首，或述過往，或述出遊動機，而以自然景物引起情意。如：

〈初往新安至桐廬口〉（敘事→抒情→寫景→抒情）：

絺綌雖淒其，授衣尚未至。感節良已深，懷古徒役思。不有千里棹，孰申百代意。遠協尚子心，遠得許生思（計）。既及冷（泠）風善，又即秋水駛。江山共開曠，雲日相照媚。景夕群物清，對玩咸可喜。

「江山共開曠，雲日相照媚」為「思依」，眼前開出一片有如《莊子·逍遙遊》的境界，「共開曠」、「相照媚」，既開闊，且相親，由眼前景物的「清」，轉為主體內心的「喜」。

「懷古遠遊」而感「清喜」為此詩意旨，亦為「思體」，或亦因物起興。新安至桐廬口，富春江流經嚴子陵釣臺，東漢光武帝屢次徵召嚴光，嚴光不受，退隱於此。其次，如吳均〈與宋元思書〉所說：「自富陽至桐廬，一百許里，奇山異水，天下獨絕」，山川的秀麗，興起詩人的嚮往。凡此種種，反照自身處境，從京城外放，正可滿足如此嚮往與欽慕。於是放下過去，想望未來，尋索古人典範，黃節注引方植之語曰：「懷古即指向子、許生也」〔註36〕，東漢向長，隱居不仕、遠遊名山；東晉許詢澹於仕宦、棲心山水，都是典範。「不有千里棹，孰申百代意」，為前文收束，也開啟後文，緊扣題目「初往新安至桐廬口」，出發尋找古人遠遊意之志昭然而堅定。藉《莊子》「泠風善」、「秋水駛」表達逍遙之情，「江山共開曠，雲日相照媚。景夕群物清，對玩咸可喜」，寫清麗之景、抒喜悅之情，總括「懷古」而付諸行動之感受。

詩分三節。一至四句，「感節」而「懷古」，「絺綌雖淒其，授衣尚

---

〔註36〕黃節：《謝康樂詩註》，頁158。

未至」交代時序未到九月深秋，但氣候已轉寒涼，「感節」在「含情易為盈，遇物難可歇」的詩人是容易發生的悲涼時間感，況且在榮悴無常益加明顯的六朝。「感節」起於季節、時序，終於一己生命、士人命運的關懷，因此「懷古」為出路。然而，「感節良已深，懷古徒役思」，「感節」進入深層，「懷古」難以解憂。五、六句指出乘船遠遊之必要，「不有千里棹，孰申百代意」，追隨古人腳步，連結士隱傳統，「百代意」呼應所懷之「古」，士人仕進之外的一條道路——退隱江湖。此次出遊，或經過，或刻意來訪，心境已遙接古人，七、八句指出尚長、許詢以為典範自勉，他們都是喜好玄學的隱逸者，《莊子》的逍遙遊境界同時浮現。九、十句「既及冷（泠）風善，又即秋水駃」，秋水上漲方便行船為季節之實，御風而行的美好為想像之筆，交疊出遠遊的快感。末四句具體寫景然後抒情，「江山共開曠，雲日相照媚。景夕群物清，對玩咸可喜」，江、山、雲、日，共同譜成美麗、開闊的遠遊氛圍，夕照下的自然景物清麗，賞對唯有一字以報——喜，這同時也是對遠遊的心情總括，「百代意」得以申述。「清」是一種「無物役」的自身感受，於自然美景當前，特別能領略，為康樂賞對自然景物常有。

　　陸時雍評康樂此詩曰：「一起四語，清映絕倫，體物之佳，能使景色現前，身嘗其趣。」〔註37〕肯定其寫物之具體可感，如現眼前，且若親嘗其趣味。王船山評曰：「亦閒曠，亦清宛。秋月空山、夕陽烟水中，吟此蕭然，豈不較「結廬在人境」為尤使人恬適？」〔註38〕以「讀者」立場表達閱讀後的感覺，「秋月空山」，唐代李中〈聽鄭羽人彈琴〉：「秋月空山寂，淳風一夜生。」〔註39〕在此是一片寂靜遼闊，具象化琴聲的幽遠，聞之則「淳風」油然而生。「淳」，純粹溫厚，「秋月空山」的「寂」是寧靜。蕭馳先生認為「孤峰頂，秋月明」是皎然詩歌常見的

〔註37〕陸時雍：《古詩鏡》，卷十二，冊二，頁11。
〔註38〕〔明〕王夫之：《古詩評選》，錄自《船山全書》，冊十四，頁743。
〔註39〕清聖祖御製：《全唐詩》（臺北：宏業書局，1977），卷七四七，冊十一，頁8509。

「禪中境」，即以詩境表達法悅之心，謂：「其『取境』皆為秋冬之夜寒光淨澈、清迥寥廓的長空，覆蓋著眾芳搖落、榮華褪盡的山河，正是脫卻染業，冀求不再，通體灑落心之映現。」〔註40〕「秋月空山」即指寧靜、寥廓、灑落之境。「夕陽烟水」，「烟水」，或作「煙水」，霧靄迷濛的水面，有遙遠遼闊之義，在夕陽下，形成迷濛遼闊的美景。船山以為康樂此詩能將讀者帶入一片寬闊、閒遠的心境，「使人恬適」，特別表現在詩末尾所展露的欣喜：「江山共開曠，雲日相照媚。景夕群物清，對玩咸可喜」，前聯物、我已然相融，江山共同開出一片「閒曠」境界，加以雲日的嫵媚相映照，是整體「思依」的畫境。詩人以目為觀，不去擾動自然景物的多彩，在薄昏微帶模糊的視線下，詩人與物相對，升起「可喜」情意，一股安適意油然而生，「思體」朗現。

〈石室山〉（敘事→寫景→敘事→抒情）：

> 清旦索幽異，放舟越坰郊。苺苺蘭渚急，藐藐苔嶺高。石室冠林陬，飛泉發山椒。虛泛徑千載，崢嶸非一朝。鄉村絕聞見，樵蘇限風霄。微戎無遠覽，總笄羨升喬。靈域久韜隱，如與心賞交。合歡不容言，摘芳弄寒條。

「苺苺蘭渚急，藐藐苔嶺高。石室冠林陬，飛泉發山椒」為「思依」，「急」與「高」見石室山周遭環境的幽靜隱祕，正可襯托「石室冠林陬」，再以「飛泉發山椒」的壯觀凸顯石室山的壯麗。「靈域久韜隱，如與心賞交。合歡不容言，摘芳弄寒條」為此程感受，欲「索幽異」，而終得長久韜隱的「靈域」，詩人如對「賞心」，以「摘芳弄寒條」具象化物我的「合歡」。

此詩作於景平元年（公元四二三年）春，「索幽異」為此行動機，是詩人刻意的尋幽訪異。全詩塑造石室山神靈形象，反射內心對遠離塵俗的嚮往，「合歡不容言」表達其心情，為「思體」所在。起首敘事，「清旦索幽異，放舟越坰郊」，「清旦」，出發時間；「索幽異」，此次出

---

〔註40〕蕭馳：《佛法與詩境》（臺北：聯經出版社，2012.7），頁169。

遊目的；「放舟」，交通工具，顯現有一段路程；「越坰郊」，交代地點，須越過城外、郊野，顯見其遠，已近「幽異」一步。三、四句「苺苺蘭渚急，藐藐苔嶺高」，先從外圍寫起，蘭渚的急，苔嶺的高，見其險峻陡峭。五至八句正式進入主題寫石室山，「石室冠林阯，飛泉發山椒」，寫其空間感，整體為此處山林之冠，飛泉自山頂噴瀉，具體呈現其山勢；「虛泛徑千載，崢嶸非一朝」，寫其時間感，以其積累的歷史性，增添神秘、幽遠。九、十句從人事上再添神秘，「絕聞見」增其奇異，引人好奇；即使日處山中的樵蘇都因風霄受阻，難窺其貌。十一、十二句回到主體天性愛好，「微戎無遠覽，總轡羨升喬」，羨慕王子喬升仙生活是少年便有的天性，「性」是內在恆常靜態的存有，一旦觸物便成「情」，「情」是「性」為物所感的動態發用狀態，〔註41〕石室山的神秘幽遠、少人聞見，符合詩人「羨升喬」的天性愛好，因此成為「索幽異」目標。末四句是觸物而動的結果，「如與心賞交」、「合歡不容言」，合歡，共同歡樂，李白有「相看兩不厭」，辛棄疾有「我見青山多嫵媚，料青山見我應如是」，歡樂是內心的歡喜，如同面對知心好友。「不容言」，難以言語表出，詩人以具體形象「摘芳弄寒條」呈顯，有「江上數峰青」、「漁歌入浦深」的象徵手法，自然而幽深。摘下馨香盈袖的花朵，撥弄猶帶寒意的嫩枝，都是生命美好姿態的呈現，歲月靜穆，如同升仙。王船山評曰：「鳥道雲踪，了然在人心目之間，而要不可為期待。」〔註42〕「鳥道雲踪」正是這種遠離塵寰的仙境，這是創作心理層，是「索幽異」而得「靈域」的「思體」所在。鳥的高飛，雲的悠遊，是一種超脫凡俗、適合韜隱的「靈域」，然在詩中卻「了然在人心目之間」，眼前可見，寸心可感，瞭然清晰，強調心靈境界不離客觀實景，感物生心，可得「了然」。「鳥道雲踪」亦是實在層，指向主體心意所注；又是語言層，表達作品所呈現的境界，即使「鳥道雲踪」般的飄渺，亦是心目相即結果，自然景物中的主體清楚呈現，主體對自然景物的把捉，是謝靈

---

〔註41〕 顏崑陽：《李商隱詩箋釋方法論》（臺北：里仁書局，2011.9），頁44。
〔註42〕 〔明〕王夫之：《古詩評選》，錄自《船山全書》，冊十四，頁736。

運山水詩的特色，也是六朝山水詩有別於後來唐代的「興象」特色（將於下一節繼續討論）。

　　此類作品尚有〈永初三年七月十六日之郡初發都〉、〈鄰里相送方山〉、〈過始寧墅〉、〈晚出西射堂〉、〈東山望海〉、〈讀書齋〉、〈舟向仙巖尋三皇井仙跡〉、〈行田登海口盤嶼山〉、〈於南山往北山經湖中瞻眺〉、〈從遊京口北固應詔〉、〈入東道路〉、〈登石門最高頂〉、〈發歸瀨三瀑布望兩溪〉、〈石門岩上宿〉、〈登廬山絕頂望諸嶠〉、〈初發入南城〉。

## 二、由「敘事」起首，因「思依」而以「悟理」為「思體」結尾

　　此類型亦以敘事起首，結尾因自然景物而悟理。如：〈遊赤石進帆海〉（敘事→寫景→抒情→悟理）：

> 首夏猶清和，芳草亦未歇。水宿淹晨暮，陰霞屢興沒。周覽
> 倦瀛壖，況乃陵窮髮。川后時安流，天吳靜不發。揚帆采石
> 華，挂席拾海月。溟漲無端倪，虛舟有超越。仲連輕齊組，
> 子牟眷魏闕。矜名道不足，適己物可忽。請附任公言，終然
> 謝天伐。

「川后時安流，天吳靜不發」為「思依」，寫水面風靜浪平，水流安靜緩動。此前多為敘事句，然事中有景，「首夏猶清和，芳草亦未歇」，寫初夏的仍花草繁盛、清爽宜人；「水宿淹晨暮，陰霞屢興沒」，寫晝夜久留船中，看盡陰沉雲霞的時聚時散；「溟漲無端倪，虛舟有超越」，寫帆海的廣闊無邊際，輕舟自在航行。一連串的敘事、寫景，倦覽而思超越，且終得超越，「揚帆」、「挂席」，節奏輕快，詩人因此頓悟「適己物可忽」。

　　「矜名道不足，適己物可忽」為康樂此刻體會，是「思體」所在，詩亦以此為意旨。「適己」近道，不必然須以功名為條件，康樂在此奉行《莊子》哲學，以足道全身為人生止境。魯仲連隱身海上是典範，海雖廣闊，卻可輕舟超越，時間久、空間廣、人已倦，卻因氣候清爽、古

人召喚，遊興不減，更何況水流悠緩，宜於輕舟劃越。全詩幾乎敘事中寫景。起首交代自然節候與環境，「首夏猶清和，芳草亦未歇」，雖已入夏，猶然清爽，這是身體觸感，「和」，宜人，已見詩人心情。芳草猶然繁茂，這是視覺所見，春景未歇，「宜人」增分。三、四句敘事、寫景，「水宿淹晨暮，陰霞屢興沒」，長時間在船上，看慣陰雲屢起屢伏，又「周覽倦瀛壖」，遍遊海岸，「倦」是必然。然，一句「況乃陵窮髮」，古人遠遊的召喚生發再遊渴望，「川后時安流，天吳靜不發。揚帆采石華，挂席拾海月」，敘寫種種再遊的愉快，風靜浪平，水流無波，還有石華、海月等貝類可供採拾。「溟漲無端倪，虛舟有超越」，帆海雖無邊際，船行輕快卻可超越。「輕」是舟，也是心情，心情是取景的視角，此一再遊連結人事，連結生命。十三、四句，魯仲連的愛國、淡泊情操與魏公子牟的身在江湖、心戀功名，形成真假隱居的對比。康樂提出「適己」總結：「矜名道不足，適己物可忽」，公子牟雖身在江湖，卻心戀功名，於「道」的逍遙遊終有欠缺，使自己適意，就可遠離功名的掛念。「適己」，心無罣礙，輕快悠遊，此刻遊赤石、進帆海正有如此的愜意，「道」已足。結語「請附任公言，終然謝天伐」，儒家孔子的知其不可而為之，猶如直木，難逃先伐命運，以《莊子》全身避禍哲理自勉。

　　王船山評曰：「心不為溟涬所搖，幽情自適，方解操管長吟。」〔註43〕「溟涬」，漢張衡〈靈憲〉：「太素之前，幽清玄靜，寂寞冥默，不可為象。厥中惟虛，厥外惟無，如是者永久焉，斯謂溟涬（嚴可均謂「涬當作涬」）」，〔註44〕「溟涬」指自然之氣混混沌沌的樣子，借指宇宙自然之氣，下貫於人或謂之天命，唐皮日休〈反招魂〉云：「承溟涬之命兮，付余才而輔君」，〔註45〕指知識分子承受天命，忠君報國。「溟涬」又指水勢無邊際貌，《淮南子‧本經訓》：「舜之時，共工振滔

〔註43〕〔明〕王夫之：《古詩評選》，錄自《船山全書》，冊十四，頁734。

〔註44〕〔清〕嚴可均輯：《全上古三代秦漢三國六朝文‧全後漢文》，冊一，卷五十五，頁776。

〔註45〕清聖祖御製：《全唐詩》（臺北：宏業書局，1977），卷六百一十五，下冊，頁7101。

洪水，以薄空桑。龍門未開，呂梁未發，江淮遍流，四海溟涬。民皆上
邱陵，赴樹木。」高誘注：「四海溟涬，無岸畔也。」〔註46〕「溟涬」又
指不著邊際，漢桓寬《鹽鐵論‧國病》：「文學守死溟涬之語，而終
不移。」〔註47〕因此「溟涬」之義，一為混茫無邊，指大海；一為天命，
指功名；一為不著邊際之語。此處明指大海，暗指功名，再指康樂此
詩語言表現。「心不為溟涬所搖」，而能「幽情自適」，「幽情」應含「溟
涬」三義。「幽情自適」承康樂所謂「適己物可忽」而來。劉若愚於《中
國詩學》「中國人的一些概念與思想感覺的方式」中，曾舉「閒適」一
詞，謂可歸納二義：清閒和諧、無聊慵懶，船山此處的「幽情自適」屬
前者，劉氏云：

> 它並不帶有貶義，而且不單是指清閒無事，而且可以指脫離
> 世俗的憂慮和欲念，本身心平氣和或者與自然和諧相安的一
> 種心境。也許 "being in peace" 是個較適當的翻譯。〔註48〕

劉氏說這樣的「閒」是王維詩的關鍵字，王維將它提昇到哲學和審美觀
照的程度，而與身邊的景物相一致，船山之意近此。船山謂康樂此詩，
有「幽情」，卻能自適，乃因其「心不為溟涬所搖」，「幽情」涵蓋「溟
涬」三義，本以能動搖人心，康樂卻能在閒適心境中微婉表出，深藏的
情意安著於物，化作語言，「物」雖小卻能見大。康樂詩循遊蹤而記錄，
更是逐步累積情意，直到「心」滿「意」足。

　　〈石門新營所住四面高山，迴溪石瀨，修竹茂林〉（敘事→寫景→
抒情→敘事中寫景→理中有情）：

> 躋險築幽居，披雲臥石門。苔滑誰能步，葛弱豈可捫。嫋嫋

---

〔註46〕〔漢〕劉安著、何寧集釋：《淮南子集釋‧本經訓》，收錄於《新編諸
　　　　子集成》（北京：中華書局，1998.10），卷八，中冊，頁578。
〔註47〕〔漢〕桓寬著、王先謙校：《鹽鐵論》，收在嚴一萍輯選：《百部叢書集
　　　　成‧岱南閣叢書》（臺北：藝文印書館，1967），卷五，頁16。「病」
　　　　或作「疾」。
〔註48〕劉若愚原著、杜國清中譯：《中國詩學》（臺北：幼詩文化事業，1985.6），
　　　　頁85～87。

秋風過，萋萋春草繁。美人遊不還，佳期何由敦？芳塵凝瑤席，清醑滿金樽。洞庭空波瀾，桂枝徒攀翻。結念屬霄漢，孤景莫與諼。俯濯石下潭，仰看條上猿。早聞夕飆急，晚見朝日暾。崖傾光難留，林深響易奔。感往慮有復，理來情無存。庶持乘日車〔用〕，得以慰營魂。匪為眾人說，冀與智者論。

「躋險築幽居，披雲臥石門。苔滑誰能步，葛弱豈可捫。嫋嫋秋風過，萋萋春草繁。」敘事中有景，「披雲」、「苔滑」呼應「躋險築幽居」，再以「葛弱豈可捫」具象化襯托整體環境。所引觸的是《楚辭》屈原〈湘夫人〉與淮南小山〈招隱士〉的「嫋嫋秋風過，萋萋春草繁」，此聯並非眼前景，而是情意轉向對知音的期盼。「思依」為「俯濯石下潭，仰看條上猿。早聞夕飆急，晚見朝日暾。崖傾光難留，林深響易奔」，孤影獨處，難以忘憂，再以寫景解消，自然景物在俯仰、朝夕、聲光的對列，繁複變化，耳目不暇，此美感引觸詩人斷絕現實功名之想，悟理而忘情。

　　詩意在「庶持乘日車〔用〕，得以慰營魂」的體會與期望，亦是「思體」所在。觀詩中所述獨處生活，沉浸山林，乃至晨昏錯置，真正遨遊其中，得其妙理而無雜念。起首以六句敘事、寫景，交代題意，「躋險築幽居，披雲臥石門」寫整體環境，「躋險」、「披雲」顯示四周高山，亦顯其居之「幽」，緊扣題目「石門新營所住四面高山」。「苔滑誰能步，葛弱豈可捫」，特寫局部，「苔滑」，濕氣重，扣住「迴溪石瀨」，「葛弱豈可捫」，更顯行步不易，「葛弱」喻含山林生機，延續繁茂幽深。「嫋嫋秋風過，萋萋春草繁」，表面是將視角轉移至山林間，嫋嫋秋風吹過修竹、茂林，地面春草滋長，一片綠意，扣住題目「修竹茂林」，實則化用《楚辭》典故，連結屈原心情與「招隱」之思。七至十四句敘事、抒情，「美人遊不還，佳期何由敦？芳塵凝瑤席，清醑滿金樽。洞庭空波瀾，桂枝徒攀翻。結念屬霄漢，孤景莫與諼」，康樂常以美景希冀賞心同遊，此處亦然，無非想要表達一種孤獨之情，情愈悶，後文「思

依」以悟理愈能凸顯。此處康樂不惜以美文麗藻，如：「芳塵」、「瑤席」、「清醑」、「金樽」，表達對知友的期盼。「洞庭空波瀾，桂枝徒攀翻」，一虛一實寫其落空，攀拉桂枝以遠望企盼，形象鮮明。「結念屬霄漢，孤景莫與諼」，承接上文總結對知友的思念，開起下文的孤影獨遊。以下六句寫景，全承起首的「躋險」、「披雲」，「俯濯石下潭，仰看條上猿。早聞夕飆急，晚見朝日暾。崖傾光難留，林深響易奔」，「石下潭」、「條上猿」、「光難留」、「響易奔」，都見山崖的傾側與山林的深密，乃至晨昏誤判，景象具體，捕捉細膩。大自然處處是理機，以悟理收結，「感往慮有復，理來情無存。庶持乘日車〔用〕，得以慰營魂。匪為眾人說，冀與智者論」，以「乘日用」承接上文的寫景，並歸結所悟之理，「慰營魂」，安慰自己的心靈，石門新營既是安頓生活，亦是安頓心靈，逍遙遨遊的境界正是為身心得以安頓。獨遊下對山林宇宙的深刻體會，既消除孤獨、思念友人、回復做官的雜念，此深刻體會只能與智者談論，「匪為眾人說，冀與智者論」的結語，實包含詩人的豐富感受與覺悟。

　　王船山評此詩曰：「謝每于意理方行處因利乘便，更即事而得佳勝，如「早聞夕飆急」四語是也。他人則意動專趨其意，不暇及矣。」〔註49〕章法上，康樂與他人的不同在，「他人則意動專趨其意」，取「物」以迎「心」，客觀環境只為情意的注解；謝則「每于意理方行處因利乘便」，意理於心中感應時，始終處於動態變化，因乘外物之便，融於意而得利。於客觀環境，只要不在「意」上，他人是「不暇及矣」，康樂則「更即事而得佳勝」。「即事」，「事」由「物」而起，「即事」，「即物」，以山水詩而言，主要為景，「心目」與「物」相即。「意理」，「意之理」，意旨之理；「意理方行」，意旨之理正醞釀而行時，是「寫景」而使方行之「意理」更得「佳勝」，「景」乃「心目相即」者，如此而使全詩意旨更為精準深厚。他人以「意」為核心，康樂則以「意」為

〔註49〕　〔明〕王夫之：《古詩評選》，錄自《船山全書》，冊十四，頁738。

加乘結果。此詩兩度寫景，表現的正是「更即事而得佳勝」。

值得注意的是，不論何種「悟理」收結，必得經過「抒情」的過程。〈遊赤石進帆海〉於「溟漲無端倪，虛舟有超越」的輕快情緒抒發中，頓悟「仲連輕齊組，子牟眷魏闕。矜名道不足，適己物可忽」的精神嚮往；〈石門新營所住四面高山，迴溪石瀨，修竹茂林〉於「美人遊不還，佳期何由敦？芳塵凝瑤席，清醑滿金樽。洞庭空波瀾，桂枝徒攀翻。結念屬霄漢，孤景莫與諼」的悵惘中，再因景而體悟「庶持乘日車〔用〕，得以慰營魂」，悟理而得抒情，「感往慮有復，理來情無存」，傷感於過往的濃烈情感與得理的小心護藏，都是因景而有的複雜心情。

此類章法尚有〈富春渚〉、〈七里瀨〉、〈登永嘉綠嶂山〉、〈遊嶺門山〉、〈過白岸亭〉、〈舟向仙巖尋三皇井仙跡〉、〈登江中孤嶼〉、〈過瞿溪山〔飯〕僧〉、〈初去郡〉、〈石壁立招提精舍〉。

## 三、由「抒情」起首，因「思依」而以「悟理」為「思體」結尾

此類型以交代心情起筆，主體或帶著現實的傷愁、矛盾，或有所了悟而帶著輕快心情出遊，因自然景物而悟理或自惕自勉。如：〈登池上樓〉（抒情→敘事→寫景→抒情→說理）：

> 潛虯媚幽姿，飛鴻響遠音。薄霄愧雲浮，棲川怍淵沉。進德智所拙，退耕力不任。徇祿反窮海，臥痾對空林。衾枕昧節候，褰開暫窺臨。傾耳聆波瀾，舉目眺嶇嶔。初景革緒風，新陽改故陰。池塘生春草，園柳變鳴禽。祁祁傷豳歌，萋萋感楚吟。索居易永久，離群難處心。持操豈獨古，無悶徵在今。

「初景革緒風，新陽改故陰。池塘生春草，園柳變鳴禽」為「思依」，此景是「衾枕昧節候，褰開暫窺臨」的結果，無意地揭開簾子，探頭望向窗外，卻在池塘春草、園柳鳴禽變換的驚喜中，突破傷感，自勉持操。「昧節候」益顯冬、春季節轉換對詩人情緒的引動。

　　全詩以自省而「愧怍」為始，終而以「持操」、「無悶」為意自勉，層層轉進而現「思體」。其間轉折關鍵為「初景革緒風，新陽改故陰。池塘生春草，園柳變鳴禽」連串的革改、生變。冬、春交替，是季節遞換，亦是年度更新，遭斥之人，既感傷為難，又得轉換心情。「歡逝」思親友，難到極處反生易，宇宙自然的生生不息，提供單純簡易生存法則。起首四句以潛虬、飛鴻的深隱、高飛，形成生命卓越意象，對比現實中的自己，唯感「愧怍」。「愧怍」之因在進退能力之不足，進，有愧鴻鳥的高飛；退，有愧潛虬的深隱。潛虬之思源自《周易》，飛鴻之想源自《莊子》，康樂詩歌的學識經營類此，故船山有所謂「琢盡」之語（評〈七里瀨〉）。而　儒一道，分屬相對的政治處境，抉擇本難；但又同時是玄學的時代潮流，身心俱在此潮流中，時刻反思為必然。五、六句歸結對自己的清楚認知──進退皆拙。因為遭貶，反思而否定自己，心靈難獲平衡，「空」的無所依，是臥病人不適的來源，時間感也變得昧拙。七、八句是轉折關鍵，「褰開暫窺臨」，改變耳目所觸空間，所感亦隨之不同。以上四句以敘事承上啟下，接續九、十句耳目所及：「傾耳聆波瀾，舉目眺嶇嶔」。十一、十二句總括望向山水之感受：「初景革緒風，新陽改故陰」，呼應原來的「衾枕昧節候」。十三、十四句特寫季節遞嬗一角，「池塘生春草，園柳變鳴禽」，草因春而生滿池塘，禽因春改變而啼鳴園柳，耳目承攬宇宙最具生機的時刻，動詞「生」、「變」含藏詩人內心對過去與未來種種的破與立。十五至十八句，「祁祁傷豳歌，萋萋感楚吟。索居易永久，離群難處心」，為作者感物所起之情，感傷至極遂生「理」而得自我寬慰，此為結語「持操豈獨古，無悶徵在今」，成就光明的「思體」。

　　方東樹評此詩謂：「康樂詩章法脈縷銜遞整比，完密如此，此正格中鋒也，視同時諸他名家皆不免鹵莽疏略，精力不能到此。」〔註50〕極力稱賞其章法之嚴密，脈絡之貫串。實則在此之前，王船山評賞此詩

─────────────────

〔註50〕〔清〕方東樹：《昭昧詹言》，卷五，頁14。

曰：「始終五轉折，融成一片，天與造之，神與運之。」〔註51〕就其章法而言，此五轉折敘事、抒情，最後引出哲思「持操豈獨古，無悶徵在今」，以理自勉。敘事：「潛虹媚幽姿，飛鴻響遠音」、「進德智所拙，退耕力不任」、「狗祿反窮海，臥痾對空林」、「衾枕昧節候，褰開暫窺臨」、「傾耳聆波瀾，舉目眺嶇嶔」、「初景革緒風，新陽改故陰。池塘生春草，園柳變鳴禽」；抒情：「薄霄愧雲浮，棲川怍淵沉」、「祁祁傷豳歌，萋萋感楚吟。索居易永久，離群難處心」。敘事語句顯然多過抒情，然不免看到心裡感物而觸動，表現在動詞，如：革、改、生、變，愧怍之心藉此而轉換，先是傷感，後來「無悶」，敘事、寫景中藏有情意。船山謂五轉折「融成一片」，此就章法而言，屬語言層，強調作詩的聚焦，以「意」為帥，輾轉鋪陳以凸顯之，章法綿密。然，此「意」並非閉門造車，先於心目而有，「天與造之」說明客觀環境對詩人創作的造就，也就是創作根源的實在層——宇宙自然。評〈登上戍石鼓山詩〉謂：「神理流於兩間，天地供其一目」，〔註52〕正是這流動於天地兩間的「神理」，提供詩人創作取材；「神理」化身為萬物萬事，詩人以其「一目」觸接。不論是《文心雕龍‧原道》所說：「心生而言立，言立而文明，自然之道也」，或鍾嶸《詩品》所說：「氣之動物，物之感人，故搖蕩性情，形諸舞詠」，其「根源」皆在自然萬物。「根源」意指某事物得以實現、存在的最高原因，亦即文學創作的「本體層」。〔註53〕「天與造之」，強調宇宙自然為康樂此詩創作根源，從結語「持操」、「無悶」做為全詩意旨，乃源於「褰開暫窺臨」的「一目」觸接，而得「傾耳聆波瀾，舉目眺嶇嶔。初景革緒風，新陽改故陰。池塘生春草，園柳變鳴禽」的自然物候變化，是實實在在親臨現場的當下感觸，亦即「思理」由眼前景心目相即的顯明例證。船山「天與造之，神與運之」之說實則回歸〈樂

---

〔註51〕〔明〕王夫之：《古詩評選》，錄自《船山全書》，冊十四，頁732。
〔註52〕〔明〕王夫之：《古詩評選》，錄自《船山全書》，冊十四，頁736。
〔註53〕顏崑陽：〈文學創作與文體規範文學歷史的經緯結構歷程關係〉，頁549。

記〉所云「感於物而動，故形於聲」，「物」為「天與造之」的客觀環境，「感」而「動」為「神與運之」的主體作為，主體此前已有其先在的心情。本詩意旨「持操」、「無悶」，乃詩人「褰開暫窺臨」的觀物結果，詩人追述先有進退兩不能的「愧怍」心情，觀物後，先是感傷，然後悟理，在在都是心神的運作。其間時、空延展，至春秋、漢代，至豳邑、楚地，乃至山川、宇宙，最後收納於主體心靈，以「持操」、「無悶」自我寬慰，大自然的生機煥發了主體心靈，金人元好問因此說：「池塘春草謝家春，萬古生新五字新」。〔註54〕

〈往松陽始發至三洲〉（抒情→敘事→寫景→抒情、悟理）：

> 拭淚悲越土，自崖歎魯侯。昔人帶千乘，鄙夫獲虛舟。清嘯
> 發城邑，泠風遊中流。熙明仲節分，悅懌陽物柔。採桑及菀
> 柳，繽紛戲鳴鳩。霢霂承朝霽，薈蔚候夕浮。和鳴尚可樂，
> 況我山澤遊。所憾抱疴念，培克養春道。

「熙明仲節分，悅懌陽物柔。採桑及菀柳，繽紛戲鳴鳩。霢霂承朝霽，薈蔚候夕浮」為「思依」，是詩人的「喜春」來由與表現。以整體興盛清明的仲春時節，萬物在陽光照耀下顯得柔和而感到欣喜，接續上聯的輕快出發：「清嘯發城邑，泠風遊中流」。「採桑及菀柳，繽紛戲鳴鳩」承「柔」而來，陽光下，桑及菀柳初長，鳴鳩歡喜戲玩，「採」，見其幼嫩，「戲」，見其可親。「霢霂承朝霽」，寫天氣變化，微雨後的清晨初晴，萬物欣喜滋長，「薈蔚」具象化形貌，「候夕浮」，擬人化萬物沐浴在仲春溫柔陽光裡。耳中聽著鳴鳩戲玩，「山澤之遊」將陸續感受萬物的欣喜滋長。此情此景，足以忘卻病痛，自勉培養自然情懷，正可作為克制疾病之道。以景物寫樂情，願以樂情去疾，使自己遒健而更作山澤遊，此自勉既為詩意，亦為「思體」所在。

起首用典，敘事中抒情，表達不必以外物為憂，「拭淚悲越王，自崖歎魯侯」，無為則百姓自能各守其分。「昔人帶千乘，鄙夫獲虛舟」，

---

〔註54〕〔金〕元好問：《遺山先生文集》，冊二，卷十一，頁156。

身外之物只求適用，虛舟得以勝過千乘。五、六句寫出發，「清嘯發城邑，泠風逾中流」，承上句「虛舟」來，「清嘯」、「泠風」皆見輕快。七、八句寫整體天候雲物，「熙明仲節分，悅懌陽物柔」，仲春時節，春陽滋潤，萬物柔和喜悅，益顯詩人愉快神情。九、十句以萬物具體呈現，「採桑及菀柳，繽紛戲鳴鳩」，一植物一動物，繁茂繽紛。十一、十二句寫一天天氣變化，「靃霖承朝霽，薈蔚候夕浮」，從晨到晚的天晴，昨晚夜裡微雨飄灑，萬物沐浴在雨後陽光的滋潤下，直到夕日升起。十三、十四句寫感受，「和鳴尚可樂，況我山澤遊」，揭示「山澤遊」的豐盛歡樂。感嘆作結，「所憾抱痾念，培克養春道」，此處不再感嘆缺少賞心人，只願培養克制疾病的強健體力。詩人在目見、手觸及身體的沉浸下，感悟春光的令人欣喜，從而頓悟積極培養之理。收結情中悟理，理中抒情。

凡此章法，以情意抒寫在前，交代出遊心情。結尾悟理，此前仍是有感於自然景物而抒發情意，或抒情的同時也悟理。〈登池上樓〉以潛虯、飛鴻兩愧的進退不得書寫情意，於「傾耳聆波瀾，舉目眺嶇嶔。初景革緒風，新陽改故陰。池塘生春草，園柳變鳴禽」的景物變換下，不免傷楚懷鄉，「索居易永久，離群難處心」的苦悶至極，翻轉出「持操豈獨古，無悶徵在今」的自我遣懷；〈往松陽始發至三洲〉則於柔悅仲春自然光景下，抒寫山澤遊的喜樂，自勉藉此培養克制疾病之道。感於自然景物所以生發的自然至情，激發詩人頓悟自我安頓之道。

## 四、由「抒情」起首，因「思依」而仍以「抒情」為「思體」結尾

此類型詩人帶著情感出發，因自然景物而情感更增。如：〈道路憶山中〉（抒情→說理→抒情→寫景→抒情）：

〈采菱〉調易急，〈江南〉歌不緩。楚人心昔絕，越客腸今斷。

斷絕雖殊念，俱為歸慮款。存鄉爾思積，憶山我憤懣。追尋

棲息時，偃臥任縱誕。得性非外求，自己為誰纂？不怨秋夕

　　長，常苦夏日短。濯流激浮湍，息陰倚密竿。懷故叵新歡，
　　含悲忘春暖。悽悽〈明月吹〉，惻惻〈廣陵散〉。殷勤訴危柱，
　　慷慨命促管。

「不怨秋夕長，常苦夏日短。濯流激浮湍，息陰倚密竿」，寫始寧隱居
生活，「濯流激浮湍，息陰倚密竿」為「思依」，一動一靜，凸顯夏日的
清涼愜意。上承「得性非外求，自已為誰纂」的莊子哲理，山居棲息，
偃臥縱誕，得以自適天性，此並非能向外求索，自足即止，並不為誰。
此番明朗心境，隨著出守臨川而消失，憤懣轉悲懷，寫景後，形成「懷
故」、「含悲」的「思體」，唯有訴諸琴曲。情意在琴笛樂音中纏繞不去。
　　元嘉三年，宋文帝誅徐羨之、傅亮等，召託病隱居故鄉始寧的康
樂至京任祕書監，尋遷侍中，然無實權，遂仍肆意遨遊。文帝下旨令自
解，又託病隱居始寧，尋免官，時元嘉五年。八年，康樂以會稽東郭回
踵湖「去郭近，水物所出，百姓惜之」，〔註55〕請求決湖為田，與會稽
太守孟顗結隙，孟顗謂其有異志，康樂申辯，文帝不究，亦不許回會
稽，而使其出守臨川。本詩寫於赴臨川郡途中，對故鄉始寧的追憶，
「歸慮」為主要情意，並連結屈原的心情，甚至古今不遇之士的共同心
聲，既「懷故」，也「含悲」。於謝靈運的被誣陷，尤難為懷，「存鄉爾
思積，憶山我憤懣」是詩人更明確的情意表達，此情意愈後愈增，終至
悽惻、慷慨。
　　起首二句以歌曲敘事，「〈采菱〉調易急，〈江南〉歌不緩」，〈采菱〉
歌，於《楚辭·招魂》中與〈涉江〉、〈揚荷〉並為楚聲，用以招魂。〈招
魂〉，《史記·屈原賈生列傳》謂其屈原所作，憂思滿懷，用以自解；王
逸《楚辭章句》謂為宋玉所作，以招屈原之魂；不論作者為何，招魂對

─────────────

〔註55〕〔南朝梁〕沈約《宋書·謝靈運傳》云：「會稽東郭有回踵湖，靈運求
　　　　決以為田，太祖令州郡履行。此湖去郭近，水物所出，百姓惜之，顗
　　　　堅執不與。靈運既不得回踵，又求始寧岯崲湖為田，顗又固執。靈運
　　　　謂顗非存利民，正慮決湖多害生命，言論毀傷之，與顗遂構讎隙。因
　　　　靈運橫恣，百姓驚擾，乃表其異志，發兵自防，露板上言」。（卷六十
　　　　七，頁860。）

象皆是屈原，康樂途中聽聞此聲，連結仕途的不順，憂思可想。〈江南〉曲，屬樂府〈相和曲〉，又名〈江南可采蓮〉，康樂父祖並葬始寧，並有故宅，遂籍會稽，自稱越客，聞〈江南可采蓮〉而興思鄉之情亦屬自然。康樂〈山居賦〉云：「卷〈敏弦〉之逸曲，感〈江南〉之哀嘆」，〔註56〕〈敏弦〉即〈采菱〉歌，所取〈采菱〉、〈江南〉，一楚聲、一越音，與屈原並排或對列，其不遇心情可知。緊接著三至八句抒情，「楚人心昔絕，越客腸今斷。斷絕雖殊念，俱為歸慮款。存鄉爾思積，憶山我憤懣」，「歸」，返回，涵蓋身體的歸鄉與心靈的安頓，後者往往是文化理想或天性的回歸期盼。「存鄉爾思積」，指屈原，明顯不只在身體的歸鄉；「憶山我憤懣」，康樂對山居的追憶往往與隱逸連結。屈原為中國古代知識分子不遇的典型，康樂與己對列而反思，「憤懣」、「腸斷」，道盡士不遇的普遍心情，下文專注寫自己，皆籠罩在此心情。九、十句又敘事，「追尋棲息時，偃臥任縱誕」，承「憶山」而來，故鄉始寧給予餘地閒情，「任縱誕」的自適棲息生活。十一、十二句「得性非外求，自己為誰纂」，自適天性即是得，只在自足，莊子之道隱然在焉。《莊子·應帝王》云：「盡其所受乎天，而无見得」，〔註57〕得性自足便是力盡生命本真，康樂此詩立基於聽覺感知，而此聽覺源於地域、文化，其當下所思必然逐漸紛雜，用以對顯偃臥東山的天性自足，惜僅能追憶。十三、十四句抒情，「不怨秋夕長，常苦夏日短」。十五、十六句敘事中再寫閒情：「濯流激浮湍，息陰倚密竿」。以上四句仍追憶故鄉生活，以今昔對比，凸顯被命不許回故鄉的憤懣。十七句至末尾，抒情以收結，「懷故叵新歡，含悲忘春暖。悽悽〈明月吹〉，惻惻〈廣陵散〉。殷勤訴危柱，慷慨命促管」，「懷故」、「含悲」、「悽悽」、「惻惻」、「殷勤」、「慷慨」，情意不斷加乘，終至激昂。

　　黃節注此詩引吳伯其語云：

　　　凡天下之愁人，皆天下之有情人也，天下惟有情人善於攬愁，

〔註56〕顧紹柏：《謝靈運集校注》，頁455。
〔註57〕郭慶藩：《莊子集釋》，頁307。

> 亦惟有情人善於遣愁；故有以歡遣愁者，更有以愁遣愁者。
> 康樂於聞歌斷腸之後，更起絲竹曰〈明月吹〉，曰〈廣陵散〉，
> 較前〈采菱〉、〈江南〉，不啻倍蓰，故曰「悽悽」，曰「惻惻」，
> 不僅曰「急」，曰「不緩」，徒為震耳之因也，此又至情之人
> 以愁遣愁也。〔註58〕

「以愁遣愁」，亦不過以音樂為中介，達到如聞其聲、感同身受，〈明月吹〉的傷別離，〈廣陵散〉的訴永訣，身世、國事之憂俱皆上身。而今是〈明月吹〉傷別離的感知，然詩人一生仕隱、窮達，似乎預示著將以嵇康〈廣陵散〉為終局，歷史文化的連結，憂愁倍增，結語震耳的激烈，全收束於樂曲的迴盪，此為康樂以愁遣愁的妙筆，黃節稱之「至情之人」。

　　然此至情之愁又以樂音遣之，故云：「善於遣愁」。王船山評此詩曰：「可以直促處且不直促，故曰溫厚和平。結語又警然而止，方合天籟。」〔註59〕一樣的思歸之情，屈原苦悶，自己憤懣。「憤懣」之情可以一吐而後快，然卻只在回憶種種美好與愜意：「追尋棲息時，偃臥任縱誕。得性非外求，自已為誰纂？不怨秋夕長，常苦夏日短。濯流激浮湍，息陰倚密竿」，故曰「且不直促」。所憶山中棲息日，越是愜意放縱，如今的「憤懣」越是強烈，然詩人終究以棲居山水之回憶為「憤懣」情緒之輸出，船山因此說「可以直促處且不直促，故曰溫厚和平」。結語憤懣已極，卻於古琴、笛聲中結束，意象鮮明，可謂「超以象外，得其圜中」，其詩趣、餘韻一如王維〈酬張少府〉：「君問窮通理，漁歌入浦深」，只是一悲憤，一灑脫。然音樂所帶引的悠揚綿長意境，其繚繞動態正似宇宙的氤氳變化，故云：「合於天籟」。

　　〈入彭蠡湖口〉（抒情→寫景、敘事→抒情→敘事→抒情）：

> 客遊倦水宿，風潮難俱論。洲島驟迴合，圻岸屢崩奔。乘月
> 聽哀狖，浥露馥芳蓀。春晚綠野秀，巖高白雲屯。千念集日

---

〔註58〕黃節：《謝康樂詩註》，卷四，頁149。
〔註59〕〔明〕王夫之：《古詩評選》，錄自《船山全書》，冊十四，頁741。

夜，萬感盈朝昏。攀崖照石鏡，牽葉入松門。三江事多往，
九派理空存。露（靈）物吝珍怪，異人祕精魂。金膏滅明光，
水碧綴流溫。徒作千里曲，絃絕念彌敦。

「洲島驟迴合，圻岸屢崩奔。乘月聽哀狖，浥露馥芳蓀。春晚綠野秀，
巖高白雲屯」為「思依」。洲渚島嶼多，屢在迴轉處遇到，曲折的崖岸
聳峙江邊，屢欲崩塌飛奔，這是視覺上的山水總體形貌，如此的迴繞、
險峻，呼應上聯「客遊倦水宿，風潮難俱論」。另有聽覺、嗅覺的觸動，
「乘月聽哀狖，浥露馥芳蓀」，趁著月色，聆聽猿猴哀鳴，露水沾濕的
芳草，猶散發著香氣，寫哀，也寫樂。下接「春晚綠野秀，巖高白雲屯」
的秀麗、壯美景致。「千念集日夜，萬感盈朝昏」的抒情，為以上的觸
景小結，亦是「思體」所在，由「尋仙」的幻滅，再翻出結語對故鄉始
寧的懸念。

延續〈道路憶山中〉的思歸愁緒，只是愈入山裡，愈是想得多，
千念萬感日夜紛雜交集，過去「遊仙」的高蹈不羈，如今亦不見蹤影，
只在心頭縈繞，此或由於祕林所致，或由於讀書經驗所致。「多往」、
「空存」、「吝」、「祕」、「滅」、「綴」（應為輟）、「徒」，一連串的消跡、
空幻用語，與全詩收尾「敦」的深厚凝結對比，凸顯對始寧故鄉「念彌
敦」的哀傷情緒。顧氏云：「下半截寫自己強打精神，登高眺遠，由地
理變遷想到世事滄桑，這給本來苦悶已極的心情又蒙上了一層陰影。」
〔註60〕這是元嘉十年康樂臨川行刑的前一年，像是預知蹇運難逃，即
將不測。

敘事起首，「客遊倦水宿，風潮難俱論」，總括往臨川一路的奔波，
「客遊」、「風潮」，近者指此程，離家即將為客於臨川；中者指政治失
意後，離京出守永嘉；遠者涵蓋過往一生，自己不過天地一過客。不論
離家、離京，或有一天離世，其中所遇的風波，豈能一語道盡，故云
「風潮難俱論」。若有一言可概括，那便是「倦」。「倦」，《說文》謂：

---

〔註60〕顧紹柏：《謝靈運集校注·入彭蠡湖口》，「注1」，頁281。

「罷也」，段玉裁注：「罷者，遣有罪也。引伸為休息之俖。」〔註61〕
「罷」，《說文》謂：「遣有辠也。从网、能。……言有賢能而入网，即
瞢遣之。」〔註62〕「倦水宿」，包含身體的疲累、被定罪而出貶的疲累、
想休息而不得的疲累，觀康樂此生，常處於仕隱矛盾，進退兩為難，身
心安頓始終憂煩其心，「倦」的感知應是極為強烈，「水宿」只是一個微
點、一個觸機。三至八句寫景，「洲島驟迴合，圻岸屢崩奔。乘月聽哀
狖，浥露馥芳蓀。春晚綠野秀，巖高白雲屯」，寫近岸與上岸所見所聞。
「洲島驟迴合」，寫水路行船的迂遠迴繞，「倦」是身心並累的結果；
「圻岸屢崩奔」，已近崖岸，舟行勞頓即將結束，所見應是雄偉，卻只
感到聲人。顯然，詩人所見僅為觸機，至於感觸為何，端頓當下生體生
活現況、心情，以及已然積累的學養，所形成的想像。上岸月已升，「乘
月聽哀狖」，前句所見聲人，此處所聽轉為哀愁，月做為鄉思的文化符
碼，遠在李白〈靜夜思〉之前，至少康樂此詩已見月下猿鳴所引觸的思
鄉之情。因此，景中有情。「浥露馥芳蓀」，芳香潤澤的山林自然景象，
期望稍解哀愁，「春晚綠野秀，巖高白雲屯」，「秀」字總括此時山野帶
來的觀視感受，「綠」、「白」清新色彩具體現前，巖高、雲屯，原也是
雄偉、悠遊的普遍類名，〔註63〕然此處所引起的康樂感知卻未必如一
般，而語文做為符號，本就具有經驗意義，表現對生命的真實感受。
九、十句抒情，「千念集日夜，萬感盈朝昏」，日日夜夜、朝朝暮暮，縈
迴心上的是「千念」、「萬感」，數目之多顯見其雜，承續「浥露馥芳蓀」、
「春晚綠野秀，巖高白雲屯」而來的竟是萬念紛雜，恐難以一時釋懷，
此又是以樂景寫哀。十一、十二句再敘事以為轉折，並填實「千念」、

---

〔註61〕　《說文解字注》，頁 387。
〔註62〕　《說文解字注》，頁 360。
〔註63〕　柯慶明〈談文學作品的精讀〉云：「文字之為符號就是往往它所代表的
　　　　　同時是普遍的類名與具體的事例，所以能夠提供一道溝通各人經驗世
　　　　　界的橋樑，使大家的個人體驗經由普遍的類名而得到互相接觸的機
　　　　　會。」〔收在柯慶明：《柯慶明論文學》（臺北：麥田出版社，2016.7），
　　　　　頁 70。〕

「萬感」,「攀崖照石鏡,牽葉入松門」,一層轉進一層,更入山林深密處,隨之而有諸多想像與尋覓,延續西晉以來的遊仙之思,只是心境已不如過往。石鏡,山名,康樂不以「登」,而以「照」,《文選》李善注引晉張僧鑒〈潯陽記〉云:「石鏡山東有一圓石,懸崖明淨,照人見形」,〔註64〕「照石鏡」,欲藉石鏡以自照,做為「人」,其形如何?此為今昔與未來的生命思索,「千念」、「萬感」,如何覓得歸處?十三至十八句敘深林中玄想之事,身體猶自尋覓,虛虛實實,顯見詩人當時心情的迷離、恍惚,「三江事多往,九派理空存。露(靈)物吝珍怪,異人祕精魂。金膏滅明光,水碧綴流溫」,先以「三江」、「九派」地理環境變遷的事實興起感慨,更何況傳說中的靈物、異人。「吝」,《說文》謂:「恨惜也」,〔註65〕顧惜、捨不得,吝惜對詩人獻出珍寶,己之不為所重的自憐心起,祕、滅、綴,想見的都被保留蹤跡,恐已自慚形穢而不堪。結語二句抒情,「徒作千里曲,絃絕念彌敦」,以音樂收束思歸深愁。〈千里別鶴〉,曲名,康樂以鶴一舉千里之曲意,希藉以舒憤,然曲終絃絕,思念益篤,琴曲亦只是「徒作」。詩的後半充滿憾恨,多見消極、空幻字詞,主體似難再振昂然鬥志,曲音悠揚,正如綿綿愁思。

此外,如〈登上戍石鼓山〉亦是此章法。此類章法以「抒情」收結,並未開通朗現生命的美好光明,然其情真意摯,卻是詩歌中最重要的成分,雖不同於阮籍、嵇康與名教對抗的率真表現,卻也是「自然」的真情湧現。

## 五、「思依」起首,「抒情」為「思體」結尾

此類章法由寫景起首,最終由抒情結尾,得〈遊南亭〉、〈七夕詠牛女〉二篇。

〈遊南亭〉(寫景→敘事→寫景→抒情→悟理→抒情):

　　時竟夕澄霽,雲歸日西馳。密林含餘清,遠峰隱半規。久痗

---

〔註64〕 《增補六臣註文選》,頁498。
〔註65〕 《說文解字注》,頁61。

昏墊苦，旅館眺郊歧。澤蘭漸被逕，芙蓉始發池。未厭青春
好，已睹朱明移。戚戚感物歎，星星白髮垂。藥餌情所止，
衰疾忽在斯。逝將候秋水，息景偃舊崖。我志誰與亮，賞心
惟良知。

「時竟夕澄霽，雲歸日西馳。密林含餘清，遠峰隱半規。」起首先寫
景，是「旅館眺郊歧」所見遠景，再寫近景：「澤蘭漸被逕，芙蓉始發
池。」一連串的景物敘寫，皆是「思依」。景物的美好，在季節轉移中
轉為憂思，往後幾乎一半篇幅抒發愁緒與自解之道。由「戚戚感物歎，
星星白髮垂。藥餌情所止，衰疾忽在斯」頻年嘆逝，興起「逝將候秋
水，息景偃舊崖」的心念，亦是「思體」所在。然，此番情意表達，唯
有知己和我同賞，試問，知己何在？伴隨息景舊崖的自解的，隱約有一
種孤獨感上升。

　　春夏之交的病中心情，大自然「澤蘭漸被逕，芙蓉始發池」的景
致，為詩人所感的是「未厭青春好，已睹朱明移」，更因此而興起「戚
戚感物歎，星星白髮垂」之歎息，最後的理悟是「藥餌情所止，衰疾忽
在斯」，因而有了未來生涯的決定——「逝將候秋水，息景偃舊崖」。此
時心情呼應整體背景的「時竟夕澄霽」、「密林含餘清」，「澄霽」、「餘
清」，照見前程的抉擇，此抉擇如「雲歸日西馳」、「遠峰隱半規」，清朗
而瑰麗。因此，其「思依」所引觸的「思體」仍具開通美好之想。

　　首四句寫黃昏、落日，繁複表現其時、其景。「時竟夕澄霽」，靜
態寫其整體時、空背景，時為白日終結，空為雨後明淨；「雲歸日西馳」，
動態填實「時竟夕澄霽」，「雲歸」呼應「夕澄霽」，「日西馳」呼應「時
竟」；「密林含餘清，遠峰隱半規」，亦循「時竟夕澄霽」而寫。「密林含
餘清」承「夕澄霽」，「遠峰隱半規」承「時竟」，從「雲歸日西馳」的
天邊遠景，下拉至山林，天上、人間，宇宙本是兩間氣息融合。五、六
句敘事，說明其當時處境，「久痗」是主觀條件的受限，「昏墊苦」是客
觀條件的受限，主、客觀的不順遂，形成「苦」狀。所幸詩人天性愛好
山水，「旅館眺郊歧」帶引後文，進入近景特寫。「未厭青春好」承「澤

蘭漸被逕」，春的將滿，藉澤蘭呈顯；「已覩朱明移」，時序入夏，燦陽現前，「移」，動態展呈時間的推移變化。暮春的飽和，加上初夏的新鮮，大自然光彩紛呈，原是生意盎然，詩人卻著眼於「移」的不能久長，這是六朝歎逝悲歌。視覺摹寫其景，以景寄情，情意具體可感，「慼慼感物歎」自然流露；「星星白髮垂」明示所歎之因，源自人生無可逃躲的身體變化及匆匆命運。十三至十六句，寫歎逝下的出處抉擇，「藥餌」、「息景」，前者為一般人情上的渴望與留戀，然己身白髮下的衰病，既老且弱，實難出仕以謀。「息景」的抉擇已定，且下約期及地點，「逝將候秋水，息景偃舊崖」，秋水漲時、故鄉山崖，是自我約定的此身歸處，唯有能賞愛此種生命形態的知心者能體會。

王船山評曰：「無廣目細心者，但賞其幽豔而已」，「乃其妙流不息，又合全詩而始盡」，〔註66〕宇宙自然氣息流動不已，詩人目見心感，生命相通，景物經過主體思維反芻，要置入全詩詩意中，方解詩人的山水體悟。王船山以《論語・八佾》樂教比擬此詩效用，曰：「翕如、純如、皦如、繹如，於斯備」，〔註67〕所盡「思理」能由個體的心目相即而達社會和諧，其效用不可謂不大。

〈七夕詠牛女〉（寫景→敘事→抒情）：

> 火逝首秋節，明經弦月夕。月弦光照戶，秋首風入隙。陵風
> 步曾岑，憑雲肆遙脈。徙倚西北庭，竦踊東南覿。紈綺無報
> 章，河漢有駿軛。

「火逝首秋節，明經弦月夕。月弦光照戶，秋首風入隙。陵風步曾岑，憑雲肆遙脈。」秋季初到，弦月初升，有風有月，風在人間，月在天上，寫時間，也寫空間。「月弦光照戶，秋首風入隙」，月光與秋風一齊滲入詩人所在空間，激起出行動機。「陵風步曾岑，憑雲肆遙脈」，敘事中有景，「思依」漸顯，「陵風」、「憑雲」的豪邁昂首，「曾岑」、「遙脈」的既高且遠，「步」的親到，「肆」的縱目，詩人勇往直前的冒險精神可

---

〔註66〕〔明〕王夫之：《古詩評選》，錄自《船山全書》，冊十四，頁733。
〔註67〕〔明〕王夫之：《古詩評選》，錄自《船山全書》，冊十四，頁733。

見。下接「徙倚西北庭，竦踊東南覷」，開拓出一片廣遠視野，殷切尋索，終得一償所願，「紈綺無報章，河漢有駿軛」，寫的是天上的「景」，卻相應人間的「情」。一連串的敘事中寫景，乃至結尾特寫織女、牛郎星的「紈綺」、「駿軛」，皆可視為此詩主、客交融的「思依」，而以「無報章」隱喻人間的遺憾之情。

　　此詩題目「七夕詠牛女」，起首二句點出「七夕」。三、四句寫當時景象，「月弦光照戶，秋首風入隙」，此景象為出發引線，既見光，又有初秋微風，提醒七夕夜到。五、六句寫出發，「陵風步曾岑，憑雲肆遙脈」，一來符合詩人喜愛登覽的天性，二來更近牛女，「肆遙脈」寫極目遠望、急切尋索。七、八句確立方位後，以「覷」引出結語織女的出現，叩住題目。末句「河漢有駿軛」，襯托牛女心煩意亂、「紈綺無報章」之故。

　　全詩以因七夕而出發尋找牛女為「意」，收結於牛女的出現，戛然而止。王船山評曰：「恰緊只兩句，乃來回視之，通首皆緣此生。章法之妙，亦至斯耶！翻新有無窮之旨，且令淺人不覺。」〔註68〕此評從「意」出發，總歸「章法之妙」。

　　凡此章法，亦以「抒情」收結，或如〈遊南亭〉，表達心志無人能解的慨嘆，或如〈七夕詠牛女〉，抒寫人間無可避免的遺憾，因自然景物而生發的真情實感，即使未再翻轉成理，仍是詩歌中精采的成分。

## 六、「思依」起首，「悟理」為「思體」結尾

　　此類章法由寫景起首，最終由悟理結尾，如：〈從斤竹澗越嶺溪行〉（寫景→敘事→寫景→敘事中寫景→抒情→悟理）：

> 猿鳴誠知曙，谷幽光未顯。巖下雲方合，花上露猶泫。逶迤
> 傍隈隩，苕遞陟陘峴。過澗既厲急，登棧亦陵緬。川渚屢逕
> 復，乘流翫迴轉。蘋萍泛沉深，菰蒲冒清淺。企石挹飛泉，
> 攀林摘葉卷。想見山阿人，薜蘿若在眼。握蘭勤徒結，折麻

―――――――――――――――――――
〔註68〕〔明〕王夫之：《古詩評選》，錄自《船山全書》，冊十四，頁743。

心莫展。情用賞為美，事昧竟難辨？觀此遺物慮，一悟得所
遺。〔註69〕

從「猨鳴誠知曙」到「攀林摘葉卷」，是詩的前半。一起首便寫景，一
路循著遊覽路線敘事、寫景。詩人營造一種山林的幽光、水涯的迴繞，
以及山巖的高聳過雲、水流的屬急，特寫水面植物亦具深淺層次。一路
的「思依」敘寫，在「企石挹飛泉，攀林摘葉卷」的融入舉動下，應是
愜意，詩心卻沒來由動起思念，「想見山阿人，薜蘿若在眼」，薜蘿的依
稀現前，「思依」加疊，接著一連串的多情舉動與落空，詩人體悟「情
用賞為美」，因得排遣，呼應起始的景物鋪排，「思體」落在對自然景物
的愛賞足以解消「物慮」。

　「情用賞為美」是詩人莫可奈何中的自解。「觀此遺物慮，一悟得
所遣」，前句「物」，指俗世、功名，後句所悟亦為「物」，是自然景物，
萬物靜觀能自得，此得近「道」，足為救贖。以聲光起首，敘事兼寫景，
揭開一天的序幕，「猨鳴誠知曙，谷幽光未顯」，「猨鳴」，知處山林，「谷
幽光未顯」，知斤竹澗在山林幽深處；「幽」，深具想像空間。三、四句
寫谷中晨景，「巖下雲方合，花上露猶泫」，「方」，始，時間將持續，雲
霧在此聚合變化；「猶」，時間已持續，此景至此仍在，露珠在此剔透晶
瑩；配合景物空間「巖下」、「花上」，一雄壯，一秀美，姿態各異。五
至十句敘事，寫「西行」：「逶迤傍隈隩，苕遞陟陘峴。過澗既厲急，登
棧亦陵緬。川渚屢逕復，乘流翫迴轉」，既沿走曲折山路，又登高遙遠
山嶺，水急迴多，屢隨圈轉。康樂遊覽山水，行旅實多艱辛，也正因此
景物生鮮多樣，其山水詩之完成典型，亦在其不畏行步艱難。此一連串
敘事，兼寫沿途山水樣貌，將起始的「谷幽」再推進，此暫擱下。十一、
十二句，承上句「乘流翫迴轉」，「翫」既有熟習，又有觀賞之意，順寫
眼前水中景：「蘋萍泛沉深，菰蒲冒清淺」，有沉，有清，有深，有淺，
蘋、萍、菰、蒲，多樣的生命在此延續。十三、十四句敘事中寫景，「企

〔註69〕顧紹柏：《謝靈運集校注》，頁178。

石挹飛泉，攀林摘葉卷」，飛泉的流動，卷葉的新生，「企石」、「攀林」
的行動意象，天地、人事合而為一，共譜生命樂章，「道」在此，然詩
人還有轉折才能體會。「想見山阿人，薜蘿若在眼。握蘭勤徒結，折麻
心莫展」，薜荔、女蘿現前，眼中所見，觸動心中婉柔淒楚的《楚辭》
篇章，一個轉筆，才被殺害的知音廬陵王彷彿化做山鬼前來，往事歷
歷，無限感傷，如同屈原傷君，「握蘭」勤結、「折麻」相贈，思念之
「情」已極，然，終究徒空莫展。「情用賞為美，事昧竟難辨」總結對
廬陵王事的傷嘆。「情」無有著落，所幸今日所歷足以了悟而暫得還忘，
悟「道」往往在「情」傷而找不到出口時，「道」在「理」即在。有前
面種種觀物的鋪陳，康樂以其「理」療癒知音之嘆的傷情，現身說法，
示例實誠。

　　〈入華子崗是麻源第三谷〉（寫景→抒情→敘事→抒情、悟理）；
　　　南州實炎德，桂樹凌寒山。銅陵映碧澗〔潤〕，石磴瀉紅泉。
　　既枉隱淪客，亦棲肥遯賢。險逕無測度，天路非術阡。遂登
　　群峰首，邈若升雲煙。羽人絕髣髴，丹丘徒空筌。圖牒復摩
　　滅，碑版誰聞傳？莫辯百世後，安知千載前。且申獨往意，
　　　乘月弄潺湲。恒充俄頃用，豈為古今然。

「南州實炎德，桂樹凌寒山。銅陵映碧潤〔潤〕，石磴瀉紅泉」為「思
依」，詩人極力刻劃臨川的溫暖，即使冬天，桂樹仍然生長茂盛，綠、
紅的鮮麗對比，明亮的色彩，驅除已是冬季的寒意。又，華子崗，漢初
商山四皓之一甪里弟子華子期曾居此；麻源，麻姑山，山頂有古壇，相
傳麻姑得道於此，顯見今日所遊是一超俗之地。詩人興起「飛遯」之
想，「既枉隱淪客，亦棲肥遯賢」，透過環境的宜人，詩人發出對棲逸的
賢名肯定，是「思體」所在。登頂尋仙不成，反思「莫辯百世後，安知
千載前」，唯有當前為真，結語道出詩人投入山水的動機與山水詩創作
的思潮形成原因：「且申獨往意，乘月弄潺湲。恒充俄頃用，豈為古今
然」，不做追摹古人之想，尋求俄頃的身心超越，「乘月弄潺湲」興象以
明獨遊狀態，為飛遯之賢的「思體」施以具象，既知尋仙之不可信，遂

轉念山水以為「俄頃」之趣，表達其在山水中的隨順自然、自在自適。

　　寫景起首，先總寫物候，「南州實炎德，桂樹凌寒山」，康樂已到任半年，此時雖為冬日，臨川山景卻仍翠綠，因此史書稱他「在郡游放，不異永嘉」。再特寫眼前景，「銅陵映碧潤〔澗〕，石磴瀉紅泉」，這是康樂足跡到此的證明，「映」與「瀉」的水光與流速，加上綠、紅的對比顏色，皆是鮮明的眼前實景，「銅」、「石」的不同材質對仗，更是具體地像可觸摸。五、六句抒情，「既枉隱淪客，亦棲肥遯賢」，表明自己的人生抉擇。兩度的回到故鄉始寧，隱逸的思想盤據心頭，「隱淪」、「飛遯」，都見遠離塵俗，以「賢」肯定這樣的生命形態，而這也是中國古代士階層在仕進以外的選擇，原是足以安頓生命的。然，時下人生之路，一如眼前山徑，「險逕無測度，天路非術阡」，寫景中有不可預知的未來，惶惶然。九、十句，敘事、寫景，仍順天性，不畏高遠，「遂登群峰首，邈若升雲烟」，面對未知，突破高險，登上峰頂，仙意飄然，心境愜適可想。康樂詩往往因所見而捕捉隨想與感知，在晉初以來流行的遊仙思想籠罩下，仙意化作實際尋仙行動，然卻遍尋不著。十一至十六句一連串敘事並議論，「羽人絕髣髴，丹丘徒空筌。圖牒復摩滅，碑版誰聞傳？莫辯百世後，安知千載前」，「絕」、「空」顯示心裡的絕望、落空，書籍、碑刻等文字又乏記錄，設問以尋求解答，以「莫辯百世後，安知千載前」裁定傳聞的虛妄不實。尋仙復歸於空，這是對士階層安身立命方式的信心動搖。〈石室山〉詩云：「微戎無遠覽，總笄羨升喬」，謝康樂自年少便羨遊仙，到如今，幾乎證成其為虛假，又在人生低谷困頓時，情何以堪！收尾四句，「且申獨往意，乘月弄潺湲。恒充俄頃用，豈為古今然」，以「乘月弄潺湲」為「獨往」意象，情意至極，卻理性地轉為哲思，以「理」作結。此「理」或許破壞「獨往」的可長久，然究竟能為一時的超越之道。

　　又如〈石壁精舍還湖中作〉，以「昏旦變氣候，山水含清暉」起首，「寄言攝生客，試用此道推」結尾，亦是此類章法。凡此章法，以「悟理」收結，不可忽略的是其因自然景物所引觸的真摯情意。〈從斤竹澗

越嶺溪行〉「想見山阿人」的徒勞、空幻，詩人轉換心情，頓悟「情用賞為美」，因而有「觀此遺物慮，一悟得所遣」的開通；〈入華子崗是麻源第三谷〉於尋仙不成，質疑「百世後」、「千載前」的不可依賴，體悟唯有當下為真，「且申獨往意，乘月弄潺湲。恒充俄頃用，豈為古今然」，投入大自然，獨立往來天地間，掌握片刻、俄頃的自適自足。

　　從謝靈運山水詩的章法結構，可知船山激賞其在自然場域中的真切感受，或悲或喜，甚且能與精神自由相通，因此謂之能盡「思理」。而「真情」是其中最重要的元素，以下續探。

## 第三節　謝靈運山水詩的物我關係

### 一、謝靈運的觀物與真情

　　蔡英俊探討中國古典詩歌中，從「詩騷」「比興」、六朝「物色」到「情景交融」理論的確立，認為：

> 中國傳統文學批評中所提出的情、景問題，基本上是從人性
> 心理上的真實出發來討論創作活動的過程，因而在一定程度
> 上為「情、景交融」的觀念賦予心理上的深度，這無論如何
> 是值得我們肯定的一點。〔註70〕

探討謝靈運山水詩「景語」，其「心理上的深度」為何？觀其山水詩中曾云：「含情易為盈，遇物難可歇」（〈鄰里相送方山〉），亦云：「景夕群物清，對玩咸可喜」（〈初往新安至桐廬口〉），哀樂心情各異，卻都出自當下真情。其山水詩中明白表達觀物所引起的情意，大抵可歸納如下：

### （一）哀傷鬱結

　　含情易為盈，遇物難可歇。（〈鄰里相送方山〉）

原詩如下：

　　祇役出皇邑，相期憩甌越。解纜及流潮，懷舊不能發。析析

---

〔註70〕　蔡英俊：《比興、物色與情景交融》（臺北：大安出版社，1995.3），頁
　　　　175。

就衰林，皎皎明秋月。含情易為盈，遇物難可歇。積痾謝生慮，寡欲罕所闕。資此永幽棲，豈伊年歲別。各勉日新志，音塵慰寂蔑。

「含情易為盈，遇物難可歇」，「含情」謂含別離之情，「盈」指情意充滿，難以止息；所指為「解纜及流潮，懷舊不能發」。首聯「祗役出皇邑，相期憩甌越」點出遭貶離京，「甌越」是所貶地點永嘉。第二聯「解纜及流潮，懷舊不能發」，上句顯現出發時間的謹慎評估與斷定，「流潮」非人力能定，既已趕上流潮，出發勢在必行；然「懷舊」情緒使其「不能發」，「懷舊」是對建康親友的懷念不捨，康樂詩中常表達這樣的情感。詩人處于兩難，但還是解纜。有人說，康樂對建康親友的不捨，其實是對朝廷的戀棧，觀康樂的仕隱反覆，或有此情。「流潮」既敘事，亦具象抒情，滾滾潮流，催促出發；在此不捨盈滿情緒中，又遇析析林聲、皎皎秋月，詩人落句為「析析就衰林，皎皎明秋月」，所感為何？此聯為詩中唯一明顯寫景處，承接前文「不能發」之情，所「衰」者何？此聯對仗，「明」與「就」相對，作動詞，「衰林」對「秋月」，指鄰里相送至碼頭，船遲遲不發而終於出發的當下所見自然環境。「衰林」乃船往前即將接近，「秋月」為詩人船中仰望所見，皆是遠別親友、行旅船中的心境下景象。葉笑雪注云：「就，迎面而來。岸邊的樹林是靜止的，江上的船則順風隨流急駛，在船中看岸上的樹林，不覺船動而只看到樹林向自己走近。」〔註71〕實則此聯主語為船，為船中人感受，既聞風吹落葉聲，想像即將靠近的衰殘林相，光潔秋月照亮船身與詩人。康樂說：「含情易為盈，遇物難可歇」，衰殘慘白，空闊中的孤獨身影，在秋月當空朗照下，無所遁形。羈旅的展開，「懷舊」的情緒，讓景物飽含詩人的不捨。七月十六日，月滿情亦滿，無法舒洩，偏又聽聞析析聲，想來衰林不遠，大自然正在上演由勝轉衰的戲碼，蔥翠的林木難躲日漸衰枯命運，船越是靠近，「衰枯」想像越是真實，情也越難以

---

〔註71〕 葉笑雪：《謝靈運詩選》，頁 25。

止息。「遇物」最怕「含情」者，大自然無心，「含情」者卻難無意，〈物色〉篇說：「若夫珪璋挺其惠心，英華秀其清氣，物色相召，人誰獲安」，〔註72〕因此說：「含情易為盈，遇物難可歇」。中國古代知識分子出貶的旅程心情，著實難解，「物」是觸媒，情意亦止息於此，轉換心情，由情而理，是詩人必具的本事，寡欲自勉收結。

　　「物」是「情」所止，亦是「理」所始，情意至極而超拔生「理」，因此，「物」兼情、理。寫物而能得情理類此，陸時雍《古詩鏡》云：「『解繾及流潮，懷舊不能發』，淵明『扣枻新秋月，臨流別友生』，最得物態，而指點甚便。良由性情超會，故至此。」〔註73〕「指點甚便」，指的是物態所能引發的情或理，也就是「思體」，此在主體須有其條件。「良由性情超會」指出此條件，也就是「才」，此「才」發揮在「得物態」，故王船山謂其有「隨往不窮之才」（評〈於南山往北山經湖中瞻眺〉）。

　　　非徒不弭忘，覽物情彌遒。（〈東山望海〉）

　　原詩如下：

　　　開春獻初歲，白日出悠悠。蕩志將愉樂，瞰海庶忘憂。策馬
　　　步蘭皋，緤控息椒丘。採蕙遵大薄，搴若履長洲。白華縞陽
　　　林，紫蘗曄春流。非徒不弭忘，覽物情彌遒。萱蘇始無慰，
　　　寂寞終可求。

「非徒不弭忘，覽物情彌遒」，前句呼應「蕩志將愉樂，瞰海庶忘憂」，表示對此行忘憂的期盼落空，「庶忘憂」為出遊期盼，以下景物皆在此期盼心境下觀照，其結果竟為「覽物情彌遒」。五至十句敘事、寫景，「策馬步蘭皋，緤控息椒丘。採蕙遵大薄，搴若履長洲。白華縞陽林，紫蘗曄春流」，蘭、椒、蕙、若、白華、紫蘗，皆為景物，卻也多源出《楚辭》，為屈原筆下香草，目所見、心所感，自難排除屈原這不遇之典型的憂思，因此說：「非徒不弭忘，覽物情彌遒」。結語二句，「萱蘇始無慰」說明情意促迫、愁緒增添到無以復加，又是情意盈滿、至極之

────────────────────────

〔註72〕〔南朝梁〕劉勰著、周振甫：《文心雕龍注釋》，頁845。
〔註73〕〔明〕陸時雍：《古詩鏡》，卷十三，冊二，頁4。

止息處，終翻出「寂寞終可求」的清靜想望。「情」、「景」的二元對立，極力變化而又止於所該止。

他如〈登上戍石鼓山詩〉云：「佳期緬無像，騁望誰云愜」，「騁望」亦是觀物，前句呼應「旅人心長久，憂憂自相接。故鄉路遙遠，川陸不可涉」，一因羈旅，一因故鄉遙遠，因此感嘆「佳期」渺遠。「騁望誰云愜」，所望者乃「極目睞左闊，迴顧眺右狹。日末〔沒〕澗增波，雲生嶺逾疊。白芷競新苕，綠蘋齊初葉」，其結果為反問：「誰云愜」，「物」之堆疊，正是「情」之加乘。康樂詩自然景物實為情之寄託，虛實兼有，情景交融。

## （二）清喜樂賞

　　景夕群物清，對玩咸可喜。（〈初往新安至桐廬口〉）

原詩如下：

　　絺綌雖淒其，授衣尚未至。感節良已深，懷古徒役思。不有千里棹，孰申百代意。遠協尚子心，遙得許生忌（計）。既及冷（泠）風善，又即秋水駛。江山共開曠，雲日相照媚。景夕群物清，對玩咸可喜。

「景夕群物清，對玩咸可喜」承「江山共開曠，雲日相照媚」而來，表達夕陽餘暉下，自然景物的特別清麗，對此可人美景賞玩，觸處盡是欣喜。從懷古、行船遠遊，遙接東漢尚長、東晉許詢等百代志意，秋行水漲，更增快意。江山、雲日共譜自然佳境，一股清新意，掃去俗世紛擾，御風而行，輕快美好，喜悅之情觸處皆生。陶潛結廬人境，修練其悠然胸次；康樂出守遠遊，山川物色即刻報之以瀟灑超俗，康樂詩所重在當下心意感動，此詩的樂賞顯露其真情。江山的開曠，雲日的迷人，夕陽鋪染的大地，景物顯得清柔，也帶引積隱胸中的剛健之氣，清新朗現，「理」亦自得，為此次「初往新安桐廬口」心境的完滿總結。

　　清暉能娛人，遊子憺忘歸。……慮澹物自輕，意愜理無違。
　　（〈石壁精舍還湖中作〉）

原詩如下：

> 昏旦變氣候，山水含清暉。清暉能娛人，遊子憺忘歸。出谷
> 日尚早，入舟陽已微。林壑斂暝色，雲霞收夕霏。芰荷迭映
> 蔚，蒲稗相因依。披拂趨南逕，愉悅偃東扉。慮澹物自輕，
> 意愜理無違。寄言攝生客，試用此道推。

「清暉能娛人，遊子憺忘歸」承「昏旦變氣候，山水含清暉」而來，寫
黃昏清柔的陽光使人快樂，離家在外的人感到自適而忘了歸返。陸時
雍《古詩鏡》評此詩曰：「『昏旦變氣候，山水含清輝』，簡潔淘盡千言，
得此二語，去緣飾而得簡要，由簡要而入微眇，詩之妙境盡此矣。」〔註
74〕此二語使「清暉能娛人，遊子憺忘歸」更有依憑。顧紹柏謂此詩為
謝靈運山水詩代表作之一，恰如鮑照所云「初發芙蓉，自然可愛」。其
景主要在「山水含清暉」，其情主要在「遊子憺忘歸」，推得其理在「慮
澹物自輕，意愜理無違」，「意愜」近「道」。回過頭思考此一近道乃由
「清暉能娛人」而來，主體的適意關鍵在此。

　　以早晚氣候多變、此時山水含蘊柔和光輝起首，是總體背景的呈
現。「遊子憺忘歸」，「遊子」，離開家鄉、出遊在外的人，在中國古典文
化意涵豐富，出自《漢書‧高帝記下》：「游子悲故鄉。吾雖都關中，萬
歲之後吾魂魄猶思〔樂〕沛」，〔註75〕杜甫〈夢李白〉詩之二：「浮雲
終日行，游子久不至」，〔註76〕《古詩十九首‧凜凜歲雲暮》：「涼風率
已厲，游子寒無衣」，〔註77〕李白〈送友人〉：「浮雲遊子意，落日故人
情」，〔註78〕或因功名，或因志向，或因遭貶，不同因素的出遊，其表
現的相同情緒是「哀傷」，源自對家鄉的思念，一種不得「歸」的悵惘，
包含身、心的無所著落。此處山水在夕陽柔光下，帶給遊子的心境是

---

〔註74〕　〔明〕陸時雍：《古詩鏡》，卷十三，冊二，頁10。
〔註75〕　〔東漢〕班固：《漢書》（臺北：鼎文書局，1979.2），卷一下，頁74。
〔註76〕　〔唐〕杜甫著、〔清〕楊倫箋注：《杜詩鏡銓》（臺北：華正書局，2003.10），
　　　　　卷五，頁231。
〔註77〕　《增補六臣註文選》，頁539。
〔註78〕　〔唐〕李白：《李太白全集》（臺北：華正書局，1979.3），卷十八，頁837。

「憺忘歸」，一種身心得以安頓之感，即使志不得伸，處此境況亦能自在自適。康樂此詩寫於第一次隱居故鄉始寧時，出遊石壁精舍，其「遊子」心情不源於身體的所處，乃源於朝廷的歸不得與理想的不能實現，是心靈歸宿的不得，是士不遇的悵惘。「憺忘歸」平衡了這悵惘，「忘歸」，忘記歸去，實為忘懷士不遇的悵惘。「憺」，說文謂：「安也」，《楚辭·哀時命》：「志欲憾而不憺兮」，王逸注：「言己心中欲恨，意識不安。」〔註79〕「憺忘歸」，消解心中悵恨，意識得以安寧，對於不遇之士，這是自我價值在天地之間的重新肯定，也是人可以突破歷史、社會存在的限制而尋得的獨立人格。下接敘事，「出谷日尚早，入舟陽已微」，題目為「石壁精舍還湖中作」，入舟即還湖時刻，陽光已微弱。柔和的光暉下，遠景為「林壑斂暝色，雲霞收夕霏」，絢爛後的平淡蒼茫；近景為「芰荷迭映蔚，蒲稗相因依」，宇宙仍舊生機一片，水中芰、荷，水邊至陸地的昌蒲、稗草，繁盛相依，彼此襯托，寫輝光漸隱的生命活躍、餘韻，物我融合而各自獨立，蒼茫天地間的生命力，在陽光已然微弱時，依然生生不息。「披拂趨南逕，愉悅偃東扉」，「披拂」，宇宙猶自生生，「偃」，臥，人之靜處，內心生機湧現，此二句敘事兼抒情。「愉悅」是偃臥東室時，對這一天的心情總結，只因石壁精舍歸返時的湖中所見，「偃」呈現自在姿態。從「憺忘歸」，歸而「愉悅」，詩人悟得其理乃「慮澹物自輕，意愜理無違」，功名富貴為過去所重，如今已輕，輕重之間取得平衡，全因「慮澹」而「意愜」。此時目中、心裡唯有蒼茫天地，及其猶自繁茂的芰荷、蒲稗，因此說「慮澹」；身心的安適，從夕陽柔光的忘歸，到返家偃臥的愉悅，鋪設一條寬廣、舒坦的人生之道，「意愜」正是此道。從「憺」到「愉悅」，再到「意愜」，「意」是心之志，有其方向，「意愜」使心之方向達於平和。結語四句：「慮澹物自輕，意愜理無違。寄言攝生客，試用此道推」，「此道」，指「攝生」，攝，控制、抓持，引申整飭，《說文》云：「引持也」，段注：「《詩》攝以威

〔註79〕洪興祖：《楚辭補註》，頁 433。

儀」，〔註80〕引向莊重，「攝生」，導引入生命於莊重。此理能為攝生之道，莊重生命，詩人親身見證下，自然地具說服力。

　　撫化心無厭，覽物眷彌重。（〈於南山往北山經湖中瞻眺〉）

　　原詩如下：

　　　　朝旦發陽崖，景落憩陰峰。舍舟眺迴渚，停策倚茂松。側逕既窈窕，環洲亦玲瓏。俛視喬木杪，仰聆大壑灇。石橫水分流，林密蹊絕蹤。解作竟何感，升長皆豐容。初篁苞綠籜，新蒲含紫茸。海鷗戲春岸，天雞弄和風。撫化心無厭，覽物眷彌重。

　　　　不惜去人遠，但恨莫與同。孤遊非情嘆，賞廢理誰通？

「撫化心無厭，覽物眷彌重」承「解作竟何感，升長皆豐容。初篁苞綠籜，新蒲含紫茸。海鷗戲春岸，天雞弄和風」的一連串寫景而來，表達觀看萬物因順自然而變化，心裡撫慰、滿足，不覺厭倦，也因此對自然山水的眷戀更加深濃。「解作」的忽來，正是詩人所面對宇宙變化的「不可知」，「解作竟何感，升長皆豐容」，大地的敏銳感受與向上生長，呈現豐盛容貌。再往復的細寫山、水特景，「初篁苞綠籜，新蒲含紫茸」，一山林，一水岸，以其草木茂盛，將「升長皆豐容」具象化；「海鷗戲春岸，天雞弄和風」，一水物，一山禽，自然生意中再添和諧，取勢對立，卻積累成相同的生生不息，這完全相應於宇宙二元對立融合的本質，萬物以之而豐美成長。〔註81〕葉維廉《中國詩學》謂：「自然活動在『解作』的律動裡，『升長皆豐容』，而初篁、新蒲、海鷗、天雞各依其性、各當其分的發揮其生機活力。」〔註82〕詩人觀賞著，竟感受到「撫化心無厭，覽物眷彌重」，看到萬物自己在那裡生化循環，充分自主，對山水的眷戀也就更深，身心幾要找到安頓。

　　「撫化心無厭，覽物眷彌重」，前為對宇宙自然的變化觀看不膩，

〔註80〕《說文解字注》，頁 603。
〔註81〕船山云：「唯謝康樂為能取勢，宛轉屈伸以求盡其意；意已盡則止，殆無剩語：天矯連蜷，煙雲繚繞，乃真龍，非畫龍也。」（〔明〕王夫之著、戴鴻森箋注：《薑齋詩話箋注》，頁 48～49。）
〔註82〕葉維廉：《中國詩學》（北京：新華書店，1992），頁 90。

深深被吸引，後寫對萬物的眷戀深重，「撫化」透過「覽物」而得，生機盎然，加深對隱居山水的嚮往，這是「自然」作為生活場域所帶引的心靈層次。結語雖轉入無知音同賞的感傷，卻仍反襯詩人對此情此景的眷戀，就觀物而言，詩人的無厭正見其「樂賞」之情。

> 滿目皆古事，心賞貴所高。(〈入東道路〉)

原詩如下：

> 整駕辭金門，命旅惟詰朝。懷居顧歸雲，指塗沂行飆。屬值清明節，榮華感和韶。陵隰繁綠杞，墟囿粲紅桃。鷖鷖罿方雛，纖纖麥垂苗。隱軫邑里密，緬邈江海遼。滿目皆古事，心賞貴所高。魯連謝千金，延州權去朝。行路既經見，願言寄吟謠。

「滿目皆古事，心賞貴所高」承「屬值清明節，榮華感和韶。陵隰繁綠杞，墟囿粲紅桃。鷖鷖罿方雛，纖纖麥垂苗。隱軫邑里密，緬邈江海遼」的一連串寫景而來，表達眼裡所見，古事浮現眼前，與古人心心相印。古人者，魯仲連、季札一類的清高之士，用以自勉不戀功名。先點出時節，正值清明，春光和煦，心情轉為美好，腳步也緩慢下來。再寫沿途所見，綠杞繁茂，紅桃鮮豔，五彩雉雞鳴啼，纖長麥苗吐芽，對比朝廷，鄉村一片欣欣向榮。眼前村落的富饒稠密，再望向歸途，遙遠無際，浮現出顧全大局而拒千金、辭讓位的高尚之士，心定發願，做官封賞是人生之路，辭官隱退何嘗不是？以古人為榜樣，再無徬徨。

　　不論是對物的清賞而感欣喜，或觀物的生生不息，乃至連結古人遠遊的高尚心志，自然景物的觀覽引發眷戀之情，是詩人反覆走入山林而成為生活重要部份的原因。

## （三）哀轉妙趣

> 遣物悼遷斥，存期得要妙。(〈七里瀨〉)

原詩如下：

> 羈心積秋晨，晨積展遊眺。孤客傷逝湍，徒旅苦奔峭。石淺水潺湲，日落山照曜。荒林紛沃若，哀禽相叫嘯。遣物悼遷

　　斥，存期得要妙。既秉上皇心，豈屑末代誚！目睹嚴子瀨，
想屬任公釣。誰謂古今殊，異世可同調。

　　「遭物悼遷斥，存期得要妙」承「荒林紛沈茫，哀禽相叫嘯」而來，貶
謫之人聞見這樣的景物，更加為自己的遭遇傷感。顧紹柏以「物」特指
秋天景物，蓋承上聯落葉紛紛之意而來，此處不特別指明季節，荒林森
深、哀禽叫嘯，有別於在京，故遇物而悼。全詩以「遭物悼遷斥，存期
得要妙」為轉折關鍵。「悼」總括此前情緒，是悲哀、傷感，《詩經‧衛
風‧氓》：「靜言思之，躬自悼矣」，〔註83〕還帶有憐惜、惋惜之意，《漢
書‧賈誼傳》「贊」曰：「使時見用，功化必盛。為庸臣所害，甚可悼
痛。」〔註84〕康樂此詩悼己遭遇，遷斥之人逢此景物，唯有增悲，羈
心、孤客、徒旅、荒林是悼，傷、苦、哀更是「悼」。所幸頓悟「存期」
之妙，心存幽隱期盼，退守山林自然，遙接嚴子陵、任國公子，乃至上
古二皇的淳樸，因此謂之「得」。古今士人因遷斥而開出新的人生道路，
雖處不同時代，卻可有同樣的自我期許與生命況味。

　　援蘿聆青崖，春心自相屬。(〈過白岸亭〉)
　　原詩如下：
　　　拂衣遵沙垣，緩步入蓬屋。近澗涓密石，遠山映疎木。空翠
　　　難強名，漁釣易為曲。援蘿聆青崖，春心自相屬。交交止栩
　　　黃，呦呦食苹鹿。傷彼人百哀，嘉爾承筐樂。榮悴迭去來，
　　　窮通成休慼。未若長疎散，萬事恆抱朴。

　　「援蘿聆青崖，春心自相屬」，聆聽滿是藤蘿的青崖上鳥鳴，詩人傷春
之心自然湧現，既有《楚辭》〈招魂〉「目極千里兮傷春心」的連結，又
有《詩經》〈黃鳥〉詩傷悼秦國三良、〈鹿鳴〉詩君臣歡宴的聯想。此聯
銜接上文「空翠難強名，漁釣易為曲」，空翠引起的漁人釣者隱居全身
的想像，傷春亦可歸零，抱樸收結。「春心自相屬」，有《楚辭》的悲怨
傷愁，有《詩經》的哀樂榮悴，最後融通以《老子》「抱樸」觀。景語

〔註83〕《十三經注疏‧詩經》，頁136。
〔註84〕〔西漢〕班固：《漢書‧賈誼傳》，卷四十八，頁2265。

是引線，亦是情意的極至表現，從中生發哲理，王船山謂之「思理」。

　　觀此遺物慮，一悟得所遣。（〈從斤竹澗越嶺溪行〉）

　　原詩如下：

　　猨鳴誠知曙，谷幽光未顯。巖下雲方合，花上露猶泫。逶迤傍
　　隈隩，苕遞陟陘峴。過澗既厲急，登棧亦陵緬。川渚屢逕復，
　　乘流翫迴轉。蘋萍泛沉深，菰蒲冒清淺。企石挹飛泉，攀林摘
　　葉卷。想見山阿人，薜蘿若在眼。握蘭勤徒結，折麻心莫展。
　　情用賞為美，事昧竟難辨？觀此遺物慮，一悟得所遣。

「觀此遺物慮，一悟得所遣」承接「情用賞為美，事昧竟難辨」，在此前
則為「想見山阿人，薜蘿若在眼。握蘭勤徒結，折麻心莫展」的悵惘。
謝靈運以為，觀看這裡的山水景物，讓人忘記了塵世的俗慮，這一悟，
便是「道」的境界，足以使人排遣煩悶、苦惱。最後的體悟植基於起筆
開始的一連串寫景，陸時雍《古詩鏡》云：「『猨鳴誠知曙，谷幽光未顯。
巖下雲方合，花上露猶泫』，郁郁乎清芬，渠自披陳物色，了不作一詩
意。……樵夫漁父，日夕出沒於山水，而靈運獨賞其神，終身於此而不
覺，是以口不能道耳。猿鳴四語，亦只人眼前事，以謝見之獨親，而言
之獨切也。」〔註85〕「終身於此而不覺」的「獨親」、「獨切」，亦「物我
一體」也，謝靈運特別賞愛樵夫漁父日夕出沒於山水的神氣，這是「觀
此遺物慮」的憑藉。至於物色，在陸時雍看來，是「渠自披陳」、「了不
作一詩意」，沒有主觀之意的刻意比附，只是客觀呈現其自然姿彩。顯然
詩人陶醉宇宙萬物變化中，又為「觀此遺物慮」提供可靠的憑據。

　　根據以上所述，大抵可歸納康樂觀物心理：

康樂山水詩之觀物，未達理則傷情、感嘆，此多連結「楚辭」；而更

---

〔註85〕〔明〕陸時雍：《古詩鏡》，卷十三，冊二，頁 12。

多的是達理而自適，往往在情感濃極時突然反思頓悟，此時情感得以舒展、平衡，觀康樂詩用典，多連結「莊老」。因此，康樂詩或以「情」結，或以「理」結，後者情理融合而生「趣」。「趣」，趣味，不論是興趣、樂趣、情趣、雅趣、妙趣、相映成趣，都使人當下精神為之提升，蕭振邦教授因此以「化－自然中介－遊」的嵌結關係總括《莊子》內七篇的深層自然主義思想，認為以自然作為中介，人得以調適上遂、逍遙無待。〔註86〕

　　謝靈運山水詩章法結構中，值得玩味的是，達「理」與否，山水景物所引觸的必以詩人之「情」為先。

## 二、謝靈運山水詩的「興」

　　隨著東漢末年以來的動盪，儒學衰微，玄學興起，從魏晉正始年間到西晉末年，玄學發展歷經三個階段，第一階段以何晏、王弼為代表，第二階段以阮籍、嵇康為代表，第三階段以向秀、郭象為代表。其發展以「宇宙自然」為核心，從倡導本體的「無」，到直接衝撞「名教」追求「自然」，到強調現象的「有」而強調當下「自然」。門閥世族的莊園經濟為魏晉玄學得以產生的階級基礎，「玄學的產生是從兩漢到魏晉思想史上一個極為重要的變化，他標誌著兩漢儒學的沒落和一個哲學新潮的崛起」，〔註87〕這個哲學新潮無疑地是以「自然」為核心。由於政權的更迭，士人的犧牲無數，人生無常之感深深滲入門閥世族的意識之中，凸顯了獨立自由的需求，放情出遊，臨流賦詩，從「名教」的束縛中解脫出來，追求「自然」。愈是感到人生的無常，愈想抓住短暫的人生，因此，重「養生」、「全身」，也重「情」，特別是從莊子哲學那裏去尋求依據和支持。玄學與美學的連結點，就在「超越有限去追求無限」，〔註88〕這「無限」就是「自在自適」，也就是在情感

---

〔註86〕蕭振邦：《深層自然主義：〈莊子〉思想的現代詮釋》，頁397。
〔註87〕李澤厚、劉綱紀：《中國美學史・魏晉南北朝編》，上冊，頁102。
〔註88〕李澤厚、劉綱紀：《中國美學史・魏晉南北朝編》，上冊，頁103。

之中，進入一種超越有限的、自由的人生境界。「順應自然而取得自由，使人與自然、合目的性與合規律性融為一體」，強調「個體在人格理想上、在內在的自我精神上超越有限達到無限」。〔註89〕這個人生體驗，順著「自然」思潮，發展到了東晉，便是山水遊的生活形態與需求。山水寓目，情感隨物而動，情與道合，理亦隨之。「理」、「情」統攝在自然之「道」下，此即「思理」，這是比「以玄對山水」更為自覺、深入的人生課題，在山水中，藉「心目相即」的有限達到「思理」獲致的無限。李澤厚、劉綱紀認為，「玄學衝破儒學對人的個性的束縛」，玄學作為哲學理論，有其價值，不能忽視「玄學理論思維的力量」。〔註90〕謝靈運山水詩的「前」經驗，即是詩歌創作的審美形上理論與哲學基礎，其對詩人創作的力量不可忽視。

然而，「情」才是六朝面對的現實問題。「玄思」出自許詢〈農理〉：

　　亹亹玄思得，濯濯情累除。〔註91〕

「玄思」之得，在除「情累」，其義有二：一為動機，一為功效。以山水所悟之理除去情累，其所得之理即為「玄理」。「去除」只是消極、暫時解消，如能時時置身山水，使山水成為生活情境，則「情」便不為累。謝靈運山水詩「思理」放大「情累」，或者說，翻轉「情累」而為「情理」，「理」涵容詩人臨對山水的種種情意變化與思索。李澤厚、劉綱紀以為，儒家要求「以情從理」的，「理」是種種森嚴煩瑣的禮法；玄學則主張自然的情感，要「使『情』合『道』，以『道』暢『情』」，〔註92〕認為：「整個魏晉以至南北朝的藝術都自覺地把情感提高到了極高的位置，從情感的體驗和抒發中去追求美，這是中國歷史上所罕見的。」〔註93〕山水遊

---

〔註89〕 李澤厚、劉綱紀：《中國美學史‧魏晉南北朝編》，上冊，頁104。
〔註90〕 李澤厚、劉綱紀：《中國美學史‧魏晉南北朝編》，上冊，頁105。
〔註91〕 江淹〈雜體詩〉三十首之十八：「亹亹玄思清，胷中去機巧。」李善注曰：「許詢〈農理〉詩曰：『亹亹玄思得，濯濯情累除。』」〔《增補六臣註文選》，卷三十一，頁595。〕
〔註92〕 李澤厚、劉綱紀：《中國美學史‧魏晉南北朝編》，上冊，頁128。
〔註93〕 李澤厚、劉綱紀：《中國美學史‧魏晉南北朝編》，上冊，頁128。

賞提供了這樣的機會，山水詩順著遊覽路線，也隨著情感的自然發展變化形成章法，這是感物而動、心目相即的結果，所形成的「思理」是情感隨順發展所合的「道」。清代詩論家多於康樂詩聲色中見其深情：

> 謝康樂放情山水，……蓋此屬精神所聚，與少陵眷戀朝廷同一轍耳。（李重華《貞一齋詩話》）〔註94〕

> 康樂……才大心細，襟闊情深，而老於遊，故其遊覽諸作，直攝山水之魂魄於五言之中，後世鮮出其範圍者。（吳淇《六朝選詩定論》）〔註95〕

> 康樂詩……匠心獨造，少規往則，鉤深極微，而漸近自然，流覽閒適中，時時淡泊理趣。（沈德潛《說詩晬語》）〔註96〕

> 康樂公詩……鍾情幽深，構旨遙遠，以鑿山開道之法，施之慘澹經營之間。（陳祚明《采菽堂古詩選》）〔註97〕

> 大抵多發天然，少規往則，稱性而出，達情務盡，鉤深索隱，窮態極妍。（陳祚明《采菽堂古詩選》）〔註98〕

「襟闊情深」、「流覽閒適」、「鍾情幽深」、「達情務盡」，所強調的，都在一「情」字，且深達、鍾聚於「情」。因為深達於情，所以能捕捉山水魂魄而入詩，開創山水詩歌境界。此鍾情於山水景物，並不消極頹廢，反之，正可見其心細、襟闊之大才，於清代學者而言，謝靈運的「放情山水」與杜甫「眷戀朝廷」同一心情軌跡。或許一在整體家國，

---

〔註94〕〔清〕李重華：《貞一齋詩話》，收在《清詩話》（臺北：西南書局，1979.11），頁862。

〔註95〕〔清〕吳淇：《六朝選詩定論》，收在宋志英、南江濤選編：《文選》研究文獻輯刊》（北京市：國家圖書館出版社，2013），冊35，卷十四，頁1。

〔註96〕〔清〕沈德潛：《說詩晬語》，錄自〔清〕王夫之等撰：《清詩話》（臺北：西南書局，1979.11），卷上，頁480。

〔註97〕〔清〕陳祚明：《采菽堂古詩選》，《續修四庫全書‧集部‧總集類》（上海：上海古籍出版社，2002），冊1591，卷十七，頁137。

〔註98〕〔清〕陳祚明：《采菽堂古詩選》，《續修四庫全書‧集部‧總集類》，冊1591，卷十七，頁137。

一在個體價值，然所重者皆在「情」的自然流露，「情」之真而達自然，即是「性」。真情流露，合於天性，這是詩人安頓自己的方式，也是詩歌最珍貴的成分。

　　自六朝即提出「興會」一詞，以凸顯謝詩特點，沈約云：

　　靈運之興會標舉，延年之體裁明密，並方軌前秀，垂範後昆。〔註99〕

沈約以康樂詩「興會標舉」，足以在文學史上，承先啟後，成為典範。「興會」，《文選》李善注：「興會，情興所會也。鄭玄《周禮》注：興者，託事於物也」，「情興所會」，情起於所會者，情為主體心靈，會為客觀外物，主、客會合為興，心與物合而起情，情「興」而託事於物，「物」成為詩歌語言符號。呂向注：「標，高；方，並；軌，迹；範，法；昆，嗣也」，〔註100〕「標舉」，此處與「明密」對列而為形容詞，應為「高超」之意，清沈德潛《說詩晬語》云：「少陵才力標舉，縱橫揮霍，詩品又一變矣。」〔註101〕「興會標舉」，心與物合而情起，形諸文字而高超，康樂山水景物成為心靈、情感的符號，其高超表現足為後人法式。

　　而事實上，自南朝梁以來，謝詩的深情便為所重，雖然如元代方回認為：「靈運之為人非靜退者，……。『資此永幽棲』，亦一時憤激之語耳」（評〈鄰里相送方山〉），〔註102〕「一時憤激之語」不正是一時的真情流露？因此，除了沈約所云，《南史‧劉義真傳》透過劉義真所說：「靈運空踈……。但性情所得，未能忘言於悟賞，故與游耳。」〔註103〕其率真的性情為所肯定，遊賞山水便能化真情為文字。《宋書‧謝靈運傳》記其：「出為永嘉太守，郡有名山水，靈運素所愛好，出守既不得

---

〔註99〕　《增補六臣註文選》，卷五十，頁943。
〔註100〕　《增補六臣註文選》，卷五十，頁943。
〔註101〕　〔清〕沈德潛：《說詩晬語》，錄自〔清〕王夫之等撰：《清詩話》，卷上，頁482。
〔註102〕　〔元〕方回：《文選顏鮑謝詩評四卷》，收入宋志英、南江濤選編：《《文選》研究文獻輯刊》（北京：國家圖書館，2013.4），冊四，卷一，頁225。
〔註103〕　〔唐〕李延壽：《南史》（臺北：藝文印書館，1956，據清乾隆武英殿刊本景印），卷十三，頁170。

志，遂肆意游遨，偏歷諸縣，……所至輒為歌詩，以致其意。」〔註104〕
「致其意」，表達心中感受，從前文所述，必以「情意」為感受之先。
鍾嶸《詩品》謂謝詩：「其原出於陳思，雜有景陽之體，故尚巧似，而
逸蕩過之。」〔註105〕景陽，張協，羅宗強以為：「張協的詩的最大特
點，便是真，真情，真實」，〔註106〕以張協詩歌的「形似」乃因重視
「真情」，而謝詩的表現更甚，故曰「逸蕩過之」。《文心雕龍·物色》
所稱：「自近代以來，文貴形似。窺情風景之上，鑽貌草木之中；吟咏
所發，志惟深遠」，肯定模山範水的「形似」之詠，是深遠的「情」、
「志」所發。謝詩創作高峰在劉宋時期，羅宗強說：「元嘉文學創作傾
向有異於東晉文風的，主要便是從哲思又逐漸回歸到感情上來，以情
思取代玄理。」〔註107〕其山水詩是在這個時代風潮上，且為典型。

南朝後，歷代延續此種對謝詩「真情」的重視：

> 謝公才廓落，與世不相遇。壯志鬱不用，須有所洩處。洩為
> 山水詩，逸韻諧奇趣。……豈惟玩景物，亦欲攄心素。往往
> 即事中，未能忘興諭。（唐·白居易）

> 曩者嘗與諸公論康樂為文，真于性情，尚于作用，不顧詞彩，
> 而風流自然。（唐·皎然）〔註108〕

> 情者如康樂公「池塘生春草」是也。抑由情在言外，故其辭
> 似淡而无味……。（唐·皎然）〔註109〕

> ……謝公有「池塘生春草，園林變鳴禽」，謂之神助。今文士
> 多稱之。李元膺曰：「此句未有過人處。古人意所至則見於情，

〔註104〕〔南朝梁〕沈約：《宋書·謝靈運傳》，卷六十七，頁850。
〔註105〕〔南朝梁〕鍾嶸著，陳延傑注：《詩品注》，卷上，頁17。
〔註106〕羅宗強：《魏晉南北朝文學思想史》（北京；中華書局，1996.10），頁121。
〔註107〕羅宗強：《魏晉南北朝文學思想史》（北京；中華書局，1996.10），頁175。
〔註108〕〔唐〕皎然：《詩式·文章宗旨》，錄自何文煥訂《歷代詩話》（臺北：
　　　　藝文印書館，1991.9），頁19。
〔註109〕〔唐〕皎然著、李壯鷹校注：《詩式校注》（濟南：齊魯書社，1987.7），
　　　　頁116。

詩句蓋寓也。謝公喜惠連，夢中當論情意，不當泥句。」……
（宋‧釋惠洪《冷齋夜話》）〔註110〕

言景不可以無情……若靈運則尤情多於景，而為謝氏詩之
冠。（元‧方回）〔註111〕

謝客風容映古今，發源誰似柳州深。朱弦一拂遺音在，卻是
當年寂寞心。（金‧元好問）〔註112〕

……摩詰寫色清微，已望陶、謝之藩矣……。體物著情，寄
懷感興，詩之為用，如此已矣。（明‧陸時雍）〔註113〕

「池塘生春草，園林變鳴禽」為謝詩名句，寫時序由冬轉春的自然景色
變化，後人謂之「當論情意」、「情在言外」，「生」、「變」應是感應關
鍵，也是詩人真情流露的捕捉。文字表面是寫景，實則飽含詩人對季節
遞嬗、乃至生平波折的情意觸動，因此說：「情在言外」。白居易最清楚
謝詩的情緒抒發，「壯志鬱不用，須有所洩處」，山水詩便是鬱悶舒洩的
結果，因此說：「豈惟玩景物，亦欲攄心素」，抒發的是心裡最純粹的情
意。元好問此詩雖以柳宗元為主，然認為柳詩深得謝靈運山水詩中「當
年寂寞心」的遺音，一古一今，其風神容態相互輝映。元代方回認為謝
詩「情多於景」，且「為謝氏詩之冠」，如前所述，「情」在謝詩是極其
珍貴的成分。「體物著情」，是主體對自然景物的親身體驗，感官所注，
情亦著之，此乃人情之常，更何況珪璋之文人惠心？方回評〈晚出西射
堂〉云：「『節往感不淺，感來念已深』，靈運多有此句法，感物而必及
于情，人理之常也。」〔註114〕感物及「情」乃「人『理』之常」，此「情」

〔註110〕 〔宋〕阮閱編、周本淳校點：《詩話總龜‧前集‧卷九‧評論門／五》
（北京：人民文學出版社，1998.2），頁 107。
〔註111〕 〔元〕方回：評謝惠連〈泛湖歸出樓中玩月〉，載於《文選顏鮑謝詩
評四卷》，卷一，頁 245。
〔註112〕 〔金〕元好問：《遺山先生文集》，冊二，卷十一，頁 155。
〔註113〕 〔明〕陸時雍：《唐詩鏡》（臺北：臺灣商務印書館，1983.6，影印文
淵閣四庫全書本），冊 1411，卷時，頁 380。
〔註114〕 〔元〕方回：《文選顏鮑謝詩評四卷》，卷一，頁 250。

乃自然而合於「常理」，「情」與「理」順乎常道，相融相通。楊儒賓也肯定地說：「沒有『情』的轉化就無法體現神氣的主體層面。」〔註115〕

　　因為情感隨順發展而順乎常「道」，因此，六朝對山水景物的諷詠，在客觀書寫的「賦」筆中，實含有「興」的作用。顏崑陽教授從「言意位差」論述先秦至六朝「興」義的演變，服膺朱熹將「興」解釋為「感發其志氣」。〔註116〕認為，「興」的「感發」之意在六朝有其特殊意涵，顏教授說：

　　　　西漢、先秦所謂的「感發」是指「讀者」對「作品」的感
　　　　發。而六朝所謂的「感發」則是作者對「宇宙萬物」的感
　　　　發。〔註117〕

顏教授羅列許多文獻以為例證，所感發者不乏「託志」、「託喻」，總括來說，即是《文心雕龍‧比興》所稱「起情」，如孫綽〈三月三日蘭亭詩序〉：「情固所習而遷移，物觸所遇而興感。故振轡於朝市，則充屈之心生；閑步於林野，則遼落之志興」，蕭統〈答晉安王書〉：「炎涼始貿，觸興自高。睹物興情，更向篇什」，《文心雕龍‧物色》：「歲有其物，物有其容；情以物遷，辭以情發」等，宇宙萬物所引起的「感發」以「情」為重。其中尤以〈物色〉篇的探討，將自然萬物還其面目，「情」成為創作動機，僅在與自然接觸時有所感發的「原因動機」，也就是「前一刻被自然現象所感動的『經驗』，就是創作一首詩的『原因』」，是一種不具「社會行為之特定目的」的「直覺美感經驗」。〔註118〕

　　前已述及，自然景物的審美意識實奠基於西晉的「以玄對山水」，自然山水既是「道」的化身，是最高的美學境界，於是便獨立而為審美

---

〔註115〕楊儒賓〈「山水」是怎麼發現的——「玄化山水」析論〉(《臺大中文
　　　　學報》第三十期，頁209～254，2009.6)，頁252。
〔註116〕顏崑陽：〈從「言意位差」論先秦至六朝「興」義的演變〉，收在《詩
　　　　比興系論》，頁82。
〔註117〕顏崑陽：〈從「言意位差」論先秦至六朝「興」義的演變〉，收在《詩
　　　　比興系論》，頁106。
〔註118〕顏崑陽：〈從「言意位差」論先秦至六朝「興」義的演變〉，收在《詩
　　　　比興系論》，頁107～113。

的對象。自然景物的審美意識又如何表現？李玲珠提出「會心」與「暢情」：

> 生命主體與自然山川當下遇合的刹那即是「會心」，即刻進入
> 審美境界，所獲得的美感經驗即是「暢情」。〔註119〕

自然思潮的發展脈絡下，南渡後，文字創作呈現自然景物之美的獨立價值，乃因東晉文人更專注於自然景物的審美感受，歷經「會心」與「暢情」的主、客交融而得，自然山川從傳統文化儒家比德中釋放，自然景物的「自己而然」帶引詩人的暢適之情，「重情」成為魏晉文化特色，這正是自然思潮促使傳統社會解構的結果。而此「重情」所表現的人格典範是「中和平淡，體現自然境界，與道同體，同於大通」，〔註120〕「自然」成為魏晉文人主觀修為境界的朗現。因此謝靈運山水詩在章法上，一意地以盡其「思理」為表現主軸，且隨順自然地或達於理，或盡其當下之情。李玲珠總結魏晉自然思潮說：

> 作為一段歷史思潮，「自然」是魏晉的時代之音，知識分子藉
> 著對「自然」的理解認識自己，也重新認識宇宙，對生命面
> 向的豐富開發，個性的展露，特別是美學範疇的開展，在文
> 化的發展史上揮灑出燦爛的彩霞！……必須由自然思潮契
> 入，才能真正進入魏晉文化的生命。〔註121〕

在社會局勢不穩定，對文人階層不利的時代裡，魏晉人走向自然，追求自然，這種對真情的執著，有其值得深省之處。王國瓔將山水詩呈現的物我關係歸納為三種典型：物我相即相融、物我若即若離、物我或即或離，三種關係可單獨存在，亦可輪流出現於一首詩中。〔註122〕其中，謝靈運山水詩的物我關係多被認為是「或即或離」，認為：

> 這種渾然忘我的美感經驗，對絕大多數的詩人來說，若想以

---

〔註119〕李玲珠：《魏晉新文化運動——自然思潮》，頁343～344。
〔註120〕李玲珠：《魏晉新文化運動——自然思潮》，頁386。
〔註121〕李玲珠：《魏晉新文化運動——自然思潮》，頁392～393。
〔註122〕王國瓔：《中國山水詩研究（臺北：聯經出版社，1996.7），頁401。

此求得自我解脫，往往不過是「僅一時之救濟，而非永遠之
救濟」。〔註 123〕

「一時之救濟」是一真實情感的聚焦，不該被苛責，反而應感動於那個
時代詩人自我救贖與自解之努力。王船山評晉代庾闡〈觀石鼓〉云：「以
當念情起，即事先後為序，是詩家第一矩矱，神授之而天成之也」。〔註
124〕每一首詩都有這樣的理路，這同時也是主、客交融的歷程，謝靈運
山水詩是順著情感自然發展而形成章法，這是「思理」的野性。〔註 125〕
這樣的野性，使得謝靈運山水詩「聲色大開」，清人沈德潛說：「詩至於
宋，性情漸隱，聲色大開，詩運一轉關也。康樂神工默運，明遠廉俊無
前，允稱二妙。」〔註 126〕「聲色大開」誠然，「性情漸隱」則待琢磨。
大詩人杜甫嘆服地說：「焉得思如陶謝手，令渠述作與同遊」，〔註 127〕恨
不能與其同遊，共臨「思依」，手作「思體」。王力堅認為，「唯美」是魏
晉乃至整個六朝頗為顯著而重要的文學現象，〔註 128〕乃植基於現實生
活，正是劉勰所稱：「文變染乎世情，興廢繫乎時序」。「自然思潮」將藝
術的美與生活、自然結合，充分展現時代性，其對東晉詩歌審美的傾向，
是唯美詩歌的發展進入一個新的階段，那就是與山水的摹寫關係更為密
切。〔註 129〕這是自漢末以來，「世積亂離」(《文心雕龍・時序》)，建安
詩歌以宴飲與遊覽為主要題材的承續，「暢逸之興，也是人情的自然感
發」，〔註 130〕東晉謝靈運山水詩中的人情感發，也是沿著這條自然思潮
而來。唯美詩風與自然思潮既植基於現實人生，山水景物的摹寫與詩人
實存情境密切相關，「情」的凸顯是詩人最真切的感受。清代方東樹謂：

---

〔註 123〕王國瓔《中國山水詩研究》，頁 422。
〔註 124〕王夫之：《古詩評選》，錄自《船山全書》，冊十四，頁 712。
〔註 125〕〔法〕梅洛龐蒂著、龔卓軍譯：《眼與心──身體現象學大師梅洛龐
　　　　蒂的最後書寫》(臺北：典藏藝術家庭，2007)，頁 73。
〔註 126〕〔清〕沈德潛：《說詩晬語》，錄自〔清〕王夫之等撰：《清詩話》，頁 480。
〔註 127〕杜甫：〈江上值水如海勢聊短述〉，錄自《杜詩鏡銓》，卷八，頁 345。
〔註 128〕王力堅：《魏晉詩歌的審美觀照》，頁 2。
〔註 129〕王力堅：《魏晉詩歌的審美觀照》，頁 3～8。
〔註 130〕王力堅：《魏晉詩歌的審美觀照》，頁 47。

「康樂終有懷抱，本原皆自己胸中發出，不是藉口客氣假象。而其每一篇經營章法皆從古人來，高妙深曲，變化不可執著。」〔註131〕「每一篇經營章法皆從古人來」，謂其「高妙深曲，變化不可執著」，而這一切皆奠基於「皆自己胸中發出」的懷抱吞吐。顏崑陽教授為「自然」釋義時，關於「主體情性的自然」，說：「劉勰以下，所謂主體之情性，多指氣質性，故清濁剛柔各異，而喜怒哀樂愛惡欲等情緒，皆在文學表現範圍之內，其所謂主體情性之自然，即指此種種個性感情之真實表現。」〔註132〕因此，在其探討中國古典詩歌所開顯「人與自然關係」的歷程及其模態時，將謝靈運山水詩歸為「遊觀模態」的一時之娛，必也肯定了遊觀中透過感官所表現當下的「真情」流露與轉化。

當漢代大一統帝國揉合思想求其端於「天」，王弼把思想視野回轉向「人」，而郭象真確地將人的存在定睛於「當下」的同時，又大張其耳目望向宇宙自然。郭象所認定的當下，是「一連串」的時間與空間的聚合，謝靈運山水詩的「興會標舉」是「興會」過程的全紀錄，因此章法千變萬化，而以「觸物起情」為主脈，登覽行旅的路線取決於情意的流動。此模態不同於唐人所重的感物印象的截取，也就是「興會」的結果，其「當下」為「一時」。當「歎逝」成為六朝「物色」觀揮之不去的主題時，〔註133〕生命只是向死亡推移的悲哀籠罩詩壇，謝靈運山水詩悄悄地翻轉出「思理」，呈現開通美好的精神境界，王船山因此稱其「使人卞躁之意消」。

至於其精神境界，將於下一章討論。

〔註131〕〔清〕方東樹：《昭昧詹言》，卷五，頁4。
〔註132〕顏崑陽：《六朝文學觀念叢論》，「附錄」，頁339～340。
〔註133〕呂正惠：〈物色論與緣情說〉，錄自《抒情傳統與政治現實》（臺北：大安出版社，1989.9），頁17。